百年乡愁

中国乡土小说经典大系 5

张丽军 主编

为奴隶的母亲
——"左翼"乡土小说

山东城市出版传媒集团·济南出版社

图书在版编目（CIP）数据

为奴隶的母亲："左翼"乡土小说/张丽军主编．
－－济南：济南出版社，2023.6
（百年乡愁：中国乡土小说经典大系）
ISBN 978-7-5488-5727-3

Ⅰ．①为… Ⅱ．①张… Ⅲ．①乡土小说－小说集－中国－现代 Ⅳ．① I246.7

中国国家版本馆 CIP 数据核字（2023）第 114213 号

为奴隶的母亲——"左翼"乡土小说
WEI NULI DE MUQIN

张丽军/主编

出 版 人	田俊林
责任编辑	林小溪　苗静娴
装帧设计	郝雨笙　张　倩
出版发行	济南出版社
地　　址	山东省济南市二环南路 1 号（250002）
编辑热线	0531-86131722
发行热线	0531-86116641　87036959　67817923
印　　刷	济南龙玺印刷有限公司
版　　次	2023年6月第1版
印　　次	2023年7月第1次印刷
成品尺寸	145 毫米 ×210 毫米　32开
印　　张	11.75
字　　数	232千
定　　价	58.00元

（济南版图书，如有印装质量问题，请与出版社出版部联系调换。电话：0531-86131736）

编委会

主　编　张丽军

副主编　李君君

编　委（以姓氏笔画为序）

　　　　丁　帆　马　兵　王方晨　王光东　干延辉　田振华
　　　　付秀莹　丛新强　刘玉栋　刘醒龙　李　勇　李云雷
　　　　李君君　李掖平　吴义勤　何　平　张　炜　张丽军
　　　　陈文东　陈继会　赵月斌　赵德发　贺仲明　徐　勇
　　　　徐则臣　蒋述卓

本书部分文字作品稿酬已向中国文字著作权协会提存,敬请相关著作权人联系领取
电话:010-65978917,传真:010-65978926,E-mail:wenzhuxie@126.com

总　序

记录百年中国乡愁　传承千年根性文化

　　面对急剧迅猛的乡土中国城市化、现代化、高科技化浪潮，我们惊讶地发现，曾被认为千年不变、"帝力于我何有哉"的中国乡村根性文化正面临着从根源深处的整体性危机。"谁人故乡不沦陷？"千百年来，孕育和滋养乡土中国文化、文明的乡村及其根性文化正以某种加速度的方式消逝，甚至被连根拔起。这不仅是乡土中国城市化、现代化的问题，而且是一个全球化、人类性的整体危机。早在20世纪60年代，法国社会学家孟德拉斯就提出，在工业文明入口处，数十亿农民向何处去的问题。而在1948年，中国学者费孝通就在《乡土重建》中提出传统的乡土社会所面临的现代性失血危机，进而提出了"乡土重建"的深邃思考。显然，在21世纪的今天，思考乡村、乡土、农业、农民乃至整体性人类向何处去的问题,显得无比重要而迫切。

作为一个从事乡土文学研究二十多年的研究者,我在苦苦思考:中国乡土文学向何处去?乡土中国社会向何处去?乡土中国农民向何处去?新时代乡村如何振兴?……苦苦思考之后,我突然意识到,既然看不清去处,何不回顾自己的来路?未来的道路,并不是冥思苦想来的,而是从过去的来路而来。历史的来路,决定了我们未来的去处,即未来的去处正蕴藏在历史来路之中。这让我重新思考百年中国乡土文学,重新回顾晚清以来中国仁人志士的文化选择和文学审美思考,乃至从更远的历史、文学中寻找智慧和启示。正是在这样一种文化思考中,我与济南出版社不谋而合,立志从众多乡土中国文学中选编一套"中国乡土小说经典大系",来为21世纪的新一代中国青年提供一个关于百年乡土中国心灵史的文学路线图,慰藉那些因完整意义的乡土中国乡村消逝而无从获得纯粹乡土中国体验的21世纪中国读者。此外,从中汲取智慧和灵感推进新时代中国乡村振兴,也是本套丛书的应有之义。简单归纳之,《百年乡愁:中国乡土小说经典大系》(以下简称"大系")具有以下特点:

一是强烈的经典意识。文学、文化的传承与经典的建构是由一个个经典化的环节与步骤完成的。从古代文学的"选本",到20世纪中国新文学大系,在中国文学经典化中,"选本"文化起到了某种极为重要的,乃至核心的作用,为经典化提供了不同时代不断接续的核心动力源。本套"大系"选编了现当代文学史中具有重要影响的作家作品,力图使"大系"具有乡土中国现代化思想史的重要功能，展现中华民族的百年心灵史。

二是浓郁的地方气息。乡土文学是最接地气的文学，是"土气息、泥滋味"的文学，是由不同地域文化包孕、滋养的文学，又是最能显现和表达乡土中国各个地方独特文化的审美形态的文学。本套"大系"就是百年中国各地民俗文化最大、最美、最迷人的表达。齐鲁、燕赵、三秦、三晋、江南、东北、西北、岭南等不同地域的文化，在本套"大系"中得到了较完整的展现。从这个意义上而言，本套"大系"既是一部百年中国民俗文化史，也是一部最精彩的地方文化志。

三是典雅的审美意识。文学是审美的艺术。言之无文，行而不远。文学性、审美性是文学的自然属性。文学应该是美的，是诗，是生命舒展的自由吟唱。正是在这个审美维度上，我们来选编百年乡土中国小说，让读者、研究者在美的文字诗意流动中获得对千年中国乡村根性文化之美的感悟，从而思考人与自然、人与大地、人与世界的精神建构问题。因此，本套"大系"是"乡土中国最后的抒情诗"，是千年乡土中国根性文化的当代吟唱，是具有深厚乡土生命体验的文化乡愁。

乡愁是感伤的，是一种甜蜜优美的感伤。不是每个人都有乡愁的。乡愁是一种深厚的文化情怀，是对大地、故乡、世界的一种深刻的生命眷恋。而《百年乡愁：中国乡土小说经典大系》就是让我们这些具有乡土中国完整经验的最后一代人，以文化传承的方式，把这种纯粹、完整、具有审美意义的文化乡愁，传递给21世纪中国青年，乃至未来的中国青年。我们曾有过这样一种乡土生活，这样一种乡土中国乡村根性文化——这就是我们的文化根基、我们的精神基因，它蕴含未来的路径和种种可能性。

我们常言，越是民族的，就越是世界的。而我想说的是，越是地方的，越是中国的，也越是世界的。中华文化是一个整体，是由一个个具有地方文化特性的地域文化组成的，是千百年来文化交融凝聚而成的。地方性文化的丰富和多样，恰恰是中华文化的活力与魅力所在。《百年乡愁：中国乡土小说经典大系》就具有鲜明的、浓郁的地方性文化特征，不同地域的读者不仅可以从中读到自己家乡的影子，而且可以由一个个乡土文化而建立起丰富、感性、美美与共的中华文化世界。

本套"大系"适合研究乡土文学文化的学者、学生阅读，也适合对中华文化、地域文化感兴趣的读者阅读。事实上，这套"大系"对于世界各国读者而言，是理解和思考千年中国根性文化、百年中国社会变迁的最佳读本，是具有世界性意义、最接中国地气、最具中国民俗文化气息的文学读本。

是为序。

张丽军

2023 年 7 月 1 日凌晨于暨南园

导　读

　　农民问题是中国革命的根本问题。自1930年"左翼作家联盟"成立，乡土小说的创作也明显带有了阶级标识和现实功利意味。"左翼"乡土小说作家致力于塑造新一代青年农民形象，他们更加关注受到启蒙后农民的反抗。作品中不乏对革命动荡时代土地凋敝、农村苦难的写实，创作中混杂着作家本人的血泪和屈辱，映衬出二十世纪三十年代中国乡土的真实面貌。

　　"左翼"乡土小说具有强烈的地域创作特色。来自沦陷区东北的作家萧军、端木蕻良、骆宾基等心怀对于故土离别的忧郁和苦闷，把深切的流亡体验带进创作之中。萧军《这是常有的事》聚焦于两个被剥削老人的生存境况，突显了作家的悲悯之心和家国情怀。端木蕻良的短篇小说笔调凄婉优美，代表作《鹭鹭湖的忧郁》凄厉地描绘了农民苦难；《雕鹗堡》则较少被人关注，其寓言性是对于"左翼"文学中激情与忧郁的逃逸，两部作品很好地展示出了作家心态和精神上的转变。骆宾基的《乡亲——康天刚》讲述了关内农民康天刚闯关东的一生,悲剧意味浓厚。蒋牧良的《赈米》与《旱》沉重地写出了三十年代粮食歉收下的苦难民生,具有强烈的讽刺和揭露意味。叶紫的《丰收》和马子华的《他的子民们》都生动再现了农民经受剥削压迫、失去土地后的悲惨现实和内心创痛。柔石的短篇小说《为奴隶的母亲》叙述了"典妻"之下农村女性的悲剧人生,充满着对于封建社会的批判以及对于劳动妇女的同情。魏金枝的《留下镇上的黄昏》因描写乡下沉滞的氛围曾受到鲁迅赞誉,其沉郁的风格在三十年代乡土小说中独树一帜。

综合来看,"左翼"乡土小说具有强烈的现实性和政治指向性,在反映苦难的同时也提供反抗的路径,真正写出了农民的觉醒和时代的进步。本卷所选作品立足于作家的人道主义精神,力求揭示动荡时代下农村的尖锐矛盾和现实苦难,全力展现了站在时代革命浪潮内外的农民和乡土。

目录

百年乡愁：中国乡土小说经典大系

这是常有的事 / 萧军　001

鴜鹭湖的忧郁 / 端木蕻良　011

雕鹗堡 / 端木蕻良　024

乡亲——康天刚 / 骆宾基　037

赈米 / 蒋牧良　065

旱 / 蒋牧良　085

丰收 / 叶紫　173

为奴隶的母亲 / 柔石　226

他的子民们 / 马子华　253

留下镇上的黄昏 / 魏金枝　355

长篇存目　360

后记　361

这是常有的事

/// 萧军

一

这完全是两个老人。

他们也许如别的老人一样,比不起青年人的强健了!但他们却一刻也不能松懈,正在和青年人们竞争着拍卖他们的劳力,以及其他。

由每日清晨以迄黄昏——假设是遇不到购买他们劳力的主顾——他们是要整天地守候在那铁路燃料厂的门前。虽然他们的脸际完全失却了肉色,肢体的关节完全变成迟滞,他们却不肯走开或是合一合困惫的眼睛——他们的眼睛,时时在纠绞着灰色的光。

"先生,这样子①要拉(即锯开)吗?"

---

① 样子:方言,大块的劈柴。

当每列载满桦子的车，由那木栅门拖出之后，他们的一群便要围拢上去，兜揽他们的主顾。

主顾是全被年青人揽去了！他们的眼睛依然纠绞着灰色的光，蹲踞地守候在燃料厂的门前。

拖木桦子的车，是一列尾衔着一列，在他们的眼前经过。年青人们是一次一次地被人雇走了——他们之中有的是已经被人雇去了一次，现在他们又跑回来，和老人们来竞争，因为他们全是年青，青年比起老人来，要有气力的！显然地在这样竞争之下老人们只有眼里绞着灰色的光，被青年们践踏在脚下般地，蹲踞在那里守候着……守候着。等候着天可怜见，出现一位能购买他们劳力的恩施者。

"先生，这桦子可要拉吗？"

"是的，要拉——该给多少钱呢？"

"先生，你只给五角钱吧！——将这车锯开，包管劈得更细碎。"

当我们随着领得的一车桦子，走出燃料厂出口的时候，别的人全奔向那成列、更多的桦子车去，兜揽自己的主顾。这两个老人，他们就如无期徒刑的罪因，蓦地遇到了大赦一样，将跨出了狱门那般脚步不自然，奔向我们的身边，桦子车是不停地向前走……

我们在桦子车的后面，也向前走……

老人们显然是吃力地追在我们的后面，在讲着拍卖他们劳力的价钱：

"五角钱——先生——四角半也成！只要你肯给些钱就成——放心，俺们是比起青年人干起这些活计更熟习！——劈完样子，还可以将你的院子扫得净光。"

我这时为了他们这声音——我不能用笔写得出这是怎样的声音，总之他们是在求生！——已经是失却和他们再去论价的气力。我只说给他们距离这里要有很远一段路呢！他们挣扎着说：

"凭你是十里路，我们也是走得的。"

"就按你们说的数目吧！"

显然他们是在快乐了。他们皱起面部的膜皮，相互地似在做着笑的酬答。同时一个较老的，摸出一段近乎几寸长的烟管来，擦了一支火柴燃着——这似乎便是他找到了工作一种胜利的欣喜的犒劳？

轮铁碾轧着路上裸露的棱石，是那样不和谐地吱喳着……

二

事实，我们的住所距燃料厂，大限不过三华里。因为这是二轮的马挽车，同时又是满载着木桦，加以再等待两个老人一同走路，无形地我们的步速全缓和下来。

吟，偷偷说给我。我们为什么要找到这样老的两个人，他们的年龄几乎和我们已死去的祖父，没什么大差。怎的，我们却忍心购买起他们的劳力来？她很后悔，她不知道将怎样伤心地看着这两个老人，贡献着他们仅有的劳力，仅有的生命，在我们的面前！

"我们不购买他们的劳力，他们的晚饭，恐怕全要吃不到呢！"

"那我们可以只拿给他们的工钱，不要他们的劳力。"

"可以试试看——但，宝宝，你要知道，我们仅有的是一元二角钱了。除开六角的车费，再给他们五角，余下的一角，我还要到一个地方去。那里距我们的住处很远呢，用步跑去是来不及的。必须搭一段公用电车。至于我们的晚饭……样子是有，米呢？……那五元稿费，是要待下月一日或二日才能拿到啊！"

"那我们真的也来剥削我们同一运命的人么？——他们完全是老年人啊！他们是被剥削的铁鞭抽打老了的！……"

吟，她说着显然又要生气。她的泪又在眼球周围打着回旋。

"好的，诸事都依你——我们可以将六角钱给他们，不要他们的劳力。我可以跑着步去赴我的约会。样子我们可以自己拉。至于晚饭？……你可以到小铺去赊赊看……"

吟和我是一样有着这样孩子般的执拗根性。可是相互间常常是让着步。只要任谁发了这样的根性时，在那个没有发作根性的人，我或她，任是怎样委屈自己，也要顺应下去。

这次，是吟发了这样的根性，当然我也不能例外，得承受下来。

我们一同站住了脚步，以待那两个老人走近，吟抢先地说道：

"老人们，你们是太老了，我们愿意把工钱送给你们，不要你们再费力可以吗？"

这两个老人，他们似乎完全不明白这是什么意思。他们还以为是为嫌恶他们的老迈，而要解雇他们。停了一刻，其中一个——就是吸烟管的那个老人——才用山东人的土腔反复说道：

"先生、太太，不要瞧俺们老！俺们干这些活计，比起青年更熟习，更卖力的呀！——包管劈得更细碎。"

我知道他是错会了我们的意思。我替吟补充几句来说明：

"……她话的意思，就是白给你们工钱，不用你们费力气给拉样子了。——她是可怜你们的年老呢。"

这次老人们似乎已经明白了，可是在未说话之先，他们按次地全把那老头颅摆了两摆，同声说道：

"白拿工钱，不干活计！俺们快活一辈子了，也没摊过这样便宜事。真的，俺们就是饿死，也不讨谁的便宜。"

老人们竟有些怒了！他们要立地走回去。但似乎有一种什么力，在拖紧他们的足胫，竟一动也没能动得！

吟，我们互相地瞧了一眼，我笑向她说：

"好，还是凭我们的工钱，买你们的劳力吧。"

我们推测得出，那经过水浸的木桦，是该怎样地难劈，或许比铁还坚！

老人们是开始和这些顽梗的木桦，赌着他们的生命！

棕色的肉，炙灼着太阳。他们是不停地挥动着斧头。汗水在他们是廉价而无用横溢在前额、前胸、背后、胯间……他们的衣服——有谁相信那还是衣服？那简直是几多片不同颜色的油污布片，连缀在一起——一切都在浸湿着了！

一刻，他们在喘息，手中的斧头，不自主地软垂下来。但，当他们仰望到天空的太阳，他们又在相互地鞭催起自己来——

"二哥，用力呀！我们这里劈完，还可以回去再找一份啊——青年人不全是这样做吗？"

被叫二哥的——那个吸烟管的——真的是又提起滑落在地上的斧头，摸起块水浸过的木桩子，准备再劈成更细小的碎块。

"老三，俺今天的臂，怎的这样不中使嗳！"

那老人虽然嘴里在说他的臂今天不中使，就在这说着"不中使"的颤抖的语音中，他的臂是又中使般地被举了起来——

悲剧就是这样造成的！

斧头不待他的臂把握着落下来，它自己已经是亲吻到老人的脚面上！当他和他的伙伴发现他的脚面被斧头吻着时，那血——廉价的血——早是溅满了斧头了！那足面，那桩子的间隙也有血飞溅上了。

他瘫坐下来，他的眼失却灰色皎洁的光。

我们跑到他的身边，我们是密围住他和他的伙伴，他的伙伴是用身子偎傍着他。

我们是无端绪地忙乱着……常识说给我，这是可以用些牙粉来止血的，但当我将牙粉包取来，送到他们的面前，待要敷上些

时,他的手推开我的手,低颤而喑哑地哀求般地说道:

"先生!谢谢你!这是我们常有的事啊!牙粉是有毒的啦!"

他的伙伴也在补充着说道:

"是的,先生,这是我们常有的事啊!"

"这是常有的事?……"

吟,她眼的一刹闪光,就如滩流在地上的血,那样殷红!

他的伙伴,由他自己的衣襟上撕下些长短的布条,结连在一起,将那只血浸的袜子拉下来——当拉着袜子,那创口呈现在我们的眼前时候,我不相信——如果你也是血肉构成的人——你的心真的一些也不颤动!你的神经没一些见痉挛?

那创口,就那样胡乱地由他的伙伴,撮些地皮上的土,撒在上面,而后用那接结的布条缠上。

那老人,似乎忘掉他的血是流得过多了,也似乎忘掉他的脚上时才又添了一个新的创口!他伸手去摸那斧头,在困惫地,要挣扎着立起来。

"你!你完全地不行啊!"

我大声地警告着他。同时我和那个老人——他的伙伴——将他扶架到墙荫下,一具在不久以前他们作食桌的方木凳上坐下。但,他的嘴还在这样絮叨地说:

"这是常有的事呢!"

狗用舌在舔黏结在木桦上、地上以及什么上的血——此时被太阳蒸晒得变成了黑和紫的颜色。

围观的人们走开——金家的门岗阿青,拱着鼻子仍去守他的门,使女小钰,少爷馨哥,三小姐淑丽,仍去做他们所做的,玩他们所玩的。

老人困惫地瞧着他的伙伴挥起斧头,狗们在争舐着被太阳晒着的血,血,血……

三

又是一个月的第一日到来。

友人鸣,他们仍是居在旅馆里,他们将应领得的木柴仍是送给我们了。

当我和吟尾跟着木柴车,走出燃料厂的出口,不期地我们是联想到那两个老人。

——他们也许还在这里等待着雇主吧?

可是,尽我们的目力,在一群围绕着我们的,一些拍卖劳力的人们中间,这人圈子以外所能看到的地方,却只找不着那两个老人。

这次雇到的却是两个青年的人。他们的肉一样是棕色。他们的衣服一般是杂色布片所缀成。

所不同的他们是青年,他们是有着比较强壮的肢体,比起老人们拍卖劳力期限更多些。

"你们认识那两个老年人吗?——一样也是在燃料厂门前,

等待给别人拉梓子生活着的。"

"你说的是张老二和周三吧？——张老二的脚，前一月被斧头砍伤，后来溃烂得不成样子，现在多半是死了！周三因他太年老，别人不肯同他合伙，梓子拉不成，多半是讨饭吃去的啦！"

他们虽嘴里答着我的问话，而手却一刻不停地抽送着那横在一段梓了身间的锯身。

木屑在纷披地飘落着……

他们每一句关于那两个老人消息的话，就如那锐利而无情的锯齿锯着梓子那般锯着我的周身以及每颗神经细胞！……

—— 天啦，这是常有的事吗？

记得那天吟说给我，当我走后她已是不要他们劈下去了。

可是那个伤了脚的，奇怪老人，他几乎变成命令式地说话：他是不许他的同伴，不把梓子劈成细碎。他眼瞧着他的同伴，每块全劈好，堆成规矩的垛，院了遗下的木屑及烂皮扫得干净……他才肯一步一步地走去。他不独不要我们雇车，就连他同伴的扶掖几乎全不要！最奇怪是他们走去一刻，他那个同伴又走转回来。直到吟开门到院子里去，他还在默然地立着，吟问道：

"你们不是回去么？你怎么地又转来？是需要一乘车送那个伤了脚的老人吗？"

"不，太太，你是算错了钱哪！"

吟，说给我，当时她很着慌。她疑惑她也许少给了他们的钱——不，逼真地那是五角钱的一张票子，不会错的。因为除开这张票子，我们是没有第二张——她问：

"那不是一张五角钱的票子吗？——少给了吗？实在地，我们没有更多的钱呢。"

"不，不是那样，太太——是吃你们的'饭'钱，还没扣去啦——那要扣去三角吧——那样多的列巴，肠子，还有茶水……"

"'饭'吗？是奉送的啦，什么钱也不要——"

"谢谢太太！"

直到吟说明了理由，那个老人才去。

在他临转身走了几步，吟听到他这样咕哝着说：

"'饭'不要钱吗？这不是常有的事啦！"

一九三三年六月九日

鹭鸶①湖的忧郁

/// 端木蕻良

一轮红澄澄的月亮,像哭肿了的眼睛似的,升到光辉的铜色的雾里。这雾便热郁地闪着赤光,仿佛是透明的尘土,晕眩地笼在湖面。

一群鹭鸶伸长了脖颈,唰唰地打着翅膀,绕着田塍边的灌木飞过,大气里又转为沉寂,便是闪着翠蓝色绿玉样小脑袋的"过天青",白天不住地摊开不倦的翅,在水面上来来去去地打胡旋,现在也不见了。只有红色的水蝇,还贴在湿霉腐乱的土皮上,发出嗡嗡的声音来,……有两个人在湖边上。

一个个儿高高的,露着一副阔肩膀,跪下来在湖边上开始铺席子。那一个小一点儿的瘦瘦的,抱着一棵红缨扎枪,在旁立定

---

① 鹭鸶:今写作"鹭鸶",为白鹭。

了向远看,好像要在远远的混浊里,发现出边界来。

"这天气怎么这样地霉……"他微微地附加着一口叹息。

那一个并没搭理,铺好席子,把两手抱住膝头,身子微撼了一下,抬着脖颈来望着月亮。

"快十五了,咱们今天不在窝棚睡了,咱们在这里打地铺,也好看看月亮。"

"这月亮狠忒忒地红!"

"主灾哃!"

"人家说也主兵呢。"

"唔。"

两个人都暂时静默,湖对边弥漫过一阵白森森的浮气来。在深谷里,被稀疏疏的小紫杨围着的小土丘上,闪动着一道游荡的灯光,鬼火似的一刻儿又不见了。

"小心罢,说不定今天晚上有'偷青'①的呢,警空点,我的鼻子闻得出来。"个儿大一点的说。

"那有什么,吓跑了就完了罢,哪天没有。"

"不成,今天得给他一顿好揍,快八月十五了呢。"

那一个诮讽地道:"'烧饼'也当不得月饼呵。"

"谁说的,至少也痛快痛快手。"

"……"

---

① 偷青:偷窃还没有黄的谷麦之类的庄稼。

那小一点的，放倒了红缨扎枪，脱下了脚下的湿鞋，凑到席面上来。"雾更大了。"口中喃喃地说，心里像藏着一种无名的恐怖，在暗中没有排解地霎闪着一双深沉的眼睛。

这时月亮已经升起来了，一切的物象都渐渐清晰起来。那棵夜神样的大紫杨，披下来的黑影，比树身的体积似乎大了一倍，窒息地铺在水面上。一块出水尖石，在树荫里显出苍白色来，全湖面浸淫着一道无端的绝望的悲感。

"来宝哥，你今年多大了？"小的问。

"二十三了，不小喽。"那一个一团稚气地答。

"我今年十六，妈说我明年就不拿'半拉子'钱了……"

"你呀，你还是少做一点儿罢，别心贪，这年头儿啥年头，你身子骨儿软，累出痨病一辈的事。"

"可是怎办呢，爹老了，去年讨了三副力母丸也不见好……我要讲年造，年赚百呢，就活便开了。"

"你得讲得出去呢，不用说你，就我呗，这年头儿没有人要，谁家敢说出一百块钱要人，到上秋粮食打出一百块钱了吗？……何况你又瘦瘦的……"

"我勤俭点呵，多出点活呵。"

"哎，就别管明儿个，'到哪河，脱哪儿鞋！'……呃，可是偷了酒来了，你喝吗？好酒呢！"他从裤腰底下掏摸了半天，掏出一只"酒憋子"来，又是一卷儿干豆腐。

小的寂寞地摇了摇头，看着他吃着。

"可是,玛瑙,我忘记告诉了你,就要好了呢,听说张学良到南京合作去了,就要出兵了,这回是真的,不是骗傻子了,说是给义勇军下了密令,从鞋底带来的,所以一过关,现在身上都不检查了,就检查鞋底,说是让义勇军们先干……"

"来宝哥,咱们也当义勇军去好不好?"

"那还用说,到那时谁都得去,不是中国人吗?"

瘦一点儿的玛瑙沉在沉思里。

"那时我们就有地了吗?"

"地还是归地主的,可是粮食值钱了,人有人要了呵!"

"我都知道——"玛瑙又叹息,"咱们没好,咱们不会好的!"

"你妈要给你娶媳妇了吗?"来宝没头没脑地插进来。

玛瑙红了红脸没作声。

来宝便道:

"你吃干豆腐吧,我吃不了……娶个媳妇,好像买一条牲口,你爹也好'交边'了,享享福,刚才我在湖边儿看见了他,哎,驼得两头都扣一头了。"

玛瑙沉吟了一刻道:

"可是娶媳妇也得钱哪,我妈给两块布,那边不答应,说这年头女的值钱,要不是从小订的,现在都想不给了。"

来宝不以为然地道:

"嗖,这年头,她妈糊涂,兵荒马乱,大姑娘放在家……

哼，你吃干豆腐呵，我吃不了。"

玛瑙还在想自己的心事，并不去吃干豆腐，只是说自己的话：

"我爹每天晚上咳嗽，半夜妈还得起来烧遍水，得用热水往下压呀。……"

来宝觉得话越说越沉闷，便止住他道：

"哎……咱们睡吧，半夜还得起来打偷青的呢。"

来宝把两支扎枪放在两人中间，便掀开一条破棉絮来盖了。

"你不睡吗？"来宝伸出脑袋来问。

瘦瘦的默默地不作声，扯开来棉絮的一角也睡了。

远远的村庄里，有一下狗叫声，旋即静灭。

雾现在已经封合了。另有一道白色的扰混的奶气似的雾露还一卷一卷地卷起来，绕着前边的芦苇，湿冷腻滞的水面上团成了几乎看不见的水玻璃球。渐渐又与上层的黄雾同化在一起。透着月光，闪着茫无涯际的空洞洞的光。

"来宝哥，你说出兵，是在八月十五吗？像杀鞑子似的？"

"……"

"来宝哥，你方才看见我爹了吗？"

"……"

"你睡着了吗？……好大觉……"

"……"那边骨啾啾地翻了个身。

"米宝哥……"

"……"

黑暗里一双绝望的眼睛向阔空张着。

雾更浓了,对面已经看不清人了。

湖边上的两个睡得很熟。沿着他们身后是一垄一垄的豆秸,豆叶儿早已生机殆尽,包在豆荚里边的豆粒儿也都成熟了,只静静立在那儿,等着人去打割。"豆哥哥"碰着这样的月夜,也想不起来叫,因为湿气太重,薄纱样的"镜鞍"都滞住了。

干枯的豆叶,哗棱哗棱地响了一阵,一会儿又静下来。

玛瑙梦中发着呓语:"不要打我呵……下次再不敢了……呵……不要打我的腰呵……不……"一只带着花白的骨针的刺猬猬,正在他身边嗅着,听见他的嚷声,便畏缩地逃回豆地里去。

豆叶响动声一刻一刻地大起来了,方才的那只刺猬猬,已经无影无踪。

终于有割豆秸的声音沙沙地传出来。

玛瑙打个喷嚏,醒转来,把耳朵贴在大地上听着,是镰刀声,豆秸倒地声,放铺声,脚步声……他的眼睛在暗中睁大起来,怀疑地向着月亮看了一眼,大概想看出现在是什么时光来。

他把手向来宝一推,道:"有人了!"声音几乎低到听不见,他又推了他一把,来宝蒙头涨脸地坐起来,向他摆手,然后把耳朵贴在地上。

"在'抹牛地'那边!"他狡猾地笑了一笑,高兴道,"一阵好揍!"

玛瑙见他醒来,轻声问道:

"捉他?"

来宝顺嘴说:

"捉!一定的,月饼!"

于是两个人悄手悄脚地爬起,向"抹牛地"那边包抄过来。两人都佝偻着腰,怕让那偷青贼看见,事先逃逸了。玛瑙抖抖身子也钻进豆丛里去,心想:"活该这贼倒霉,大过节的一顿胖揍!"手里使劲地握住了红缨扎枪。

雾很沉,两个人都不能辨别自己的伙伴儿在哪里,只有在豆叶的微动里,觉察出对方来。来宝以纯熟的经验,按照一个直线,到达"抹牛地"了。他将拳头抱紧,如同一只伏在草丛里等着他的弋获物走来的猛狮一般,两眼睁大,略微停一停,向着红雾里望去。

玛瑙心里十分沉阴,看着混沌的雾气,像一块郁结的血饼样地向自己掷来,不由得心头一阵冷悸……

忽地"噢——"一声惨叫,一件东西沉重地跌倒了,来宝早已和那人扭在一起。

"老东西,这是你家的!"来宝气喘吁吁地一边揪打着一边骂着,"这回老杂毛,你再叫!"他死命地揪住那偷青贼的脖子。

"爹爹!爹爹!"玛瑙一阵狂喊,也扑滚在地上的两人身上。

来宝怔了一怔,揩着眼睛:"吶……"

躺在地上的老人,脸上罩着一层灰白色的惨雾,喉咙被痰壅塞着，很粗鲁地喘气。脸上有一道污血涔涔地淌下来。

两个青年都失措地不知道怎么办是好。

老人用仇视的眼光狠毒地望着他们，挣扎地站起来。虽然他的腰是驼到无可再驼了，但还可以断定年轻时他定是一个顽固而强健的农夫，至少三十年前他也是个"头把刀"的"打头的"。

"马老爷，马老爷……"来宝呐呐地嘴里不知道说些什么。

老人向前一跳，拾起来地上的镰刀和一条麻绳，回头用眼向他们咒视了一下，便一高一低地走了。

两个默默地走回湖边来。

"你睡吧，我不要睡了。"来宝生气地说，他又抱起了膝头。

"你看不起我爹吗？来宝。"玛瑙深深地叹了一口气。

"胡说，你睡吧！"宽宽的肩膀动了一下。

"我……我不成噢，我要挣得多呢……"玛瑙又道。

"你挣得多又怎样呢，能使穷人都好了吗？……"来宝轻藐地用鼻子哼他。

"爹……咳，老了！"玛瑙只是叹气。

"老！老头子成呢！"来宝斥他说。

"成？"玛瑙不解地问。

"那当然！"来宝又咕哝说了一些什么。

玛瑙忧郁地倒在席上，一种无边的哀怆淹没了他。疲惫的脑筋开始有点麻痹，他觉着一切力量都从身上失去。眼前只是一片荒凉，没有希望，没有拯救，从胀痛的呜呜的耳鸣里，只传出一声缠绵不断的绝望的惨叫。

辗转一会儿的工夫，他便被精神的疲倦，带入一道伤痛与睡眠混合的深渊里，沉浑地失去了知觉。

一觉醒来他又听见有人低语声，似乎离得很远。他想又来偷青的了，来宝不是没有睡吗，难道可怜的爹又回来了？……他连忙清醒过来……来宝已经不在他身边了。

月亮像一个炙热的火球，微微地动荡，在西边的天幕上。大概离早晨已经不太远了……远方的鬼魂样鸡声在叫着。

"来罢，小伙子……害羞吗？……来！……"

玛瑙听不出声音在哪边来的。

"你打我，好，打我的奶子好了……哎唷，小畜生！一会儿你就知道我的好处了……来罢，那边……"

玛瑙茫然得不能索解，只是袭来一股羞辱与不可知的恐怖。而方才不久听到的那同样的镰刀声，豆秸倒地声，放铺声，脚步声……同样的急切，同样的烦躁，又在不远的地头上出现了。玛瑙的惊惧是可以想见的，他想只要是来宝在这里就好。他参着胆子，手里本能地捏住了红缨扎枪，冲着割刈声传来的方向赶去。

他生手生脚的，心头忐忑地跳着，幻想出前面一定是一个络腮胡子的大汉子，那汉子举起闪电样的镰刀，照准自己的头顶劈来，他几乎要叫出。这时他想退回去找来宝，可是来宝已经不见了，后边也是一片黑魆魆……

"谁！"玛瑙向前大喝一声，声音里抑不住有点颤抖。他这叫声与其说是要吓退对面的敌人,还不如说是想提高自己的胆子。

当前一个孱弱的小姑娘吓得倒退了起来,一手举着镰刀。

"你还不快跑,你偷青……呵?"玛瑙看清了他的对手是个发抖的小人物,他突地壮起了胆子,只是奇怪她为什么还不快跑。

"你这点小东西,就敢偷!……"玛瑙喝她说。

"我妈——妈不是和——你说好了吗?"她很怕,瑟缩在一团,还举着镰刀,话语说出来一个字一个字都在沉闷的热郁里塞住了……

玛瑙不知是为了自己的好奇,还是为了使可怜的对方破除害怕,声音不由得缓和下来,轻声问道:

"你妈——是谁呢?"

"我妈,你没见着吗?"那小女孩全身抖着,又复陷入一种剧烈的痉挛里,她以为一切都完了,她妈没有和他讲好……

"呃……我们是两个人,你妈也许跟那个人讲好……喂喂,你不要怕,我不知道,我睡觉了……"

小女孩惶悚地小鸡样地向他疑惑地看了一眼,把举起来的镰刀迟钝地放下来。

玛瑙心里出奇地难受,他很想哭起来。

小女孩又转过身去割起豆荚来了,不过还戒备地用眼光从眼角上向这人溜着。

"你有爹吗?"玛瑙昏乱地问着她,不知应该如何来应付他的小贼。

女孩儿摇摇头,依然吃力地割着。她的小手握着那豆秸是那样地费劲,那样地迟慢,一刀一刀不自然地割着。

玛瑙又问:

"有爷爷吗?"

女孩儿道:

"爷爷咳嗽呢,爷爷说他就要死了。"

玛瑙眼睛亮起来,道:

"咳嗽!"

"唔,到晚上就厉害。"

"你妈晚上起来给烧水吗?"

女孩儿不解道:"烧水?"

玛瑙连忙给她解释:

"呵,烧水,压咳嗽。"

"不,我妈没工夫。"

"你妈干啥忙呵?"

"偷豆秸啊。"

"要不偷豆秸呢?"

"也忙。"小女孩轻轻地呼出一口气来。大概她是叹息着自己的无力,她割了那么半天,还不够个大人一刀挥下来的那么多。可是她还是毫不倦怠地割着,好像割着就是她的生命里的一切。

"你妈现在在哪里呀?"玛瑙陷入不解的懊恼里。

小女孩全身微微一震，在嗓子里呜噜着："我不知道。"

"那你怎敢一个人来偷呢？"

"我妈说，她一咳嗽，我就割，那就是她说好了。……"

"唔……你妈……"他沉吟地落在思索里，"你不害怕吗，这混镫镫的天天，对面不见影儿……"

"……"她回过头来看他一下，眼睛里闪着黑光，全身都更缩小了一点。

"你有哥哥吗？"

女孩儿悲惨地摇了一下头。

"弟弟？"

女孩儿无声叹息着。

玛瑙向四外无告地望了一眼，月亮已经西沉了，白茫茫的大雾带着刺鼻的涩臭，慢慢摊成棉毡，为着破晓的冷气的漫延，开始凝结起来。大的分子黏合着小的分子，成为雏形的露珠向下降低了。远远的芦苇，深谷，大树，朦胧里现出粗拙的无定色的庞大的块和紊乱的不安的线条。鸡声又叫了，宛然是一只冤死的孤魂无力地呼喊……

小女孩手出血了，在衣上擦着，又弯下身来割。

玛瑙看着她又问道：

"你有家吗？……"

"唉……"小女孩挺挺腰，喘口气，她的肋骨完全酸痛，一根一根的，要在她的小小的胸脯上裂开弹去。"求求你，你不要问我了……"她恐惧地向后偷看一眼，想辨明是否因这话而得罪了他。"我割得太少了，……我妈就要来了……该打我了……"最后的理由她吞吐地说出。此刻她完全为恐怖所占有……

玛瑙无神地俯下身来，拾起落在地上的红缨扎枪，木然地向后退去……心头像铅块一样地沉重。

雾的浪潮，一片闷都都的致人死命的毒气似的，在凄惨的大地上浮着，包育着浊热，恶瘴，动荡不停。上面已经稀薄，显出无比的旷敞，空无所有。

月还是红憧憧的，可是已经透着萎靡的苍白。

他一个人蹋蹋地向前走着，脚下不知踏着什么东西。……走出约有二十步的光景，他又顿然停住了，然后大步地转回来。……

小女孩看他走过来，触电样地向后一退，神经质地辩诉着："我割得不多呀，我割得不多呀，我……再让我割一点吧……我妈就要来了呵！……"

玛瑙一声不响地从她手里将镰刀莽撞地夺下来，替她割着。……

远远的鸡声愤怒地叫着，天就要破晓了。

……

雕鹗堡

/// 端木蕻良

主宰这小村子的命运的,就是那雕鹗。雕鹗就住在那村子的小山上。不知在何年何日,就是这村子上的白发公婆,也不知道那第一对雕鹗是从什么地方来的,而且它们为什么会留在了这块儿不走。雕鹗不知传了多少代了,人们不注意这些,就好像人们也不大注意这村子过了多少代了一样。村子里什么时候都有白发的公婆,再过了三四十年还有白发的公婆,人们并不觉得这些个年老的公婆不是从前的那些年老的公婆了,人们觉得什么都是没有变的,只是北山上新填的坟,一年比一年地多了就是。

在早晨,天还蒙蒙亮的时候,雕鹗就飞出窝儿来了,雕鹗沙沙地打着翅子,在灰色的天空里盘旋,雕鹗像在查看这底下的居民。听到天空的翅子沙沙地响了,人们就说:"起来吧,天亮了,雕鹗都飞起来了。"到太阳快落的时候,雕鹗的翅子在西天上旋旋地折过来了，像车轮似的在村子的上空盘桓，沙沙的像一只柔软的手一样，挥动着太阳落下去了。雕鹗回到巢里来了，村里人都知道，天将晚了，吃完了晚饭，也不点灯，摸着黑儿就要睡觉了。

雕鹗并不注意这些，它们每天飞起来，飞回去，把翅子旋在天空里发出沙沙的声音。它们住在那小山的悬崖，那悬崖是个断崖，大概有三丈多高，从来没有人爬上去过。断崖的上边有一个土洞，雕鹗就住在土洞里边。雕鹗有两个，一个是公的，一个是母的，它们生出来小雕之后，便会分窝，使它们另外去居住，住在新的山寨之上。现在的雕鹗，到底是新的还是旧的，没有人晓得了，只知道是一对雕鹗就是。

山崖下边是垂杨柳树林，沿着山脚像四月里过黄色的麦田似的，都是柳树的堆丛。一道燕翎水在流沙上缓缓地流过，沙是白的，细得和蚌贝砸的面儿一样。水是绿的，绿得和冲洗过的冬青叶子一样。小河上边架着一道小桥，小桥是平的，远远地伸出有三丈多远，是预备桃花水来的时候，或者秋天麦黄水涨起来的时候，水漾到沙碛上了，人们还是好过河的。许多年轻的媳妇们和姑娘们在河汊上洗衣服。她们不懂得用杵，她们都是在石块上用手搓着洗。河水小声地流着，她们大声地笑着，互相地调侃着，互相说些俏皮话取笑。村中男孩子有时干事或者放牛在这儿走过，都想搭讪着讲几句话，或者盯着那其中顶漂亮的女孩儿偷偷地看上几眼，但都是被这些女孩们联合起来，取笑了一通之后，给赶走了。有时候他们也都顺着嘴儿唱情歌。

男的唱:"洗衣妇,先洗裤子后洗澡,洗衣,哥哥全不会,洗澡,哥哥等着瞧。"

女的这边揶揄地骂:"谁家娃儿来撒野,谁家的猪崽儿厚嘴唇,有嘴不知香和臭,阎王叫你枉投人。"

男的就顺着岔儿往上诌:"你说偷我便偷,偷人先偷你嘴唇,你嘴多了四两蜜,先啃四两后半斤。"

女的那方总是骂:"打杀娃儿没正经,井边走过照照井,癞蛤蟆想吃天鹅肉,哈巴狗儿枉自想麒麟。"

"正经能值几个钱,庙台能有几块砖,人生好比花间露,风流能有几多年?"

"可怜风流小妖精,蛋壳里的鸡儿未长成,上碾不能推磨转,麻雀骨形太嫌轻。"

"莫嫌小,小雀还有小花翎,不信试到河边看,小小竹竿撑大船。"

"竹竿能有几节长,不学正经学荒唐,人家正事都未做,谁有闲心逗野狼!"

男的就只好认输走了,女的们就更放肆地说笑起来,有的说,那男的哪儿好,哪儿不好;有的说,没有一点儿好,大家辩白了半天,并没把他放在心,便提着水桶衣服各自走回去了。

这里最常做的事儿,是采蘑菇。采蘑菇有蘑菇圈,一到雨过天晴的时候,女孩子和男孩子们便都提了一个小篮,到蘑菇圈里边来采蘑菇。他们挑那个最嫩最细的最先采在自己的篮子里。蘑菇柔嫩地等在那边润湿的草地上，它将虚根浅浅地沾上了一点儿泥土，好像是等待着人们来把它们放到篮子里一样。

林子里一切都是湿润的。连鸟儿的声音也都是湿润的，画眉叫得更柔媚了。啄木鸟已经不在啄木，它通常都是在太阳晒得顶烈的时候才起来工作。花蕊头刚刚弹去沾浮的露珠，预备把头抬起来。树浆像泉水似的在躯干里上升。空气带着山影反照出来的蔚蓝。深棕色的土壤里泛溢出一种黄色的汁液，带着绒毛的细柄香菇，便是靠着这种汁液来喂养大的。涨满了一寸两寸长小鱼的河流，像流云的影子似的向下流去。沙子和小石子虽在深深的河底，也可以一粒一粒地看得清楚；河边上的泥土上长满了天星星和毛芣子。

采蘑菇的人都是快活的，吹着口哨，笑谑着。小姐姐帮着小妹妹来采，小妹妹帮着小哥哥来采，采蘑菇采得最快的是代代。她的手指细嫩得也和香菇的根儿一样，好像香菇们是她的亲姊妹，见到她就愿意向她手上跑一样。每一次她都提了满满的一篮子回家去。另外，男孩子采得快的，是东来，他也能采，采得也能比旁人多，所以他和代代就最好，每次采完了蘑菇，他俩就相视而笑，唱着山歌走出林子去。

东来做事勤快，不多讲完，走起路来腰板挺得挺直。他是这村子里最好的男孩子了。母亲在教训小孩的时候，总是说："你和东来学，多好，看看你，简直就是个石龙的影子。"

石龙是这村子里最怠懒的孩子了。人们不晓得他为什么插入到这村子里，有的人说他是私生子，他妈偷着把他养到八岁大小的时候，才放出来的，有的说他是别的村子跑来的，被庙祝收下来养大的，有的说他是顺着水漂上来的，被善心的老婆婆养大了，放他出来的。有的就说："全不是，他就是那雕鹗在窝里孵出来的，不信你看看他的那双亮亮的眼睛，多尖多亮，他就是那双眼睛呵，雕鹗在半天空什么都看得见的。"有的人说他是从石头里生出来的，不信你看他叫石龙。有人记不起他是从哪里来的，而他自己更忘记得干干净净的。因为村里人对他都不好，他记起来又有什么用呢。从没有人正正经经地来和他谈谈话的。他们看见他就像没有看见他一样。就像走路碰见石子儿一样，石子儿要是碍脚就一下把它踢开，要是不碍脚，就让它在地上待着。他自己仿佛也知道自己的命运，从来也不想到要讨人家的怜爱的，他每天只在山里游来荡去，谁要给他饭吃，他就给谁打柴。谁要给他饭吃，他就给谁放羊。没有事做了，他便用手攀攀树，用脚踢踢石头，把一天的日子消磨去了，他是非常的疲懒而没有出息。他不会说好听的话，他不懂得装出好看的颜色来给人家看，他不会讨人喜欢地笑一下，他不懂得把最好的笑纹堆在眼角，他不去猜测别人的心里喜欢什么东西，他不大注意旁人。原因都是因为他不被旁人注意。惯了之后，他就知道反正我说话也没有人接腔，我做事也没有人喝彩，他的一切都和别人无关。别人似乎也都不想知道：他每天吃什么、做什么？他将来怎样了呢？他将来要活到多久呢？而且他的脑子里到底想些个什么呢？

没有人注意这些。所以他自己也不知道自己是在想些什么，树叶要不动，风就不知道自己是在刮着。他的小小的脑袋不被人来推想，他自己也就不推想别人。女孩子们，更是常常嘲笑他。

有一天，代代在山上打柴，那一天她打得顶多，走在半山腰，她有些儿背不动了。她想这时东来要在跟前儿该多好，让他帮着我背下山去，我唱最好听的歌儿给他听。猛抬头她看见了石龙，石龙毫无关心地从小道上走来。她不能判断自己是看见了他，或者没有看见他。

石龙随随便便地走过来，看见了代代，就像没看见一样，他匆匆地向下走，脚步儿还是踢踢踏踏的，脑子也没想什么，眼睛也没有看什么地向山下去游荡。

代代看着他走过去了，便喊：

"石龙，太沉了，你帮我背一背好吗？"

石龙扭转回头，看了代代，便说："你背不动吗？拿来我给你背。"

代代用手扇了扇风，便说：

"天气热得很。"

石龙说："你为什么打这些柴？"

代代说："她们都说我能做活。"

石龙说："他们都是常常夸你……"

代代顺嘴地说："大人们也不过顺着嘴儿说罢了，其实我懒透了的。"

她看了石龙一下,想起自己说谎了,便红了脸,然后嗫嚅着说:

"山上的雀叫得多好,天气真热呀!"

石龙无关心地背起柴,一面走,一面学着雀子叫,一套又一套的,一会儿是画眉雀儿,一会儿又是百灵子,一会儿又是蓝靛哥,一会儿又是花椒子,一会儿又是长尾巴链儿……

代代一面走,一面听着,看他背得很重,认真地问他:

"你背得太重了罢,你歇歇吧!"

石龙说:"这不算重的,我帮着他们扛石头那才重呢!"

他们一路走着,山上的烟气蒸腾上来,热闷而沉郁。天气有点儿燥。白雾一团一团的,停在林梢上不动。

石龙无关心地背着柴,无关心地说:"我要上那悬崖上去了。"他的声音淡淡的平平的,一点抑扬都没有,就像说着旁人的事似的。

代代最初没有听懂,便问他说:

"你要爬山吗?"

石龙说:"我要爬那断崖去。"

代代不相信自己的耳朵,她认真地问:

"你是说你要爬那断崖吗?"

"我要爬的。"

"为什么你有这种想头?"

"我要爬上去,把那雕鹗捉下来。"

代代认真地问：

"你为什么要捉那雕鹗？"

石龙说：

"我讨厌它们！"

代代认真地问：

"你为什么讨厌它们？"

"它们天天在天空上沙沙地打着翅子，把什么好看的好听的都遮盖住了，看不见了。"

代代认真地听他的话。

石龙还是无关心地走着。

代代问：

"你为什么早不想起这些呢？"

石龙依然无关心地答：

"我早就讨厌了，但是还不到时候。"

代代认真地问：

"什么时候，才是时候呢？"

石龙看了代代一眼，笑了，待了一会儿才像说笑话似的说：

"今天就是时候了。"

代代笑了，知道他在讲笑话。

他们走到山底下了。石龙一直把柴送到代代的家门口。代代请他到屋里去坐，他无关心地坐了一下，就走开了。

代代忙着吃饭。正在吃得很好的时候，忽然听见外边很多人在吵闹。

"看他去爬呀!"

"看他去找死吧!"

"这真是坏透顶了的孩子呀,他是什么坏事都做过了,现在又想到来捉雕鹗来了!"

"是那个孩子吗?是他活腻了吗?"

"不能看他去捉吧,那样会破了风水。"

"你放心,他不会捉下来的,那断崖他怎能爬上去呢?"

"可也别说呢,他天天在石头上爬来爬去的,他就是在石头上长大的。"

"别哄我,凭他能斗过了雕鹗。那雕鹗就是这村子的性命呵!"

代代吃惊地推开了饭碗,连忙跑出去看。她一口气跑到那断崖的脚下,她听见大人们还在乱七八糟地讲着,这个小村子从来没有像今天这样热闹过,从来也没有像今天这样严重的事情发生,想把那雕鹗捉下来,就好像把命运从这些村人的头上捉下来一样。

断崖下挤满了人,代代认真地走近些去,看看石龙果然向断崖上爬。

代代转过脸儿来向四外看一看,便看见有许多人把手遮在眼上,唯恐自己看不真切,有许多人把下巴掉下来,似乎看见了什么就得吞进去的,人们热热闹闹的,围住了来看一件开心事。代代又向周围的人们看了一遍,忽然袭来一阵恐惧,便恳求地向爬在半路的石龙哀哀地高呼：

"石龙，下来吧，那是去不得的！"

"石龙下来吧，那里是去不得的！"

石龙好像是爬得太高，听不见她的呼声了。但是，他仍然回过头来，向下边无关心地望了一下，笑了一笑，又往上爬去。

代代又向周围的人看了一下，又喊：

"石龙，你下来吧，你要下来我就喜欢你。"

"石龙，你下来吧，你要下来我就喜欢你。"

代代不顾四围的眼睛和嘴唇，还是高声地喊着。

空气热郁而沉重，树梢停止了摆动，山坳里都装满了热气，轻轻地向上蒸腾，整个的山村像一口烧红了的红钟，停落在柴炭上，滋滋地冒着热气。虽然有大的力气投在这钟上，这钟儿也弄得不响了，它只是又红又热，成了一片透明的溶液。它仿佛在储着气力，预备在一个大迸裂的时候，一起儿地发出宏大的震响。代代急呼的声音，投到里边去都凝结住了，仿佛锻铁里飞出来的一道火星，在这红光里，算不得什么。西边天上的霞光空明地照澈过来，照在人们的脸上，幻化出各种彩虹，照现出各种的表情。

代代祈求似的向那断崖上喊着：

"石龙，请你下来吧，你要下来我永远跟你好。"

石龙似乎没有听见下边有什么人在叫他，他还是无关心地向上爬着。人们有的唏嘘，有的感叹，但是没有一个人想法子让他下来。

代代还是招呼他：

"石龙,你下来吧!"

石龙没有下来。东来从家里跑过来,见了代代,一把手捉住她。

"代代,别人都不叫,你为什么叫呢?"

石龙爬得很高了,似乎在他的脚底下有什么东西绊住了他,他用脚踢了一下,又踢了一下,仿佛踢不开。他的身子向下摆动了一下。但是,石龙还是往上爬。

"石龙,下来吧。只要你下来,我永远跟你好。"

石龙爬得很高了,就要到那断崖的上边了。下边的人看了眼睛都睁得很大,但是没有人想使他下来,因为他们相信那顽劣的孩子,他不会把雕鹗捉下来。

代代的声音嘶竭了,但是她还在喊:

"石龙下来吧,我喜欢你。"

东来慌急地看看石龙,又看看代代,他说:

"代代,你不要叫!"

代代向前跑去,还是叫,她想使声音更能接近他。

石龙向上爬着。

代代向上跑去,而且她用着纤细的脚踝,跳过石头,去追石龙来了。

石龙在断崖上,像一个倒挂着的小虫子似的,一失手就跌下去了。

看的人都有点儿扫兴,大伙儿的眼睛一直看着那孩子的小小的身子跌落在山涧里去,才喘出一口气来,觉得他跌下去的太嫌早了一点儿。

东来跑过去拉着代代下来,但凝固的空气里似乎还听见她在喊:

"石龙下来吧,只要你下来,我永远喜欢你!"

风一动不动地静止着,使人感到是停留在一个最大的空虚里。河水反映了血红的霞光,像一匹鲜红的锦缎钉绷在白色的沙流上。空气颤动着,好像回响着金属的声音,似乎代代也还在喊:

"石龙,下来吧,石龙!"

雕鹗不知在什么地方飞回来,它并没有在那土洞里,它的庞大的带着黑色的暗影的翅子,打击着空气,发出沙沙的声音,人们好像又恢复了往常的命运的统治,觉得心安而满意。雕鹗在上空飞着,盘桓着,俯视着……在村子上边绕着圈儿地飞,人们仰面望着。

从此这村子里最美的、声名最好的姑娘代代,她的地位已经是被嘲笑的对象了。代代姑娘的小同伴们,编了很好听的山歌来唱着:

谁知石龙一条心,一个八两对半斤。
眼前装出观音样,背着眉眼去偷人。

哥也乖来妹也乖,两人连双两拆开。
对人装着无心样,过路神仙也难猜。

小小心儿比天高,吃了葡萄想仙桃。
吃了龙肉想虎肉,吃了莺哥想山雕。

断崖长呀断崖长,快下来吧我的郎。

可惜郎心呼不转,抛下奴奴好凄凉。

一直到现在,这歌声还普遍地在这小小的山村里,被年轻人笑嘻嘻地唱着。

一九四二年十一月写于桂林

乡亲——康天刚

/// 骆宾基

一

乡亲——康天刚第一次离开立马峰,已经是在关东山满了三年的期限。三年来,没有挖到一棵人参,脸上也看出是老了,眼角裂开一道道皱纹,尤其是在笑的时候,全不像只有三十岁的人。离海南家的时候,穿的是土布的农民式短袄,现在穿的还是那件的底子,不过补得一块一块的,看不出原先那种色调了。

现在他从关炮手那里,借来一具雪车和坚厚的羊皮外衣,套上猎户的那匹俄罗斯种的公马,把手指插入嘴里,打声响亮彻野的呼哨,两手抖抖马缰绳——那缰绳从公马的阔嘴的左右分作两股,为的是便于车夫坐在雪车上驾驶而延展很长——呼唤一声骚达子(那时公马已经扬蹄),他把身子用力向雪车的干草上一抛,又抖抖马缰,雪车就开始移动,逐渐迅速地飞驶开去。骚达子也就高声吠叫着，追逐野兔子那样随着雪车奔窜——一会儿就越过雪车，高吠着一直奔窜前去。康天刚就把两手插入无指的狗皮手套里，安然坐在雪车上。公马不用人指使，一百四十里的冰道，傍晚就可以赶到了。没有大风，雪刚停止，无际的晴空托着一轮暖阳，正是冬季探友的好日子。

这是爱新觉罗氏家族入主中国以后，算是"江山一统"的太平年月：正像京戏里任何一朝皇帝出场时所说的"风调雨顺，国泰民安"的时代。

皇朝发祥地的解禁圣旨颁布不久，就是说三年以前，乡亲——康天刚就到关东来了，抱着寻求财富的希望，和普通那般跑关东的山东农民一样，充满了冒险的精神。

康天刚本来是乐天任性的人，欢喜唱小曲、拉胡琴、玩鸟、打猎，一直没想他该怎样来建立家业。因为和三里外的邻村的财主闺女发生了爱情——他是雇在财主家做长工的——等到财主知道他和自己闺女的关系想要拆散他们，已经晚了，而且知道闺女抱着誓不改嫁的决心的时候，就答应康天刚：若是三年以内，他能够置买二十亩小麦地，另外再有耕地的牲口和一辆送肥的农车，那么他决不再苛求，准备把他的闺女嫁给他。财主是中年丧妻不娶的人，平日自然极钟爱她。

他闺女也首肯了这个口约。康天刚回到自己的村庄，就贱价卖掉自己仅有的半亩祖茔墓地，以便及早动程到关东山。当时，关东山在山东农民的脑子里，是块遍地金沙的宝地，除了闯关东，康天刚想，是没有别的方法在三年以内成就这样一份家产的。

给他暮年的母亲，只留下两间祖屋，临走母亲嘱咐他，到关东山无论运气是好是歹，要常常找人给她带口信。那时还没有邮局，许多到海北的山东农民往往一离家门就失去音信。又说："我自己呢，你就不用挂心。反正本族的户数多，冬天帮着人家推磨，秋天帮着人家打场，春夏有的是野菜，总能凑付着过的；不过只有一样不安心，就是昨晚做了个不祥的梦，恐怕咱们不能见面了呢！梦见掉了牙不见血，也不疼，不太吉利！"

"你别想这些，咱们一不杀人，二不偷盗，会有什么不吉利呢！"

"吆！可难说呢！"她流下泪来笑着说，"我自己老得这样，牙口眼色，越来越不济事，说不定有个三长四短，眼前就你一个亲人，又隔着渤海……"

"不会呀！"康天刚笑着安慰她，"老天保佑，说不定我今年年底就回来了。"

这样康天刚就离开乡井，带着几件替换的衣裳，另外还有地主女儿送给他的一件瓷的观音像，祝福他在观音老母的庇护下能够早日发财，及时回家；实际上她秘密默祷着，愿他不要变心，或给关东山的黄金迷住了，忘记了遗留在海南守约的自己。

那时没有汽船，他搭的是依靠风力的帆船，那帆船挂着三张白布篷，在无边无际的海里，漂荡了整整三个月，因为半途曾经失迷了方向，等待到达大彼得湾，望见渔船和海鸥的时候，康天刚已经和全船乡亲饿了五天啦！

在海参崴——大概是一八五〇年以后吧！俄罗斯亚历山大二世的东"西伯利亚政府"的主脑穆拉威耶夫，刚刚占领这块土地——那俄满两族土人杂居的城市，康天刚只休息了两天就和那些同船来的旅伴们分手了。有一个名叫姜云峰的乡亲，指示给他到吉林省境的路程，说是第一天，他可以在地名卢锅的镇市住宿，那里有许多制盐的乡亲，尤其是孙把头，为人很义气，若是碰到他，说不定还能搭上访山帮的伴，让他们送你到省境去，然后祝福他有好运气——至于他自己，要歇几天，进山找"干这行的朋友"。说话时手指做着捻弄胡子的姿势。康天刚到现在才明白，原来在船上交了个"胡子"朋友，立刻觉得遍地白雪荒山的关东山，确乎和人口稠密的山东不同。两人分手，还约定交秋再碰面，姜云峰说：开春再入吉林边境去玩玩。

路上，康天刚越发觉得这地界着实和海南不同。远远近近，全是重叠的高峰峻岭；而且岭岭还遗留着冬季的白雪，快到三月了，还看不见一点绿色。所有的岭岭全长着森林，峡地和宽谷又一色是草原，这都是他第一次见到的，那么广阔无际，那么丰富、稠密，一片一片，无尽无止地展开去，地面不露一块土。足证它们是一年到头，没有人动过，冬季任性自衰自败，春季任性自长自生，无怪乎说关东山富庶，在山东不要说森林，就是河崖草都偷也偷着挖光了，哪有抛在地上不管的呢！起初，他还想着搭木帮，入山砍木头；后来想起姜云峰的话，为什么不搭访山帮去采参呢？他是抱着有月亮不摘星星的雄心的。

走到卢锅。果然找到孙把头。这是个背胸相当宽厚的汉子。满脸红红的，仿佛刚从热水浴盆里走出来的人。和他相离三年了，康天刚还清楚记得初次见面的印象。那时候，他就留着一撮蓬草式的胡须，辫子是割掉了，只剩着丰厚的辫尾，穿着破羊皮袄，敞着胸，衣扣全破了，用一块粗布扎着腰。一知道他是从海南新出来的乡亲，而且特意找他的，就把康天刚带到自己所盖的洋草房子里去。从墙上摘下酒葫芦来说："乡亲，这是俄国窝特卡，尝尝吧，这地界没有咱们海南家的高粱酒，都吃这个。我是一滴也不要沾的，原是预备来人什么的。咱们在这碰到就无亲也带八分亲了，你得当作在自己家里才成哪！"他又说："你尽管坐下喝，关东山是不讲礼道的，也不要让。"又问他："海南家的收成怎么样？哪村哪乡受到旱灾？"说着说着越发亲近了。原来康天刚提出的庄名和本乡有声望的人物，孙把头也都知道，并且还能说出每人的特点。譬如："东旺庄衙役，还是那么能喝呀！每次都用棍子挑着个大酒坛赶集！""李家洼的老刀笔还没有死吗？真是祸害一千年，每年赶山，都是衣领后插着把扇子，谁见了不让路三尺呢！"最后孙把头告诉他，在这里可以多住几天。他现在新领了一块山地，预备开春垦荒，若是他愿意留在这里，他情愿一年给康天刚七十吊羌帖①的劳金，或者他也想领块

---

① 羌帖：沙俄侵华时，在我国东北铁路沿线流通的由华俄道胜银行、沙俄国家银行、中东铁道局发行的金卢布、银卢布，东北民间俗称"羌帖"。

荒山的话，那么就合股开垦；他出牲口，康天刚出力。

当时康天刚想："我要七十吊羌帖有什么用呀！把七十吊羌帖看得这么重；可是在我，一点也不济事，就是干两年回家也置买不了能养得住两匹牲口的地亩呀！就是合股垦荒地，也不是一年两年就见成效的营生，况且我还预备年底回海南呢！"就辞了，决定去访山，访山就是挖人参，吃山的人是忌讳说明它的。

"为什么访山呢？"孙把头说，"那都是心高望远的人走独门，掷骰子想一把掷出三个六点来，全得凭运气、手红，那当然，说不定几个月能访到棵百把年的老山货，可是背运，三年五年也未见访着一棵参苗子。还是卖力气，作打头的长工吧！这是实在的，一步一步来。"

康天刚笑着说："卖力气，我就不用卖掉祖茔地过海来了！"

现在回想起来，康天刚只有苦笑。还有什么可说呢？三年真的一棵参苗也没见，不过还有着自信，那就是再看今年这三百六十天了。

他现在就是去卢锅探望他的乡亲孙把头，托他找人向家带个口信。让海南家那个守约的闺女，再延期一年。他想今年底一定会走运的，因为败运也是三年一转的，虽然他确又不相信什么运气。

这时候雪车已经离开山道，在一道河流的坚固冰面上飞驰着。冰面又宽又平，向山谷之间伸展开去。两边全是白雪掩盖的草原，显得极空旷极辽阔，而又云树不分地渺茫，一切全是白的和灰的；只有偶尔那树枝上雪块坠地的声音，才使人注意到雪车越过森林蓬茂的山脚，原来空旷也并不辽阔。康天刚现在对无边无际的富庶山野，完全没有兴趣了。虽然抽了袋烟，想提提神，可是在那永远是单调的白雪灰云的河道上，永远是马蹄子在冰面上起落的单调声音里，终于袖手打起盹来。

路还远着呢！

二

拖着雪车奔驰在坚雪道上的公马，突然扬鼻打起啸声。康天刚醒来一看，太阳已经落西，雪车早已离开所走的冰面，而且旷谷周围，起了大风，雪屑满空飞舞。不过从公马的一连串响鼻的声音里，意识到距离卢锅是不远了。为了避免再沉湎到睡眠中去，就跳下雪车，让公马就着自己的脚步缓缓走。这样，还可以活活周身的血，实在他的两脚冻得有点儿疼呢！不久，公马打起第二次响鼻，它的眼睛也放出光来。竖着两耳，向前侦听。康天刚就想，快到了。可是伸展在眼前的辽阔雪野，又一点村庄的痕迹看不到，尤其是风高雪狂，连树木的黑影也望不清楚。慢慢地发现许多野雉的爪迹和狗的吠声，康天刚的雪车才走进半里外还不能十分确定的卢锅村。

一群孩子在村口站着望他。他们追逐那些飞到人家附近找觅食物的野雉，现在他们望见雪车来了，都想能认识他是谁。是本村的呢，还是父亲的故旧？等到彼此互望着，知道谁也不认识他的时候，就有年纪较大的孩子，提议坐雪车，一哄地迎奔前去。

康天刚向他们笑着说："小狗拾的，等进了庄再坐，马累了一天啦！"

一个两腮冻得红红的孩子，穿着大人的短袄当长袍，他说："你是不是来卖狍子肉和狐狸皮的？"

"孩子，我是卖鹿牙和象角的。"康天刚有趣地向他睁大眼睛说。又问："孙把头在村子吗？"

"你找姑姑领你去吧！"他笑着就向一个八岁的梳着两条垂肩长辫的女孩，"姑姑！找你爸爸的呢！"

那是一个俄国孩子，有着黄头发，海蓝色眼睛。

康天刚想，怎么孙把头成家了吗？那么一定是个毛子寡妇了。

他猜得不错，等到刚一见孙把头，他就拥抱起他来说："你是天上落下来的客人呀！"然后回头高声招呼起玛达嫂来。康天刚问他："还认识我吗？"也没得到他的答话。尽是吩咐姑姑把公马卸下来。自己就拉着康天刚的热手（因为刚脱出皮手套），走进一所有玻璃窗的房子。

"乡亲，你老了呢！"孙把头说，"我在后窗就望见你了。我说这是谁呢？我不敢认，后来越看越像你……唉，我成了家呢！还是先说你吧！你怎么样？"

这时候，玛达嫂走进来，脸面和孙把头一样地红，肌肉粗壮而有力,腰胸一般肥胖。进来时,用裙子擦着手,说了句什么。

"你看,她还问干什么呢?客人来啦!还问干什么?拿窝特卡来……你那是做什么?挤牛奶吗?别挤了。烧苏布汤去吧!"

玛达嫚用眼睛向康天刚笑着,表示歉意,表示不知道怎样说话来迎接为丈夫所喜的这位客人。又用围裙擦擦手。可以看出来,这一次是宣告要下厨房了。

"牲口呢?"她用熟练的中国话说。

"牲口,牲口……牲口牵到牲口棚去呀!"孙把头说,"你不用动,她会摆布。其实她满精明,给我喊的喊昏了——你坐坐,还是我出去看看吧!"

康天刚一个人望着这泥壁光平而洁净的屋子,望着有窗帏的玻璃窗,望着平整的涂油地板,白布罩的饭橱,觉得一切是这样富美,一边脱掉挂着雪屑的羊皮外衣,心里是急于要知道孙把头是怎样在三年内致富的,并有若干财富。

"姑姑去领这康大叔到河冰眼洗洗。在冰水里泡泡,不会冻伤的。"孙把头回过脸来说。

康天刚很熟悉地通过后门,走到后山脚的小河崖下。姑姑总是用出神的眼光望着他,在她出神望他的时候,他就做着猴子霎眼那样迅捷的眼风,取悦她。心想母亲那样粗笨,怎么会生出这样一个漂亮的女孩子。走到石凿的冰口,姑姑指给他可以坐下洗脚的石头,就独自像山羊羔子般跳着跑开了。

洗脚回来,孙把头又在他脚前掷下一双短腰毡靴,说:"这还是你前一次穿过的哪！"然后把西窗帏拉开，这样屋子更亮一点。于是聚在宽长的桌子周围用晚饭了。孙把头照例还是不沾滴酒，只给客人亲手斟。

"乡亲——我说你留在这按部就班地干，不是也和我一样了吗？"孙把头开始说，"你知道，我现在有一百垧熟地了呢！还有三百垧荒地没有开。虽说背着千把块的债，可是我也给你讨了个嫂子。"他向玛达嫂望了一眼，"我就是不向高里望……还是先说你的吧！我也从'来往跑山的'口里听说过你不大得意，你说吧！我这里听呢！"

"有什么说的哪！"康天刚笑着说，"咱们各人有各人的看法。"

"那么你还想回到山里去吗？"

"天然哪！"尽管他是怎样地微笑，孙把头却也觉出一种感叹而且有点气馁的印象，"我是有月亮不摘星星的，况且已经花了三年的日子。"

"乡亲！为什么你不一步一步来，尽向高处望呢！"孙把头说话时望了一眼姞姞。

因为姞姞看着康天刚使刀叉的手嗤嗤笑。玛达嫂向他说："这样！这样！"两手做着刀叉切排骨的姿势。

"乡亲！你知道咱们不是外人，才这样说。你是太贪了，人不能不知足！"因为玛达嫂说："拿来，拿来！"孙把头的话给打断了。

康天刚因为排骨滑到盆式盘子的外面，意欲用手推它进去，可是两手全握着餐具，不知是放下刀子妥当呢，还是放下叉子妥当。孙把头就想："我的话，他一点也听不入耳哪！"

玛达嫚用围裙擦擦手，接过康天刚的刀叉替他切。康天刚这才抬起头来说："哪！怎么样，不能不知足，还怎么样，你说呀！"其实他只听见末尾这句话，并不是因为太饿了，想急于吃东西，而是根本他对孙把头这话，不啻一个读书的人听农民讲《三字经》那样不入心。所以等到玛达嫚把刀叉放在盘里，推给他，而且她露出不看他是怎样吃，更用眼睛制止姞姞不要向他望而姞姞偷着望的时候，康天刚又没听见孙把头是说些什么了。孙把头看见康天刚故意用刀片挑着肉块向嘴里送，装作嬉弄姞姞，实在是借以解嘲。心里想：他是完完全全没有注意我说什么！

康天刚也想：这个女孩儿确乎是可爱，那老家伙可蠢死了。陪送二百垧熟地，我也不要呢；而他却很满足并以此自骄呢！

"乡亲！"

"什么？"

"那么你说说，你这三年里……你看，我说你又不听；我要听，可是，你嘛，又不说。"

"说什么呀！你全知道，我倒霉就是了。三年访不到一棵山货，一年换一个访山帮，这样下去恐怕没有山帮敢搭我这个霉气伙计了。"

"那么你还回去吗？"

"我说过嘛，天然要回去的。"

"你来是做什么的？"

"我来是看看你呀！乡亲。"

"那么……乡亲！我不留你就是了，愿意在这多住几天，就多住几天；愿意什么日子走呢，就走。乡亲！你知道，我新添了辆车呢！两匹挺壮的公马。等明天咱们哥儿俩去看，放在地户那儿呢。"孙把头叹息着说，"若是你来的那年，听我的话，咱们哥儿俩，不都是大粮户了？唉！你老是要摘月亮呢！"

哥儿两个大声笑起来。晚餐吃得满愉快。餐后，又谈了一会子闲话，康天刚就到厨房去睡觉了。在谈闲话当中，康天刚托付孙把头有便人向海南带口信，就说今年年底要回家。至于那个守约的闺女的事情，他是从来没有向他的朋友提过的。

三年前康天刚就是在这厨房住宿过的，那时还有新鲜木材和油漆的气味，现在则充满了牛乳味以及油气。最大的不同，就是三年前，这是一座新盖的住房，而如今是降作厨房了。

康天刚打开窗，想使屋里的空气调换一下，不料风势很大，推不开；用力推开一半，那窗又借着风力自动地朝两边外墙打去，冷风立刻侵入，且扑灭木棒火烛。他想起三年前，也曾有过同样的情景，不过那是春末第一次雷雨的黄昏，而现在是冬末的夜晚。

他还记得那时候，他打开窗，窗户也这么有力地自动地朝外墙两边打去，他听见一声画眉的婉转娇鸣，仿佛一般起风的日子，或是傍晚百鸟归巢的时候，人们所听见的短促的悦耳的鸟鸣一样。似乎向它们的同伴说："快呀！暴风雨快来了！"或是："快呀！天要黑了，我们得赶快回巢！"如今呢，春天还很遥远，外边只有狂啸的北风声音响。关上窗，风声就隐约不清，因为门窗边缘都钉有一条条狗皮，自然，不透风，再加墙壁又坚，所以听不见外面的风声响了。这也和三年以前一样。

康天刚没有重新点燃木棒火烛。在黑影里，面窗站立很久，又叹息一声。想倒在炕上睡觉，可是好久也睡不着。在他脑子里有两个念头，一个是怀疑自己：果真命运安排妥当，年年走下坡路吗？一个是对于他的乡亲孙把头的幸福的怀疑：不错，他是成家立业了，可是她又丑又蠢呀……是的，他很满足……于是他又想到若是三年前真的和他合股开荒，自己确也不至于像今天这样了。最后另一个念头又讥笑道："莫非你真的相信鬼运气吗？那么在海南娶一个傻丫头就算了，何必穿山过海跑到这百里不见一个村子的关东山呢！不是要摘月亮吗？这才决意把她娶过来，这才闯关东，这才访山。"他又想起她——那个财主闺女的两只撩人的眼睛来。想起在他离海南家那年的清明节日的黄昏，在她后院独自一个人打秋千的情景来。春燕在秋千左近飘着，蝙蝠在暮影里飘着。她的鬓发和轻柔的衣襟也在空间飘着，真是妖魅一样的迷人呀！他觉得世间上唯有她是最美丽的，唯有得到她是最幸福的！为什么不爱这最美的呢？山里同样生着树木和人参，为什么不采人参而去砍木头呢？这正和他要娶她一样，有月亮何必去摘星星呢！就是没有月亮可摘，他也不要摘星星！

他想到这许多的道理，但尽管他是怎样深入地去思索它们，终于抵挡不住一个念头在脑里飘起来，这就是三年前他若安分守命地垦荒，他现在可以回海南成亲了。

半夜他起来给那匹俄罗斯种公马加了草料，回来还是不得入睡。直到头遍鸡叫，才昏昏沉沉似睡非睡地打起盹来。

三

第二天，康天刚就想回到山里去。孙把头堵着牲口棚门口，不让他牵出公马来，无论他的乡亲怎样坚决，他是要留下他去看看他的百十垧熟地、新置买的牲口和车辆，才能放他走的。并在当天下午邀他骑马到后山上去打围。

这些事情都满意地履行之后，孙把头在回来的路上和他说："乡亲！你不信不成，就说咱们哥儿俩打的这只兔子吧！咱们想也想不到的。咱们是出来打野雉的，可是就碰到它。什么事情都是安排定了的，为什么咱们单巧在瞄准那只野雉的时候，就看到它呢？那只本来该死的逃过了，而我们连想也没想到的这只兔子，却送到咱们枪口上来！"说话时，孙把头一直盯住康天刚的眼睛，想从他的眼睛里辨出他的反应来。他们是并着马头走的，只见康天刚的嘴唇苦笑了一下，他的眼睛望着前面，足证他的脑子确是在思索孙把头说的话，可是他没有作声。孙把头虽则也不作声，但那眼睛仿佛一定要获得他一句话才肯离开他的脸，结果是连康天刚的注视都没有得到。

"乡亲！你想什么？"

"没有什么！"

"嘻！"孙把头自嗟自叹地叹了一声，表示对于不能折服他的乡亲的惋惜，"我昨天还想留下你，我可以给你九十吊羌帖一年的劳金！"他低声无力地说："你知道，我看见了咱们一块土上生长的人，分外亲呢！我还想预先支给你，那么春天可以买几匹马驹子在这一放……愿意领荒呢，也中，秋景天咱哥儿俩赶车到海参崴去玩他一个月，该多好呀！可是你不会的！"望着康天刚又一次地远望前方的苦笑，他又加重声音说："怎么样？我知道你不会的嘛！"

"乡亲！"康天刚也低声说，仿佛一般人经过长久的深思，而虚心下气地把衷心话说出来的口气一样，"人哪！只活一辈子；有的百儿十岁，有的四五十岁，都有这么入土的一天，没有第二辈子的。有些人呢，在这辈子里，整天有口粗饭吃就知足了；有些人呢，就不了。不是到头都一死吗？那么我要活得幸福，有意义，真的！就是这样！乡亲！人就是命运的主儿：我要今天回山里就今天回山里，我要打兔子就打到兔子。我不开枪，兔子就不会到咱们手里来；我不套马，雪车也不会把我拖到山里去。人就是命运的主儿！"

到底康天刚第三天早晨离开卢锅了。孙把头和玛达嬷送他到村外。只住了两天的工夫，姑姑见了他，不是像山羊羔一样跳开去了，不是用出神的眼睛凝视着他——就是他向她挤眉弄眼也不嬉笑地凝视他了；而是一见，就用两腿盘在康天刚身上打秋千。因为康天刚是那样一个愉快活泼的汉子，只要一见他就像从他身上得到生命力似的，就受到他的感染而顿觉生命的幸福似的。他会把手指插入嘴里打很响的尖哨子，又会给姞姞唱小调，编装蟋蟀的草笼子。所以当康天刚抓着马缰绳，要想抖抖它，使那匹公马拔脚飞跑的当儿，姞姞又一次用两手抱紧他的腿，尽管康天刚怎样地说："我还来哪！再给姞姞带个黄鹂来！一叫唧流唧流的……"她还是摇头不放手，她低着头，用脚踢康天刚的靰鞡的靴尖。

玛达嫚在一旁站着，两手毫无意义地抓着围裙襟，提到腰前，既不擦脸也不擦手，躬身在姞姞身边说："听话！"接着是两句俄国话。康天刚虽是听不懂，可明白是骗孩子放手，但她嘴唇所飘浮的笑容，又明明白白是赞美姞姞对客人的阻拦。她的眼睛洋溢着热情的光辉，仿佛说："姞姞多招人喜欢呀！"并且把这意思，用眼睛传达给康天刚。只有这时，才看见抓在她手里的围裙确实是有用的，她擦了一下嘴巴。

到底姞姞给孙把头拖开了。她还伸出一只胳膊一只腿，向外挣扎。康天刚就抖抖马缰，立刻跳上雪车，打起尖哨，回头向着姞姞摆着手，说句俄国话："道需但妮！"

"那么，就这样吧！乡亲！年底我们等着吃你的喜酒吧！"孙把头高声说，不是因为康天刚的雪车走远了，而是因为风狂雪啸的声音大。

"好了，你们回去吧！"

"年底一定来的呀！"

"天然要回来啦！"

这时候雪车载着康天刚飞驰开去，还听见孙把头叫道："把外衣穿上，出村子风更冷了！"

"知道啦！回去吧！外边挺冻的。"康天刚回头喊，"别忘记，托人向海南带个口信呀！"

孙把头两手当作传声筒，说了句什么。康天刚没有听清楚，只见玛达嫚的头巾在风里急速地抖摆，两眼望着他，孙把头和姑姑也都两眼望着他。他就把手在空中扬了扬，转过身来，叹息着，满心不愉快而且怅惘地望着尖尖的两只马耳，瞬间抖抖身子，披起羊皮外衣来。那雪车在坚实的雪道上，又飞速地奔驰开去了。

四

十七年过去了，康天刚没有再到卢锅去探问他的乡亲。

十七年当中，康天刚换了十六个访山帮，每年他都是被新加入的那个采参集团所摒弃。起初，是因为访不到人参，说他的霉气沾染了大家，末后变作人人见到他，就觉得败兴，就觉得不愉快，即使秋底挖到几棵草参，也找个借口驱逐开他。乡亲——康天刚一年比一年苍老，眼光一年比一年犀利，而且冷酷，脸色也一年比一年顽强,甚至于面对着好心肠的伙伴,也没有一点改变。永远是用冷酷的眼光,仿佛瞭望某种遥远的东西,那样望着近前的人。实际上他对伙伴们倒没有什么敌意,正像赌牌九:一连打开的全是"毕十",这时候就是面对昔日心欢的友人,也变成不服输的赌徒那种冷酷而激怒的神情了。

这年,乡亲——康天刚的两腿受了风湿,精神顿然颓唐。本来他的头发,已经花白,盘在头上的辫子,就细弱得很可怜了,现在又时常脱发,同时脸色也更加憔悴,而且也越加沉默了。走起路来,脚步迟钝,两腿有时竟抖得支撑不住上身的重量。

这时候,他的爱狗骚达子已经半途抛弃他,死在白头山快满五周年了。现在陪伴他的是一匹叫乌耳的白狗,它也和主人一样地倔强,常和野狼撕咬。为了保护乌耳的生命,乡亲——康天刚在它的脖子上套了项圈,那项圈有着大半环密密的尖钉,可见乌耳是怎样被它主人所心爱。也正因为乌耳是康天刚的爱物,伙伴们遇见了,总是憎恶地驱逐它。偶尔也有人借乌耳故意大声威胁它的主人:"再他妈进伙房来,就杀了它!""到秋非赶它们出去不可,整天汪汪地跑进跑出,咬杀人凶手呵!"也有心肠软的伙计招呼康天刚:"乡亲,把你的狗唤出去,它又到墙角上刨土,搜寻把头养的那两只兔子哪。"而康天刚常常一句话不说,就进伙房把乌耳驱赶出来。有一天,把头双喜对他说:"喂!"——他是连声伙计都不屑叫他的——"你看夏末了,山里还没露红,他们说你把霉气带给我们了……以后不用你进山,在伙房里烧饭吧！省得出入口，冲犯了山沟的喜气。再说你的腿又生毛病……"从那次以后，康天刚就搬到伙房去住，伙房的伙计就代他随着大帮早出晚归地去访山了。

伙房立在峰顶上，地基比伙房高出五尺，门口就是一个岩石形成的悬崖。康天刚一打发走挑饭的伙计，就坐在门口休息。望着远近的高拔山峰，望着两山之底的深谷，望着白云，以及飘荡在低谷之空的苍鹰，抽两袋旱烟，又好预备午饭或晚饭了。

有天黄昏，康天刚坐在门口休息，突然听见一声马的嘶鸣。那乌耳就跳起来，抖抖耳朵，吠着蹿出去。这声马嘶是不足稀奇的。"线上的"磕头哥儿们，每年巡两次山。巡山就是抽税，遇到种烟土的要三二百两烟土；碰见打围的，收几十张狐狸皮。至于砍伐林子的木帮，访山的参帮，把头们下山时要向当家的去献喜礼；但这一回，那三个骑者之中，有一个是他面熟的，直到近前，他才想起：这是姜云峰。他的脸色顿然闪出生命复活的光辉，仿佛一匹久经战争的老马，突然听见冲锋军号声而竖起耳朵。

他的脸上现着十七年来的第一次光辉，嘴唇露着十七年来的第一次的微笑："下马歇歇吧！"他说。

"老头子！离白头峰是不是还有三十里路了？"

"也就是三十里路吧！"

康天刚知道他是不会认出来的。知道自己是和二十年前，迥然不同了。至于姜云峰呢，只比从前壮实一些而已，面目可一丝没改。两眼犀利,满腮半圈短的胡芽。他又问:"你们的把头是双喜吗?"那时,两脚摆着马镫,显然要催马奔跑了。

"是双喜!"康天刚说,"乡亲!你还认不出我来吧!你看——我就是和你一起在大彼得湾登岸的康天刚呀!"

"康天刚?"姜云峰迟疑会子,并没有吃惊,只是注视着他。在一个飞黄腾达的将军,遇见初入伍时的同等列兵,而且望见那列兵的穿戴比当年更褴褛的时候,是用这样具有怜悯性的眼光看他的。逐渐有一道波纹,从他脸上泛起来,他说:"真是……二十年了,你怎么样?没回海南家去看看吗?"

"没有。想是想回去的,就这么空着手回去吗?"康天刚仰脸苦笑着。而姜云峰却是冷静地俯脸望着他。因为他骑在马上,那两道俯射的眼光,就越发使人觉得骑者的高贵,康天刚萎缩而且可怜。实际上姜云峰不是骄矜的人,而是望着这个二十年前并无深交的乡亲那种衰老的样子,一时不知道怎样来表示他的亲切和关怀。

"你的腿怎样了?"

"受湿……寒气,那还是两年前在……"

"我看你还是回海南家去吧!这个样子,还在外边混什么?"

"是想回去呀!可是隔着一个大海,光是两条腿没有用呀……"

那时候,姜云峰的两个随身伙伴,又攀鞍上马,他们在这两位乡亲谈话的时候,进伙房去喝足了水。"走啦吧!"

"走,走,"姜云峰说,并且用两脚摆着马镫,借以抵击马股,"这里有一百吊羌帖,你收着!我还有事情……回头若是有空,再来看你。"

康天刚的脸色苍白了,趋前一步。那时,姜云峰用力勒着马缰,以便把羌帖递到康天刚手里,可是那马躬着长颈,望见它的伙伴都跑开去了,而转着身子,不住地长啸。康天刚又趋前一步,脸色更苍白了,他的眼睛锐利地盯视着那一百吊羌帖,而且随着马身旋转一周,到底把羌帖接到手,那马立时扬蹄飞奔开去。乌耳也吠着追逐下去。

康天刚当时望着远去的姜云峰背影,久久站在那里不动;而他握有一百吊羌帖的手却颤抖着——完全是不自觉地颤抖着。最后马蹄声消逝,周围复归于平静,偶尔又能听见草虫的畅鸣。

康天刚回到伙房,颓然坐在炉口的矮脚凳子上,仿佛要休息一下,现在他确是疲倦而且昏眩了。他合住眼,又仿佛有着重忧的人,考虑某种决定之前,先养养神,或是先冷静冷静头脑一样,用手抚着脑袋。他的脸色依然是苍白的,握着羌帖的那只手,也依然抖着。

最后,他叹息一声,仿佛竭力摆脱身上某种不愉快的感情那样,抖抖衣裳,把腰巾解开,重新扎上,同时把一百吊羌帖的票子塞在胸口里,动手烧起茶来。这是每天伺候那些伙计不可缺少的饮料。一切都是井井有序,和往常一样。

天一黑，就听见鹿鸣和狍子群迅速地跳跃奔跑的声音，不久有了老远传来的响亮话声，是伙计们回来过宿了。康天刚独自一人，看守着这间单间伙房，伙房西首是访山帮的宿棚。所以除了来提晚茶的小伙计，大白日没有人进来的。康天刚照例不点灯火，往日早躺在炕上睡了，今晚却静坐在矮板凳上发呆。他听见乌耳吠声，足证它是一直追逐着姜云峰的公马，或许直等遇见山谷里的伙计才放弃它，末后跟随他们一齐回来的。往日，康天刚会大声叫："乌耳！乌耳！"可是今晚他不喊。

他所想的却又不关于那一百吊羌帖，而是想海南家的那个守约的闺女。因为母亲老了自然活不到现在，若是回海南只有那个守约的闺女一个扑头了。可是"人家"也一定孩子成群，说不定娶过儿媳妇做婆婆了。他回海南，究竟有什么味道呢！况且又没有赚下一点家底。他又想起卢锅的孙把头，说不定"人家"有千把垧放牲口的大草地了！又想起姑姑也该出嫁而且抱孩子了！在这许多念头当中，最使他痛心的是不该当初拒绝了孙把头每年七十吊羌帖的劳金；不该不按部就班像孙把头所说："一步一步来。"总之，他是每一步都走错的：若是当初不爱那财主闺女，随便娶一个，不管是丑是俊，那么他不必卖掉祖茔闯关东山了；若是一见孙把头就留下，即使不合股垦荒，三年也满可以回海南置起二十亩麦地了，若是第二次去探望他，能回心转意，也不至于落到今天这样地步——竟伸手去接这一百吊羌帖的票子。

到现在他明白了，他是不能够回海南家的；而且吃惊过去对生活的追求力，到底他为什么还能这样坚定地做山客呢！自己心上的人儿，已经不知给谁做母亲了。他的生活还有什么意义呢？

这天晚上有月亮，满窗月辉，满门口月辉。康天刚起身轻声唤着："乌耳！乌耳！"蹲下来并向它卧处，伸着手摸索。那乌耳昂头向他注目，突然竖立直耳朵，仿佛望一个陌生人一样，两眼在阴影里发出绿火。忽然鼻吟一声，受伤一般夹尾跃过康天刚的肩膀，跑出屋去。

"乌耳！乌耳！"康天刚轻声叫着，跟到门口。他看见乌耳远远地立在岩崖上，向他注视。

月光又白又亮，苍茫夜空，是那么圣洁，展布着星斗的阵列。远近的山尖、树木，清清楚楚。康天刚在门口伫立许久，轻声招呼乌耳两次，乌耳远远注视它的主人，不近前也不远逃，立在那岩崖上完全不动。

康天刚最后回来，脚踏高脚凳子，从灶王的供板上取下那座白瓷的菩萨像，口里喃喃着："你老，是她送给我的，也跟我去吧！既不能给人降福，又不能给人生财，留在世上做什么。"就走出门口。那时乌耳鼻吟一声，向左首逃开去。康天刚没有追它。在岩崖上把瓷像敲碎，又收集了破瓷片，全部抛向山涧去。仿佛现在他又全部恢复了原有的高傲，一手抛去，那些破瓷片就抛得很远很远……故意不去寻望乌耳，他想回到伙房去守候它，他是不愿死后，遗留一件他所心爱的东西在这世界上的，足有两炷香的工夫。除了耳熟的鹿鸣和夜枭的凄厉啸声，尽是一片草蚊的哄闹和虫鸣。不久,他听见窗下的草响,辨别出是乌耳回来了,但是又归寂然,仿佛乌耳是伏在窗下了,康天刚又轻声招唤它两声,听见乌耳重新跑去的动静,足证刚才的草响确乎是它,而卧伏在窗下的猜想也没有错。又不久,康天刚望见门口的月辉下,现出乌耳的颈部,仿佛它也在窥探主人的动静。那两道眼光,发着绿的火焰,康天刚就闭着眼睛。再启目观望它的时候,乌耳的头部低俯下,显然嗅着屋里的气息,试探着向门里落腿。康天刚二次闭上眼睛。

终于乌耳给他抓住了。那匹灰毛大狗呜咽着,摆头晃脑,企图脱出他主人的两手。然而康天刚抓得很紧,并把它的带刺钉的颈圈脱下来,这样两手可以扼紧它的脖子,使它吠不出声。拖到门口,乌耳就倒下来,用前爪抓着他的手,两只后爪也向空刨跃。

"月亮有红圈啦!"康天刚听见伙计宿房有人说。可以听出说话人是站在门口小解。

康天刚立刻又把乌耳拖回几步。这次一手握住它的嘴巴,一臂挟住它的身子,又听见外面一声困乏思睡的"喔——呵"声和进门的脚步,这才挟着乌耳,走到悬崖石上。

"我就来!你先走一步吧!"随着话声,乌耳已被抛向深的涧谷去。乡亲——康天刚又回伙房,拾到从乌耳颈上脱下来的有刺钉的颈圈,就是他心爱的这条公狗的东西,他也不让它遗留在这人世间的。

他第三次走到悬崖上,他的脚抖着,这次他向山涧望了望。

要找出乌耳的尸迹，以便投落有刺钉的皮圈。在这瞬间，他突然失神地站在悬崖上不动了，手里还握着刺钉皮圈。

原来就在离他立足处二十丈深的悬崖底下，一个岩石围绕的泉水口旁，有只千把年的老山参，枝叶粗壮，周围野草都向它俯着头，永远膜拜着它一样。月光映射着泉水，那老山参的影子是清清楚楚的，可以分辨出是只"四品叶"。

康天刚又环顾四周，看看是不是有人望他，又注视一会子那棵挺然而立的山参，骤然急步向伙计们的宿房走去。一只脚光着，因为和狗搏斗时失落了鞋，但他没有觉到，走得是那么匆忙，手里还握着乌耳的颈圈，而且脸色变成完全是死尸样那种惨白。

五

"乡亲！乡亲！起来！起来。"乡亲——康天刚发出颤抖着的低微的声音，在每个伙计的耳旁呼唤，他们全是并头睡在暖炕上，在月辉下显着魔鬼似的绿暗的脸色，而乡亲——康天刚有如一个神秘的幽灵，一个一个去晃动他们的肩膀。不管睡者醒了没有，他任何人头前也不久停，按着行列一个一个地送着轻呼："乡亲！起来！"

"就在那边，乡亲们！一棵山货——四品叶……就在那边。"他向在月辉下睁大眼睛的伙计们说。

于是似醒未醒地立刻坐起来，已经醒来的眼睛立刻就闪出一夜未曾瞌睡的赌徒的那种眼光。他们你望望我，我望望你。

"就在那边……乡亲们……一棵四品叶。"

突然他们明白了,发出大声的呼唤,有人点起了木棒火烛,烛光的光辉,又使这一群流浪汉的脸色发红了。他们激动、吵嚷,高声骂着忘记携铲子的伙计,用拳头有力敲打着还未爬起来的懒汉的肩膀。一个人嘴里说着:"在哪里?在哪里?"提着铲子跑出去了,两个人说着:"在哪里?在哪里?"提着铲子跑出去了。无数的乡亲们说着同样的话,提着同样的东西跑出去了,手里也同样擎着木棒火烛。

现在完全是火烛的行列,火烛的世界,到处是红光,到处是红辉。

"在哪里呀?乡亲!"最先跑出去的回来问。

"就在那边……悬崖下,深有二十丈的那口冷泉……"康天刚的声音更低弱,更颤抖了。若是持火烛者稍微留心一下,他可以看出康天刚需要一个乡亲的看护,可是这个红脸的高大汉子,没有注意他现在是一种怎样可怕的脸色,就跑出去了。

康天刚两膝抖着,坐在炕脚下的矮凳上。他的手里还紧紧握着亡狗的项圈。火烛前,他的脸色是惨白的,月辉下他的脸色又是阴绿的,从他那直望前方的渺茫神气上看,可以知道他是在和生命做最后的挣扎。他的嘴唇发紫,口角挂着一滴血液。

终于康天刚倾倒了,像一座巨塔那样倾倒了。

当他醒来,天已经黎明。周围的烛光依然辉煌,环绕在他周围的乡亲们,脸色是同样的又红又亮。他们有的跪着一只膝,有的蹲着。他发现自己是睡在地上，他从那些围绕着他的乡亲们的眼光中，知道他自己的生命是无望了，他反而很安静，很愉快。仿佛以前他从来未曾有过这样的安静和这样的愉快。烛火辉煌而又恰当黎明，他觉得仿佛大年除夕一样。他听见双喜把头说："乡亲！山神为了你，赐给我们福了。你安安静静地……"他的两个点漆的黑眼睛间，有泪水了，而且立刻把脸埋在双手里，抽泣着说："老二……把山货请过来，给……咱们的乡亲看看。"

从前康天刚觉得双喜是又丑陋又阴险，现在觉得他的眼睛是又聪明，又英俊，他望着所有的乡亲们，都是豪杰一样的雄伟而且高大。当他用那迟钝而安静的眼睛环望着他们的时候，每个遇见他的眼光的人，都低下了头。倒不是惭愧，而是因为悲恻，不忍望这双不久就要离开他们的眼睛。那时候，乡亲——康天刚的嘴角透出幸福的微笑，他现在不能发音来表达他内心里无比的快乐和安慰，夜半他想投崖自尽时候所想到的结论，和他现在所想的完全相反。从前他觉着步步走错了，现在觉着步步走对了。从前觉着他不该攀山望日追求那个财主的闺女，更不该舍弃一年七十吊羌帖的劳金，如孙把头所说"走独门"；现在他觉着他是应该有月亮个摘星星的。他到底没有俯首认命。虽然他自己是得不到什么了，然而他把这幸福带给了他周围的乡亲，他用眼睛，表示他内心的欣喜、满足和骄傲；用眼睛表示他对哭泣的伙伴烦恼，他觉得大家全该快乐的。他望了望那个捧在一人的双手里的老山货。他们是用柔软的羊须草包扎它的。他又微笑了。

"……你有什么话吗？"双喜问，"……我们无论怎样是把你送回海南去的。"

说前一句，康天刚摇摇头；说后一句，康天刚的嘴唇露出黎明前第三次的微笑。后来，他的眼睛陷入沉思，只见他动了动左手，他的乡亲们到现在才看见那个乌耳的颈圈。

双喜叫人找乌耳去，康天刚摇摇头。双喜问："那么它跑掉了吗？死了吗？在什么地方？那我们能找到它的，你放心。我知道……让它也入土就是了。"

没有过三次鸡叫，康天刚就停止了呼吸。双喜一手埋着脸，一手给他掩上眼皮。

秋天，装殓康天刚的珍贵的棺木，运往海南他的故乡。在路过卢锅的时候，孙把头举行了一次路祭。他那时，已经有了个十七岁的男孩子。他正在海参崴读书，两个女儿还留在家里（大的一个已经定了亲）。所以他生活得满幸福；唯一的苦恼，就是因为车轮子没换，以致半年多农车没法用，眼看秋收了，修理车具的铁匠和木匠还没有来。至于姞姞，嫁给外村的地主了，据说丈夫年纪比她大三十岁，她也挺知足而且过得满愉快。只是玛达嫚最近不大健康，常咳嗽。

一九四三年于桂林

赈米

/// 蒋牧良

一

世界都像死灭了，屋子给埋在静寂中。

彭仲甫背对那盏煤油灯坐着，两条臂膀架在大腿上，手里抓起炭盆架上的铜铗钳在灰中间有一圈没一圈地划。他的脸子发着青，给炭盆里的火光映成殷红色。

"你道我怎么办，"他下死劲地盯我一眼，"让这药摊子就这么坍台？丢去本钱不算，还得吃官司；可再捞点儿本？银行里没有抵押品借不出这一万多块钱。所以……我想……你的米……"

我没有响，只回敬得他一眼，肚子里却在想对付的方法。这屋子的沉寂，越显得灯光都黯淡了些似的。

"电报你是看见的，这可……反正迟不过十天……你就……

我卖田的钱一到,马上把赈米……顶挨也在正月十五六……"

他的话一歇嘴,手里的铜铗钳扔了:炭盆上一声"锵",口里就抽出一口长气——像个汽车胎上缺了洞。

崽扯谎,我今夜给这鬼东西闹得实在头痛。他只说他逼年,死缠活缠要借我那五千担赈米向银行里押去,你道这怎么成——要有人到省里去告发了,我这吃饭的东西还得牢!可是我也不能干脆地回绝他,我还该还他百多块买衣服的钱,这阵子还不起这一大笔债。

"老彭老彭,"我把脑袋凑拢去,"你可明白?我……我是……刚才告诉过你:我不是……我实是……你说对不对?"

他这么歪着脑袋听我说,脸子可越变越忧郁了。后来,他就睁着眼睛发愣,歇住那么三四分钟才说:

"不过……这算是你救我吧,你不……你总得……"

糟啦,我对他说上了大半夜,他翻来覆去是句老话——要我救他。要是能够,我有什么不救?可是这不是玩意账,救得了别人,救不了自己。

"现在这样吧:只要你肯……你前次买衣服的钱就不消提起了。"半天他又补上这一句。

我先前听他说到借米,就疑心着他是绕弯儿来讨我买衣服的钱,现在看来不是。我开始考虑借米跟自己的利害关系,就站起身来在房子中间踱。一些拜金主义的幻影与想得到的恐怖,就在我的脑子里勇猛地冲锋。彭仲甫不时把眼睛偷瞧着我,可是我没有想他，我踱我的。

踱了半天，我又站着看一阵墙壁。其实墙壁还不是墙壁，又有什么看头——我是在想我们这样的穷官儿。

"欠他买衣服的钱还不少哩——百多块唷！我们这穷官儿几时开过百多块钱的眼睛！那么，刚才他……我可以……"我在肚子里这么想着，像是一块已经到口的肥肉，舍不得吐。

可是后来我又转念：别急，这家伙是不是在玩我的鬼把戏——我得仔细。于是我那两只胸就移到了写字台边上，装作拿香烟的样子，带便瞧眼儿他刚才给我看的那张电报是不是真的。

"赈米怎么能再换——这是公家……又有这些个灾民！"我燃着烟卷，故意这么独白一句。

"那有什么！五千担米，反正将来发的还是五千担，又不短了他们一粒半粒的，不过迟点儿日子。"这家伙还是站在他那边说话。

可是他的话倒也不错，真的早发迟发，我都不会把米七折八扣的。比方河里船阻风吧，还不是也要来年才得发。

我停住步子向他瞧一眼：

"你……你……"

我正想要把话说下去，陡地记起那回在省里看见枪杀一个舞弊犯；罪状上写的那个朱红"戒"字，显在前面。我满身打了一个寒噤，赶急向那红"戒"字上吐一个烟圈子，把眼睛移到天花板上。

"卫生丸子,是样不合口胃的菜。"自己警告自己。

彭仲甫仰起头来看一阵我,他像在等待着什么,可是我没了下文,他又低下头去。歇住会儿,我才把手里的烟卷头再吸一口,扔到痰盂里,坐下来对他说:

"老彭,公事还是公事,你是个明白人呀,论友谊我都想……可是……呃,真的,今夜我也想不出一个什么好的方法来。好,你让我'考虑'一下吧。总之,我从……可是……呃,总得'考虑'!今夜你睡去吧,我也……"

他见我说了这样一长串的话,还是没一点儿结果,就哭丧着一张脸。又过了三四分钟,才站起身来向外面走。临到门边,他还掉转头来说:

"好,今夜你就……总之,我是!……"

我见他已经起了身,再不愿说别的话,只向他点点头算是安慰他。

彭仲甫出去之后,我觉得肩上减轻五百吨似的,嘘了一口长气,可是后来回想到刚才的情景,又觉得有点儿"内愧"。真的,我说的"考虑",这完全是一句卖关子的话,其实我"考虑"鸟!我不过骗他出去,别要耽误我的瞌睡。

可是又说一句天良话:"内愧",这不是我说来骗人的。彭仲甫这个人,是多么地够朋友!卖关子虽是我一个没有方法的方法,认真说,一个人怎么能尽把别人的好处忘掉,连"内愧"都没有?

二

现在让我来额外叙述一点我和彭仲甫的过去吧,可是话又拉得太开,请不要厌烦。

去年的"黄祸",光县算遭得顶大了。不知费了多少戴慈善帽子的电报纸,省里的赈务委员会才派了我带五千担米去赈灾。米是用民船从河里输送去的,直到十二月我才坐了牲口去。

到了离县城不过二十多里的狗尾山,和我带去的那个勤务兵,还有一个挑行李的老头,在那条倾斜的山路上走着走着,突地,那个勤务兵指着前面的树林里叫:

"看,这么冷的天气,干吗前面那人还是个赤膊,他手里拿的什么——刀吧,王科长?"

我伸伸脖子,没瞧见什么。

走了不到丈把地远,那个挑行李的老头也说有人。我再抬头:这回前面山岔里的冬青树底下,有一个瘦长的汉子在探头探脑。远远儿地望去,真像是个赤膊;一手拿一件什么,可给柴草遮住着,瞧不明白。我顿一顿说:

"不妨事吧,这儿去县里很近的。"

我们走过那座林子才一半,大树把天空遮得阴郁郁的,风吹着树叶窸窣地发响,格外来得清冷。我正在惊讶着这地方的险峻,两边山上猛地发出了几声吆喝。

一转眼,那些树背后的柴草里钻出一二十个人来,可都不像强盗——小孩子和娘儿们占多数。虽然也有几个年青点的汉子向我们走来，可没一个不瘦得鬼一样，像几十年前就没吃过饭，走起路来还打颤哩。

他们手里没有枪，不过是些锄头和柴刀一类的东西，娘儿们抓的还是石子和土块。只有刚才在冬青树底探头的那个家伙，背上背一块麻布，手里拿一把鬼头刀，光着一双火柴似的胳膊，还比较地威武。

他们走了拢来，那个瘦鬼先把鬼头刀向我的勤务兵一晃，吓得他蹲了下去；接着就跳到我的牲口跟前叫：

"给老子留下行李来！"

声音可不大响。

后面的娘儿们在拼命地呐喊着，有些也甩石子过来。我看这样子不对劲，可是一面还在打量着这些强盗。

世界真的变了：连强盗都不像从前小说上说的那种凶的彪形大汉，就只是这样一班货色！不过今儿还算是他们的幸运，碰的是我。要是我们的×委员来么，他的太极拳练得那么好，这些个娘儿们就全换了那个拿鬼头刀的，恐怕他们也不中。

回头再瞧瞧我的勤务兵和那个挑行李的，该死，这两个家伙像发了疟疾，抖得那样厉害。唔，好汉不吃眼前亏，虽说只有这几个小毛贼，可是犯不上着了他们的道儿，几件行李算得鸟事，我就统统扔给他们。

后来有一个小鬼头见我穿的是件皮袍子，说要剥猪猡，我就简直使了性子,自己脱掉扔在地下,穿一件短棉袄走了。

我刚爬上那个山坡,回头一瞧,马上又在后悔,原来这些家伙的目的,都不像是来劫行李。他们把我撵跑了,就抢起那个网篮里的饼干来,还有盐食盒子里的咸菜。我在山上听得一个小孩子在骂饼干给人抢了去,吃了会要拉痢的。大概他们都是饿慌了才来做这玩意;早知道如此,我就是一个人也该使他妈的一下劲,给这些家伙一点儿厉害尝尝。现在后悔有鸟用。再转去?懒爬得山。

那天下午,我就是这么着穿了一身短打进的城。全城都知道我在路上遭劫的,商会派了彭仲甫做代表来欢迎我。那家伙和我一见面就像个几十年前的朋友:说起话来一点客套没有。其实我和他虽是只隔得八里路的同乡,在家里的时候我们并不认识。

晚上,彭仲甫在自己开的明远药房摆接风酒。我的凳子还没坐得热,他就叫一个学徒到衣庄里去买一件大衣和一件皮袍子给我。我告诉他手头没有钱,他说:

"再没钱,不穿衣可不成,我帮你给了,回头还给我去罢。"

他给我零用钱,他对我挺客气,在一切事情上都把我尊敬得像祖宗,不到三五天工夫,就跟我打得火热了。

我到光县住的十多天,米还没有到齐。我的临时办事处,就设在彭仲甫的明远药房里。彭仲甫天天伴着我出去搓麻将,逛窑子。可是他自己倒真的像是陪客,并不怎么快活的样子,就是坐在窑姐们身上笑,他的笑容也加有几分人为力——一刻,他又把眉毛皱着。

从前天下午起,彭仲甫忽然不来伴我了。他像忙得要命,前儿晚上没有回家睡觉。

昨儿一天,我只在快要夜的时候见到他一面,看样子,还是很忙。他走进账房里去翻一阵保险柜子,又查查账,一刻,又戴好帽子要出去。我在外碰见他:

"忙吧,近来?"

"没什么事!"

我再想要和他说第二句话,他对我笑笑,抽身走了。

今天下午,他又回来了,吃夜饭,我们是一桌。他吃着吃着饭,又在发愣:汤瓢会送进饭碗里去,筷子也拿倒了。他的脸子以及他的眼犄角儿上,处处溜出他肚子里的忧郁来。

七点钟左右,他来到我房子里的炭盆边上坐着:以先他看了我总是要说不说,后来他就告诉我今年的药房亏了本,给水浸坏好些药,打了电报回去卖田,回电说要年底才能成交,来年才有钱付。

"做买卖,总是一年一度结账的,怎么能挨到来年?你救我一救吧,把米……"

我先前说的彭仲甫够朋友,说来真是不坏吧?可是我竟不愿把米借给他,这你当然明白;责任还是小事,那罪状上的红戒字,我可吃不了。

三

第二天一早，我还没有起来，光县的杜县长使人送了信来。说四乡的灾民，听说城里有赈米发。先派了代表来争多少，要我今儿下乡去勘一下灾，好把赈米来分配。我想借着这勘灾到乡下去一趟，可以避免彭仲甫许多麻烦，这倒是一件称心的事。

可是我正在预备下乡，彭仲甫又从商会捞了一个招待的头衔来，要同我去。这回，他对我可比从前更巴结了，我有什么事情，只要把下巴尖儿一指，他就会给我弄得好好儿的。

不过这次不比在城里，接近的日子虽多，可是我的耳目被另外一种事物占领去，他就很少和我噜苏。而我呢，勘灾勘到眼珠子里的，处处都觉得有点儿酸鼻，那可更不用说了。

人心毕竟还是肉做的，认真你要是滚进了另外一个世界里去，你心里也准得有点儿那个的。我就单指光县的北乡吧：北乡遭的水灾，老实说，比那些宣传照片上反映的要严重得多；现在说来，你就知道我当时是一种什么样的情景，还谈得到把米借给彭仲甫！

那天我们从西乡起身到北乡去，还好，碰着天晴，风也刮得不大。彭仲甫光叫一个乡下人挑了伙食担子跟着走，并且要同去的人，每个身上背一个水瓶。

"北乡不也遭水灾，干吗水都没有喝？背着走！"我问。

"不要问啰，到那儿你就明白。"

九点钟的时候到了畸田岭,彭仲甫告诉我:岭右就是北乡,过了岭再吃中饭。又费了那么点把钟的工夫,我们爬上了岭,一抬头呢,我的天哪,这还像个地方?

岭底下的天气黄昏得要命,太阳到了这儿也白了些似的。

北乡本来就是一个局势地,没有什么大的山脉。我站在畸田岭这高地望去:地下成了整片的灰褐色,没有一间屋子和一株树,或者是一根青草。像个乩坛里降乩的沙盘,不过大些。

六七百米的地方,给太阳光照出一团一团发着死白色的东西。再远就像个快夜的春天,笼在烟里,直接到远远儿停着黄白色云的天边子上。

我想问问彭仲甫看北乡怎么成了这么个地段。可是那家伙早就下山预备中饭去了。

我在岭上休息一会儿,才起身下山。在四十多尺高的岩石上,看到了从前给水吞蚀过的痕迹,山座脚全是泥水涂成的一层白色的护壳。

地下没有路线,给细沙铺雪似的平阔地铺着,不过有些人走过的脚迹。我寻着脚迹走去,闻到一股霉臭味。

到了一个小山坡跟前,疏落地挺着几枝古树,可是没有小枝,像街头的电杆。靠东边的那个树丫杈里,横挟着一具埋过很久的棺材,高高儿的撑着,棺材盖上还留着好些水浪子漂来的茅草。树根俨像筋络,一节露一节地伏在地下蜿蜒着。树皮和地下细沙的颜色混得毫没分别,怪道我在山上看不出底下有树来。

大概走得有一两里路的光景。彭仲甫他们在一个倒坍了的屋基边上等着我。砖石长着绿霉。我邀了彭仲甫走过去，想看一看，认不认得出它从前的厅堂、厢庑。刚转过那堵短墙，糟啦，四五个骷髅横七竖八地躺在泥沙上。

我却退了几步。彭仲甫把根手杖去敲那骷髅的脑顶骨，笑笑说：

"出了一辈子的门还怕这玩意？"

我蹙着眉毛摇头。他又——

"这玩意……这玩意北乡多着哩！当时的水来得那么陡，圩堤一穿，又没个船儿，你道……"

"水退了这么久，怎么还没人来收尸？"

"谁来？死尸还新鲜的时候，也有些人割些肉去煮了吃，给水浸得久，肿烂了的，就让他成了这么个骷髅。"

我没有响，不知道当时是一个什么感觉，拉着彭仲甫只想马上离开这地方。

"吃死尸。这不是一种人类的丑恶？"我在肚子里这么想着。那家伙似乎懂得了我的意见，解释似的说：

"可是这些吃的人又有什么办法？不吃，自己就要饿死给别人吃——天旱的年成倒还有树皮和草根，这么大的水灾里，你看，哪来的……向官府请赈，你不是到现在才来，这几个月之久的……"彭仲甫这么只顾往下说去，可是后来他脸上忽然有点儿懊悔的样子，像说错了话就截住了。

我低头走着，傻子似的听他说。屋基背后是个洼地，还有些积水。中间有五六副木材屋的架子，簪骨子一样地站在水里——北风刮起水浪子发着死白色，我想到刚才在岭上看见那一团一团的东西。可是还不懂得彭仲甫叫人带水的意思，又问：

"这儿不是有水，何苦那么远天远地叫人背？"

"这水能吃？那你马上……死过不少的人和牲畜都没有埋哩。"

接着，他就看一看表：

"唷，十二点了我们还要赶路，吃饭去吧。"

说句不怕红脸的话，一个世故挺深的人，他的感情就不容易动。尤其是我们这班做慈善事业的，眼睛里经过的惨状比任何人多，要不靠心肠硬点儿，那一辈子的眼泪都会要淌完。我在赈务委员会干过四年，还不像做戏的那么做，哭着笑着的。可是那天不知怎么一来，我不想吃中饭。

晚上十点多钟才赶到东乡找个地方睡觉，一路没有休息，经过的五十多里地全没人烟，到哪儿找休息的地方去？那一天真够我们受了！

四

从东乡回到城里，是十二月十九。桌子上堆着省城来的三份电报和一封家信。电报，都是赈务委员会打来催放赈的，我看过之后，想马上去和杜县长商量一下放赈的事；可是正要出门，彭仲甫到了我的跟前。

一见面，我就知道那家伙又是来借米的。他的神色变得更惊急：平日光得像个兔子一样的头发，现在可散乱了。眼眶子，齐眉毛起是黑的，像涂了些锅炭末。

"到哪儿去？"他看见我手里拿的电报，这么问。

"想去和杜县长商量一下，省里打了电报来催放赈。"

"催放赈？……那……"彭仲甫突地把眼睛睁大着，"那那那……那我的事你怎么办？"

"这我可有什么法子，电报都在这儿——你看！"

他像陡地听见晴空中打了一个霹雳，脑袋一侧，身子朝后倒退了两步。接着，就下死劲地把两手抓住自己的头发，一声不响地站着；过了会儿，他一扑拢来抓住我的手：

"老王，老王，那那……你，你得……救……救我！"

我差点儿没给他吓住了，这家伙像个疯子，紧紧儿地抓着我的手不放，就像有人要绑了他去上杀场似的求着我。我给他这一米，肚子里的一颗心可真的软了，就愣了一愣，不过我忽然又想到那个红戒字，使劲地把手从他的手里挣出来：

"我实在……我实在……老彭，对不起你！"

他见我这样说，就把两个脚踝向地下一跪，接着，又磕头：

"我我我……真的，你不救我，我会完全破产，破产……再有……只要……你临走，我送你二百块钱大马费！不然……我就……"

多腻人,你看!他说我不把米借给他,他要自杀。你想我怎好看他自杀?我给他腻得没了法儿,只好把一只手先拉他起来:

"不要这样,老彭,你起来,看你——这可像什么样!"

他坐到了那椅子上,把脑袋低着,太阳穴上突起来不少的青筋。我看他一眼,实在觉得太可怜。

"可怜是可怜,不过自己也……"我在肚子里念了一句,于是又想到了那个红戒字,就决定先劝劝他,然后再把我的难处详细地对他说一遍。刚要开口,出鬼哪,突地自己又像记起了什么。我把眼睛翻着看一下天花板,想要说的话,全给刚才他说的二百块钱噎在喉咙里。

"咳咳……"我咳嗽了一声。

别急,事情可得真的想一想,"机会"是每个人不会多有的,不要把它错过了。刚才像他说的送二百块钱,这就是一个发财的机会。这样事,一辈子只要多遭得会把机会儿,我就不要干这鸟毛大的科长了。红戒字——红戒字虽是可怕,可是一道两遭儿,就给他捞着了不成?

并且我还想到,我真的得捞几个子儿才行,四十三四岁的人了,还没有孩子。像刘秘书比我不只多有几个钱,他今年四月娶的姨太太,现在可有一个两个多月的儿子了。

想到这里,我马上记起我的太太那副痨病鬼的样儿,第一女中的那个交际花,可比她强多着哩!

我把眼珠子移到左边向彭仲甫瞟一瞟,想答应把米借给他,可是思想又进了一步：

"借是借给他，可是利钱……老实说，解他这样大一个危，利钱不那个点儿，谁干？二百块钱，别便宜了他——反正要干也是这一回。"

我这么在肚子里打定了主意，就故意皱着眉毛：

"老彭，你真的……忙，我想是想……可是……"

"谁还哄你？"他望望我，"可是怎么？"

"可是？可是……认真把米借给你，这责任我可担得太大！"

他停住儿，又把右手摸摸自己的下巴，我知道他一定会中我的计。果然，不到几分钟，他就说：

"责任……责任……那我可只有将来再重点儿报酬你——送你三百块好不好，做衣服的钱还是不算。"

"那倒不是这么说，"我微笑地说，"真的，你逼得……我还……可是你卖田的钱，可靠得住？"

那家伙忽然变得兴奋起来，离开椅子，拍拍胸膛：

"我还来骗你？——那我还成个什么人！"

我见他这样，想这个玩笑可不要再开了，就简单地向他点点头。

事情就算这么说定了，第二天上午彭仲甫同了××银行的经理来，一切都是他先说好的，我只把存米的条子拿出来签个押一万二千块的字，就算完事。

我们把字签过之后，就先去告诉杜县长赈米今年不能发。

"为啥事？"杜县长感觉奇怪。

"天知道，省里来的电报。"我停一下说，"听说……听说×方有点儿不那个吧，说不定赈米还要移作军米的。"

"怎么我全没听得说？"他像吃一大惊。

"事关军事秘密……就是电报上也不过说'暂时缓发'，×方的消息，我还是听了总指挥部一个朋友说的。"

"唔……这倒说不定确实的。"他相信似的点头。

我骗了杜县长出来之后，才嘘出口气，我知道这几百块钱已经落到了我的腰包里，走起路来像脚杆添了点儿劲。

真是了不起的财运——你看，五千担米借给他押半个月，他送我三百块钱，连带买衣服的老债，还是四百块，这利息很可观吧！要是到了正月十五六，他卖田的钱再赶不及，那我还可问他多要。不过最后我又想：这些个灾民万一要有人知道了，他们会不会来捣我的蛋？

一路上我这么走着想着的，似乎我还得预备一点儿对付的手段才行。可是越想越想不出来，只好到了将来再说罢。

我心里刚刚打发这个难题目去了，谁知道又想起了一桩难事——这桩难事是说我那个勤务兵的。

我那勤务兵怎么办？他在赈务委员会干过五六年的事，随便调的什么花腔，他都明白。分点儿给他？彭仲甫答应统共只有那点儿；不分，他知道了一定会捣我的蛋的。这么着，我直走到明远药房，那勤务兵的事情还是膏药似的粘在我心上。

谢天谢地，当天晚上我的勤务兵出了事——他把我的开水瓶打破了。我马上叫他来先数说一顿。

"到底你吃的是哪一门子的粮？在狗尾山的时候，你吓得那个样，才把行李丢了，现在又打破了开水瓶，你……滚你妈的臭蛋！"我吼。

他哭丧着脸站在那儿还想要求，可是我已经扔给了他六块钱的盘川，叫他马上滚。我转身躺到那火盆跟前的椅子上，自己觉得轻松了一半，反正我又给过他盘川，心里倒也没什么难过。

五

光县真是一个倒霉的光县，连电影院也没一个。我的米已经押给银行里去，当然还得在这倒霉的地方住着。天天闲得打瞌睡，无聊的时候只好和彭仲甫出去逛窑子。以先还只夜晚出去，后来我就简直在窑子里安身了。

那一天正是十二月二十九日，一个窑姐坐在我的腿子上唱小调子。明远约房那个学徒跑来叫我，说杜县长来了。

我怕出了什么乱子，马上雇辆黄包车转来。呵，几天没有看见街，连街上的样子都变了，他妈的。

满街满巷都是人，清一色的叫花子。娘儿们把粗麻布裹起小孩子背在背上，老头子挑着半边锅和烂棉絮都向大街上走。有些还是光着两条瘦腿子，高高儿地耸起两肩，把脑袋缩得像个乌龟那么地在铺满着雪的街石板上移动着。

他们的太阳穴,都凹进去有寸把深,眼珠子大得吓人,还有颧骨像两个小小的山峰,耸在面上。

一片黑脑壳肩膀接肩膀在并着走,到了县前街就走不通了。我下了黄包车,同着那个学徒在这些稀脏的胳膊弄里钻。转过东牌楼的口子上,前面的人挤得芦柴一样地不透风。猛地,后面来了一大伙的男叫花,朝东牌楼这儿涌。排头一个矮子搬一条板凳横着那街口子站了叫:

"具衙门里不管发赈米的事,我们还是找那姓王的去——姓王的住在明远药房!"

"不发米!不发米,老子扭断他的脖子!他妈妈的!"

"明儿过年了,我们也得吃一顿年饭!"

"去!……大家去!"

"不去的是狗×的!"

"大……家……去……"这声音从东牌楼响起,一直接到东门口的河边上。

我在这些人中间站着,见这来头儿不对劲,说不定有人会认识我,要走又走不通,才拼命地钻到那老头子和娘儿们中间去,到底比较安全些。可是前面站的那个老太婆,她的虱子从领子里爬出来,在麻布上成了几十路纵队,到处都有,也有掉到雪下去的。

真要命,我耐不住地想得呕,抽出一只手来掩鼻子,可是手又要塞耳朵。这许多人骂我,我不把耳朵塞住,是站不牢的。

幸得明远药房那个学徒倒还力大,他给我做开路先锋,拼命挤了两丈多远,才从后门绕进去。彭仲甫他们都吓得什么似的,杜县长也没了主意——他怕这些灾民要闹出大乱子来,问我可不可以先发一点儿米给他们过年。可是我老说不发米是省里的命令。杜县长只急得搔头皮:

"这可……这可……"

"那么,还是请县长出一张布告,说赈米不等省里的命令不能发——限灾民在一点钟以内全体退尽。要是有人乘机捣乱的话,请县长严办好了。"

杜县长果然给省里的大帽子压服了,攒着眉毛出了门。

县衙门里的布告贴出了,可是浆糊还没干,就给灾民撕了去。接着,满街上嚷着喊着的,从窗户里摔进来不少的砖石。

我气极了,跑到县衙门再去走了一次,这回可不客气,县警队就在那天下午,把所有的灾民都撵到了城外。

年,总算已经过了。不过在过年的那几天,我没有出门。灾民撵出去之后,又闯了进来,他们越涌越多。街上这些个眼珠子,要是有一个人认出了我,那还有什么说头?县警队虽有,如果我去讨两根盒子枪来跟着屁股走,那多难看——犯人似的。

十一日的晚上,杜县长娶姨太太,这是非去不可的。等到快要夜的时候,我才和彭仲甫向县衙门走去,我把帽子齐眉戴着,大衣领子也扶了起来。快到县衙门不远的地方,前面塞起许多人

在那里打架。一个老头抓着一个中年人叫:

"来领你妈的赈米,老子去年是要逃到省里去的,你要老子到县里来……现在五个人饿死了三个,老子可要找你偿命!"

那家伙凶煞神似的,眼珠子全是红丝,领上的青筋胀得像一线一线的山脉。他伸出一个胳膊抓住那个的烂棉袄,可是那个也反抗地骂:

"你家死人,干老子的鸟事!老子就不过是一个灾民代表……饿死的人,你不到明远药房找那姓王的去,来找老子——你别糊涂油蒙了心!"

他们正在扭作一团,彭仲甫那脓包还要凑拢去看,我赶急拉一下他的衣角子,他才和我从一条小巷子里溜进了县衙门。

十四日下午,彭仲甫家里的钱汇到了。我们在十五忙了一天,到十六才把赈米发清。临走的时候我检行李,检出了我的太太寄来的信。那信上说没有孩子,要买包生殖灵,是的——这东西她老早就要买;虽说我知道她没有孩子生,将来总得靠第一女中那个交际花,可是不能不买几包给她定一下心。我在彭仲甫的药房里买了三包,钱是由他在那三百块的数目内扣除二十一块,可是回到省里给人一看,生殖灵是假的。

你看,世界上有几个好人,我们这么救他的难,总算是对他不错了吧——可是他把假药来骗我的钱,这种只顾他自己的利益,不管人家有不有损害的家伙,你道他还有心肝?!

旱

/// 蒋牧良

一

锵！锵！锵！……

开路锣响。接着，那两个长颈子大喇叭调起嗓子来——声音拖得又长又嘎，越响越高，像层峰那么叠了上去。这震耳的骚音散在火燥的空气里，微风挟着余韵再荡开去，田野就给震得打颤。

花坛庙前面的围墙里，迸出一阵嘈杂的闹声。许多老老少少的田夸佬，光着脑袋煤球似的从庙右边那穿门子上接二连三向外面滚。

前面几对记不清朝代的仪仗，褪了色的金刀钺斧，上面牵起了蛛丝，芋苗色的红旗子上带着烟屑，在空中招展得酒幌子一样。一些"肃静""回避"的脚牌，分左右歪在几个大孩子肩上。大长串穿得杂里骨董的庄稼人,身上淋着汗水,腿子光光地走着。他们从穿门子上一个挨着一个地用脊背涌着,像一队出洞的蚂蚁——拉成长长的一条行列。

顶头一杆三眼铳,先在大石桥边上轰地吼了几声,这行蚂蚁般的人,马上得着了号令一样,沿着垄上的大石板路,开始向许多峰峦起伏蜿蜒得像条猛蛇样的知母岭底下爬去。

远望着横断了整个田垄的知母岭那座高峰,顽强地撑在火焰色的阳光底下。可是上面的树叶已经给烤萎了,树株显得稀疏了些,越像一个天生的西风瘌痢①,这整百整十的人向它迎头冲去,它可一动也不动。

仪仗背后,几套锣鼓亭子,铿铿锵锵,耳朵都给它们敲得快震聋了。十来个顶门子上屯起有颗海螺蛳样的黑髻子的道士,手里执着朝笏,身上穿起五颜六色的道袍,慢条斯理地在大石板路上踱着方步。

道士屁股背后才是几十个粗脚粗手的黄脸汉子,统统穿着祖宗三代手里留下来的长褂子、双梁鞋、老棉布袜子。——他们捧着一色绿的子午香,低下头来,"至心皈命"地在迎龙王爷爷的香。

紧贴在龙王爷爷大轿跟前一个提香篮的中年人,是金阿哥。个子并不怎么高大,可是显得坚实。圆圆脸,一个多肉的鼻子,皮肤晒得很黑,臂膀和腿子都是滚圆的,他今天也借了许家满爹

---

① 西风瘌痢:求雨时,神坛底下必压有一纸扎的瘌痢头神像。出典不详,传说有二:一说系旱魁;另一说则谓职司晴雨之神,因其尸职,压之以示薄惩。

那件穿过十三年的月蓝色竹布大褂穿在身上。背脊给汗水浸得津湿——一大块衣背心，比袖管和大襟子的颜色要蓝得多；远看去，像背起个前清时候的黼子。

金阿哥很小心地把香篮挂到左膀子上，不断地伸起右手抓些香粉子送到龙王爷爷轿子里那个古铜色香炉里去。把一辆四人抬的绿呢大轿，熏得满轿子是烟。

今天的金阿哥可比哪个都要诚心些，两眼给熏出泪水来。他可不敢冒里冒失去揩掉它——怕的一个不留神带着揩干了头上的汗水，犯了求雨的规矩（求雨照例不准戴帽子、揩汗），龙王爷爷会生气的。以前几次没求得雨来，据说全是这些花户不那个。这一次他金阿哥当纠首，可不能再这样马马虎虎了。

"要守规矩！要守规矩！这一次要……越诚心，雨就越下得快，再不求一次雨来，那可什么都完了蛋！山里，园里，田里，都会给干死的。"

是的，这么一个多月不下雨了，田里还有什么！——金阿哥佃的石炭阎王那个六十大丘，说是说万年万收的田，可是今年已经在井塘里车过四次水了。要是老晴着不下雨，就是井塘有水，也会要干死的。

金阿哥想到田里，园里……会干死，肚子里的脏腑马上发了绞肠痧似的，一些豆颗子般大粒的汗珠，从汗毛孔里直冒出来，他再也不敢想下去了。

"不会的！不会的！"他故意在肚子里这么喊，"天无绝人之路,只要大家诚心,龙王爷爷会有雨下的!……活菩萨!活菩萨!龙王爷爷是……会有雨下的!"

他回头瞧了一下那突眼长髯的龙王爷爷,忙把手伸到香篮里去,想再掏些香粉子来添大香火。手刚一抬,膀子上的汗水沿着脉筋流了下来:香粉子上面滴成几个大大的麻子眼,那颜色有点儿带黑。

"罪过罪过!这可真是罪过,赦罪天尊!——今天玷秽了菩萨!"金阿哥自己谴责自己地喊。

他抽出那只手来使劲对地下一甩,大石板上立刻现出许多湿点子,一个似一个的,串成了一长串。他第二次回头瞧瞧龙王爷爷,似乎想看它有没有生气。

前面那行黑蚂蚁一样的人已经爬过了大石桥,背后一个长长的尾巴,还拖在桥这边。打禾弄子中间看着这些绕着之字弯儿的脑顶盖,俨然像条受伤的蛇,爬得很慢。

龙王爷爷的大轿刚刚抬上大石桥,星克大头举起一条长竹竿,上面吊着一串万字头鞭炮,老远就迎了上来。全垄上许多男男女女,统汇到了湛太爷的屋边上,没有哪个不是恭恭敬敬地跪在那儿等龙王爷爷。

一色骨牌凳上面,摆着大大小小的泥香炉,百十道新烧起的香烟氤氲地把湛太爷的屋子边上绕得像障起一层轻纱。湛太爷打头跪在路边上,其余的人鱼鳞似的,直跪到了禾场上去。

村子里公请了谢六秀才来主祭。那老头子也作股正经,头上戴着红顶子，穿了黑袍褂，先跪在香案跟前等着行礼。

龙王爷的轿子刚刚落到大路上，金阿哥赶紧把香篮放下，一个劲儿抢上去三四丈远，把两手箍在嘴唇上，做个喇叭头的样子，大声地喊着前面的人：

"跪倒！跪倒！——大家跪倒！——谢六爷来磕头了！"

跟着有人在前面接声：

"大——家——跪——倒！"

"人——家——跪——倒！"

这声音一直响到知母岭山脚下去，整百整十的黑脑袋，随着这声响拜下去，埋到这些禾弄子中间去了。只有十多面紫红色的旗帜，还在广阔的田野中给南风吹得嗬嗬地响，锣鼓亭子也住了声。等到星克大头的万字头鞭炮一响，躲在知母岭树林里的铁响铳又大声地吼出几下，才听得许家满爹拉开嗓子来唱礼：

"初上香。再上香。三……"

谢六秀才的红顶子挺在香案跟前，恰恰齐到桌子边。许家满爹唱出一句，那红顶子倒一下再唱一句，再倒一下。背后这些个人，像学生学着先生一样，老在仆倒起来的。大家的动作都很快（有些不记得自己拜了多少拜），没有谢六秀才那么来得从从容容，有方有法。

可是他们谁也不是在开玩笑，这么多不同的脸子，没有一张不装得木板子一样，恭而且敬地把脑袋向地下捣。空气显得非常严肃，除了给米汤浆硬的衣服有些响声之外，静寂得像整个垄上的人都睡着了似的。

谢六秀才哼那篇四六文章求雨疏的时候，可提起了全副精神一字一眼响得嘹嘹亮亮，一如六月里的知了叫。等到他闭了嘴之后，背后的人堆里才小声地喊着：

"龙王爷爷大显威灵！龙王爷爷救救我们！"

金阿哥伏在香案旁边，离谢六秀才有丈把远，别人起来的时候，他还老伏着。他的嘴里尽在嘟哝，不知想和龙王爷爷打些什么私人交道。

许家满爹等着谢六秀才行过了礼，他就来不及地指挥着前面的人，再向知母岭爬。贤七矮子没种地，他不来迎香，可是跟着大家站在路旁看热闹。他把脚尖踢踢金阿哥的屁股，告诉他前面的人已经快走尽了。

这个在地下把身子竖直，向前一看，再磕了两个响头，才来招呼贤七矮子。

金阿哥的大女儿——秀宝，老早就捧着茶筒，站在他爸爸的旁边。她亮着一双黝黑的眼睛，看着伏在地下的金阿哥，不敢惊动他，等到贤七矮子把他叫起来，才乘机把茶筒送过去。

金阿哥嘴对着茶筒的嘴，一面咕嘟咕嘟地喝，一面用眼珠子向贤七矮子一扫：这是代替那张没有闲工夫说话的嘴问他从城里几时回来的。这个的嘴巴一动一动正要答话，可是许家满爹站在前面的山脚下向这儿招着手。金阿哥伸条臂膀对他一扬，就扔下了贤七矮子没命地去追龙王爷爷的轿子。

一气跑过半条田垄追到知母岭,汗水就越流越多,全身的衣服都粘在皮肉上——走起路来怪难受的。据金阿哥的脾气,今儿要不是迎龙王的香,他准得把全身剥光,再操上他几十万代的娘。可是现在怎么能够?迎香求雨的事,汗水再淋得多些衣服可不能脱。

二

整条行列在冒着火焰般的太阳底下行进着,没有一个人不张开嘴来喘气,像走过远路的狗,肚皮起伏得很快,不过没有把舌头伸出来。石板上尽是些雨滴似的汗水,一路给洒得斑斑点点的。

谌太爷这老头子给人扔在背后,白胡子上挂着好些水银珠子似的汗泡泡。他那打着无数荷包结的枯脸上,两颊陷了进去。发着颤抖的身子,用全力支撑在这条拐杖上。

星克大头一路照应着这位老头子:在路左边走着,两手攒起谌太爷的一条臂膀,小心地踏着那些板梯似的石级子。

上岭的山路,有时突了一节出来,又有时陷了一节进去,谌太爷越走越显得气息急喘起来,走一步,就得停一停,嗓子里还得了锁喉症一样地叫:

"唬!唬!唬唬……"

他俩还没有爬上那个山腰,谌太爷就简直快要倒下去的样子,脚杆不停地抖着,把半边身子全靠在星克大头的膀子上,又是咳嗽。

星克大头下死劲地把老头儿拉到一丛大树底下坐着，歇住那么四五分钟，才见他吐出了一口浓痰。谌太爷的脑袋一摆一翘的，似乎觉察到自己刚才没听别人的话，爬岭已经不行了。他抬起一只满是青筋突露的手，想去揩揩脸上的汗，可是才举到半路里，又记起今天是求雨，那只手杆立刻掉到了膝盖上。

"歇歇吧，太爷……刚才我就说过，你不要来迎香拜庙的。高了年纪的人，何苦辛辛苦苦来爬山？让他们那些后生家干去，龙王爷爷不会怪着太爷的。"星克大头似乎给累得太吃力了，安顿好谌太爷，自己坐在旁边，就埋怨不像埋怨，劝止不像劝止地说。

可是谌太爷仿佛没有听见。两手搁在膝上，颤巍巍地抬起那头发眉目全白了的脑袋来，打丛林里望出去，看着知母岭底下的大片肥田：黑油油的稻苗，展开在前面，像铺着一床极厚的大绒毡，一直伸到对面那个有着方塔的山底下。南风从这绒毡上扫了过去，稻苗给翻得和浪花一样，还沙沙地响。可是这些快要有交头①了的禾尖子，已经带着红色。

谌太爷这双模里模糊的眼睛，以先它不过闲眺似的望着远处的云彩和山景，后来就似乎在用心地，找寻一些什么，打花坛庙边上看转来，落到了大石桥上面的合山坝那里。于是，他那深陷

---

① 交头：禾穗出齐后，如不遇到天旱，很快地结了谷粒，禾尖子必向下驼。

的眼珠子，微微地突了起来，放出两道含着愤怒的光，老盯在那一小块儿一动也不动。

"啊，都在胞里烧坏了！穗子还没有出来，就烧得烟柴脑一样！——这都是赵观中那个遭万刀砍的丧良心啰：三四千亩地方的田亩捐，给他一个人揣走了，合山坝修不成功。看你怎么死，你有钱有势就做这伤天害理的事！我们做你不到，天会不容你的！"

谌太爷一开口又提到了南乡的赵太爷身上去了。——这是地方上没一个人不把这件事挂在嘴上骂的，尤其是谌太爷这个多月来做梦也没有忘记。

去年的冬天，全队上每亩地派出一块花边的捐来公修合山坝，大家举了赵太爷当主修。可是这笔款子赵太爷在省里把它做成了自己开煤矿的股本，回头说合山坝的地方今年犯黑虎煞，就把这事情一直挨到现在了。

"你又来了！"星克大头不很顺气地喊，"骂有什么用？我看，雨一求不来，大家送了龙王爷就到赵家拼命去！真的，地方上几千亩田的水，全靠这一座坝，给他吃到肚子里就完了？……哼，他儿子当旅长，就真的无法无天了不是？"

"你这个是风凉话？你这个！……上次到赵家去，你又不是没在场——现在还捉了五六个关在县衙门里哩。"

谌太爷把脑袋掉转来看着星克大头，话就顿住了。换了一换气，他才再接下去：

"他家里有兵，动不动就把盒子炮对付你们：'聚众滋事'！要做土匪办……到省里去告他'私吞公款'吗，状子又不准。你还有什么命拼——衔泡屎去拜天不是？"

这一来，星克大头给说哑了，汗水越淌越多。他默默地坐着看了山底下这条弯弯扭扭的山路，谌太爷的眼睛又望到远处，一面喃喃地说：

"赵观中这个良心丧大了，刚刚又是碰到大旱年头。我今年活到八十二，从没见过一两个月不下雨的——四月二十八，五月二十八，六月——唔，再加四天整整两个月了。真是！海底下都干得快开坼来！……要不是春季的塘塞得好，多早没有了，多早！……"

谌太爷把右手的指头倒了两个，左手的指头也倒了两个，他在默记些日子的数目，嘴唇合不起来。他呆望了好一会儿蓝天，又侧转脑袋来看星克大头一眼，像在等着那个说什么。

星克大头可没觉察到，他挺着脖子，在看岭底下跑上来的金阿哥。那个还隔得好几丈远，他就站起来迎上去，一把抓了金阿哥的膀子：

"咦，你怎么掉在后面？坐一刻。……今天龙王爷爷的卦头怎么样？宗一道士在问龙王爷爷——有没有雨下？"

"答是答应了的，不过……"金阿哥把膀子上的香篮放下来，他似乎还得做一件什么事，可是马上又像意识到了什么，停止了。

"不过怎样?"谌太爷插嘴。

金阿哥停住一会儿,喘了几口气,就说得吞吞吐吐:

"不过……不过龙王爷老是那么乍阴乍阳的,打不成一副三手圈联①。昨天问是三六九,打成三个阴卦。今天又是三个阳卦——宗一道士说要一四七。"

"那是什么,菩萨也没有准儿?"星克大头听完金阿哥的话,头脑子上像给谁戽了一瓢冷水,就这样反问一句。

"这也不解,"金阿哥又吐一口气,"宗一道士说花户不齐心,玷秽了龙王爷爷,才这么乍阴乍阳的。"

"得!这个一定!这个一定!"突地,谌太爷把一只手向大腿上一拍:劈!话就说得更起了劲,"你们还没知道哩,你说祥训嫂……祥训嫂那老贱货不是疯了么?看见地方上求雨了,她巴巴地打发贤七矮子去接春生嫂那狗婆子回来——这是什么好货色?——在城里当鸨婆的!她大概又想到这地方买几个女孩子去,每年这狗婆子都要来家里这样闹一回,……不要踏脏了这地方!怪不得龙王爷爷不下雨。"

"春生嫂回家了,几时?"星克大头睁大了眼睛。

"几时——昨天!就是昨天下午这狗婆子到了家。阿哥,你说祥训嫂是不是老糊涂了?花户不齐心,这还消说!不过你是这一次求雨的纠首,你们总得诚心。心一诚,正气就大了。龙王爷

---

① 三手圈联:阳巽阴三卦。

爷不会骗我们的，活菩萨，不会骗我们的。……我二十多天没闭眼，白天夜晚老坐在禾场上，看天上有没有起云。你想，二十多天……二十……可是可是……"

　　谌太爷说上这半天才住嘴，金阿哥见这老头子今天这么兴奋，惊奇地看他一眼。可是这老头儿像怕别人抢掉机会似的，接着又说：

　　"可是，云……云么，连瘴气都没有！——上天下地一片红，明儿要是求不来雨，我一定和祥训嫂那老母猪拼命去！她又不是赵观中，也把人捉到衙门里去么。……我们这地方有了他们两个狗男女，真遭瘟！"

　　谌太爷越说越生气，胡子一翘一翘的，脸上都变成了猪肝色。星克大头就赶急打断他的话：

　　"这，何苦来！——你也是吃软怕硬的！赵太爷把一笔修坝的钱吞掉了，你们就不敢问他去；祥训大娘不过接了她的女儿回来，就要去拼命。……我想，你老人家还是自己留着这四两气罢，让她接她的女儿呀！"

　　接着，他就说，村子里这些个人，哪一个不仰着脑袋看天，把脖子都挺硬了。许家满爹的那副牙牌课，一天翻上几十课，也没有个灵验，老望落雨也是空的，认真说，天老爷就不大靠得住。以先倒还有午时云，求来求去，午时云都没有了，简直只看见满天蓝毫，把天都晴高了。

　　"这个……这个还是人的事，合山坝要是修好了，怎么会干成这个样?我们还是找赵家去罢,不要光靠着天老爷,我看!"星克大头这样结束了他的话。

可是金阿哥只有一半同意星克大头的话。合山坝的事,本来应该去问问赵太爷的,不过天老爷那里也得去求求。就是合山坝马上修好了,水可要天上落下来才有。他认为到了这一刻,找赵太爷已经晚了。

"我是这样说的,我是……谁说不应找他?不过一闹乱子,会把求雨的事耽搁下来,现在求雨顶紧要——他就把修坝的钱交出来,也还是没有水——田里救得活吗?"

这两个在哇啦哇啦地说着,可是谌太爷像没有听见别人的话,一个人在自言自语,

"啊。太坏了!太坏了!人心太……赵太爷这个黑了良心的,祥训嫂这老狗婆子,人心太坏,天老爷不会开眼的,天老爷……我要……我要……"

金阿哥又向谌太爷和星克大头反复地说着他自己的意思:春生嫂已经出了嫁的,不在这香火内算数,菩萨不能怪她。赵太爷也要过会儿再找去。现在只有大家诚心,求来了雨,才是个十全的办法。反正拼命也没有用,不下雨,左右是死。地方上连吃水都没有了,哪来的水灌田。

"就说我和你有那个井塘,"金阿哥看着星克大头,"隔那么十天半月,还滤得一点儿水,可是也不成!第一是没有车水的工钱,第二是水少田宽。你说对不对?"

太阳快爬到天顶上了,从侧面照着,树荫成了一个一个的黑盘盘,把树干都罩住了。金阿哥站起来想走,回脸对星克大头瞧着:

"哦!我还得去招呼前面的人。大叔,你就伴着太爷慢慢走罢!"

谌太爷赶急伸出一双手来向前面乱摆。

"这个自然,这个……我会走的,你用不着照拂我,敬神是大事,你走你的。敬神……"

那个提着香篮,一口气向岭上爬去。

三

金色的太阳,从头上那些合抱围的撑天大树上洒了下来。树荫可没有平常那么浓密,路上给涂成一块黄一块黑的。

金阿哥离开了谌太爷他们俩,步子拉得非常长。他一直向林子里窜去,那件月蓝色竹布大褂上印着树荫,也变得花离花斑,很快地打衣襟子和袖子上滑了过去。

刚刚跑上知母岭那个山岔,那边垄上迎面一阵风吹来,把他的头发全竖直了。可是金阿哥没有工夫去抹头发,只把俩手遮在额上打成一个日照子,向山底下望去。

那边垄上,可变得像一个大火窟,天上没有一丝云,强烈的阳光把山呀田的都像照在镜子里,又炙热又钻眼。越远的地方,就越红得血一样。大自然整整地浴在这无边的血光里了。山底下的屋子都潜声消气的,瓦给烤成了焦黑色,畏葸地紧伏在屋顶上。弯弯曲曲的道路,烧得像条火弄,上面没有人走,也没有别的生物。

金阿哥呆望了好一会儿,又飞似的向山底下奔去。跑过两个山冈,还没有看见前面的人,连锣鼓亭子也没响了。他奇怪起来:

"哦,怎么走得这样快法子——他们?"

他有点累了,气喘得很急。下岭以后,步子慢了下来。他的眼睛给两边那些稻田吸住了,一面走着,一面放出两道深沉的黑光,老射在别人田里那些禾蔸上。

近山一带高田,稻苗还不过膝盖那样深,梗子是扁的,可是禾叶子已经变了色——青里透红,还一条条地窝了拢来。横行和直行都没有合缝,就疏落落地和石菖蒲草一样地指着天上——仿佛害了很久的痞病的孩子的那些头发,枯灰灰的全干萎了。

一到垄上,可又换了个样儿,禾蔸熬成蒸钵大一团,黑魆魆的,挤得像一丛一丛的小丛竹。有些正在打箭,梗子胀得和怀肚的女人一样,有些已经出了头,穗子在禾胞中间刀锋似的刚刚耸出一半来。

可是没哪一丘田里再有一滴水。灌注便利的田里,泥脚也带着深黑色,不规则的一小块一小块的裂痕,像乌龟背上的花纹。那些裂缝有三四分宽一条,脆弱的小禾根,白茫茫的仿佛是些绿豆芽,可是细纷纷的,只有引线大一根,纵横地在那裂缝中间织得像些蜘蛛网。还有些田泥已经发了白,那禾苗就萎靡地披得像些长梗子柳条。

"啊,完了!完了!这样好的莞颗全完了!还有什么!就是马上下雨,恐怕也收不了一半。"

他的眼睛给太阳照得有点发花,前面晃着一个一个的红绿圈。他闻着正午时候的稻花香,亲切地感到有点醉醺醺的。可是肚子里那颗心,又和田里的泥一样,横七竖八炸裂得千头万绪,他真不知道从什么地方想起。

金阿哥提着那个香篮在垄上蹒跚地走着,糊里糊涂地忘记了自己身上的任务,他还要去追龙王爷爷。可是转过了那个山嘴,他猛地瞧见左边田里有群野鸭子一样的人,统朝着前面那个大石头边上乱蹦,百十口声音乱成一片,听不清喊的是些什么,只是一群噪晴的雀子似的闹着,全土里震得发响,金阿哥忽然给惊醒了似的喊:

"赦罪天尊!赦罪天尊!怎么哪,变成这样没规没矩,龙王爷爷会生气的,龙王爷爷!……"

左边这里的人挤得不透风。小孩子从人中间乱钻,大人们手里拿着铜锣,铙钹,摊锣子什么的,不管三七二十一,从人身上踏过去,只要自己先抢到大石头上,就不顾脚底下踩不踩死人。

许家满爹伸出两条臂膀在空中乱晃,口里喊着:

"不要抢,不要抢!——两个人共一勺!两个人……"

这一来，金阿哥明白了：他们在抢水喝。

一路上的井水都干枯了，这些人闹了半天，哪个的口里都快要冒烟。现在这大石头底下有水，他们还会客气？

抢水的是那么拼着命，成群成队地都朝着一个方向挤。远远地看见这些人，黑压压的，像波涛那么掀动。有些在这边滚拢去，也有些打那边滚转来的。老头子和小鬼头，挤的挤到了田里去，有的给踏在脚底下，口里叫救命，咒着娘。一片叫声和怒骂声，在彻天彻地地骚乱着。

金阿哥知道这乱子出得不小，捞起竹布长褂的前襟，咬着牙齿，一个劲儿向前面奔去，刚刚跳到那坪子边上，只见老屋里的癞子老大端了一铜锣的水，打前面转来。他的嘴唇伸出来寸把长，一面走着一面凑到锣框上乱喝。

谌太爷的孙子烂东瓜一个箭步跳拢去，也想要喝。他的下巴刚刚拄到锣边上，癞子老大把身子一扭，咕咚一跤，那个跌在地下。二秃子抢进一步，抓住癞子老大锣上的绳子，那个又是一扭，水可全泼到了地下。

"×你的娘，要没喝大家没喝！"

"鸨儿子蛋，踏了老子的痛脚。"

这么一来，二秃子和烂东瓜他们各人挥出拳头，癞子老大猛的一下把二秃子撞到了底下田里去，烂东瓜飞出一脚踢翻了旁边一个人。接着，就有几十条臂膀一齐伸了出来，咒着娘，喊着打，各人帮着各人的伙伴，滚下田去的不知多少。

"打！打！还怕你！打！"

"老子的水你想喝，尿你喝么？"

"嗬，打！"

"打不赢的只怪妈下少了本钱，打！"

金阿哥跳到中间想去把他们拉开，可是拉得了这个，又拉不了那个。一直等到许家满爹和几个长褂子先生都抢了拢来，才把他们劝开。

一阵大乱过去之后，这行人就东一堆西一堆的，站的站到两边的田塍上去，有些倒在草地下横七竖八地躺着，有些不管犯不犯规矩，扯着大襟子来揩头上的汗。其余拉屎的，撒尿的，嘴里胡说八道操别人的娘的；全是没规没矩，把个龙王爷爷的轿子摆在大路上没人理。

金阿哥和许家满爹蹦到东又蹦到西，先邀拢几个纠首把人叫齐。好容易集合了他们到一堆，可是又有些家伙不停地哇啦哇啦。

"求雨，求我个鸟！求得要口水喝都没有。"

"一个木雕龙脑有什么用？花这么多钱来哄小孩子吃鸡脚，真见他娘的鬼！"

"我们才给别人做卵耍哩，去年的冬季要派田亩修合山坝，派来派去，派进了赵太爷的口袋里——合山坝么，现在是个黑窟窿……这一次，又出了钱来给金阿哥求雨——多傻！"

"是的，这全是金阿哥他们闹的！他种的六十大丘要全租，就有一次没一次地求木雕龙王,这样大热天还不准揩汗哩,妈的!"

金阿哥的肚皮差点儿没有给他们气得爆破,他咬着牙齿想和他们吵,可是别人的嘴巴多着。于是他低下了脑袋,一个人溜到龙王爷爷的轿子边上去坐着赌气。

这些七嘴八舌的家伙,可就得了胜,他们骂赵太爷是蛇王诸天,是吃铁屙枪的吸血鬼。金阿哥呢,也是混蛋,撺掇着别人来花冤枉钱。还有人主张先打金阿哥一顿,再闹到赵太爷家里去的。不过他们老没有动手。

金阿哥像受到了不少的冤屈,他几番几次爬起来想掼他们一两个到地下,可是给许家满爹拉住了。

"不要理他们!不要……谁不明白,他们这些没脑神君!敬神是大事,烧香求雨的!"

这个又坐下来,眼睛都瞪滞了,可他到底有了龙王爷爷的面子,自己装着聋。

过了那么一两个钟头,许家满爹差不多只差没给别人作揖,才把前面的人叫起来。可是行列已经短了许多,路也走得断断续续的。旗杆子横背在肩上,锣鼓亭子也七零八落地响得有气没力的,听去非常单调。有些人老早就从半路上溜了回去,或是躺在路旁到底没走的。

金阿哥的样子也比上午来得疲倦。他两条脚在大路上走着,肚子里的那颗心不知跑到哪里去了。他像埋怨着自己不该发起第四次求雨，又像埋怨着这些胡说八道的得罪了龙王爷爷，雨可有些靠不住。

"这是劫数！这是劫数！碰着这样大一堆冤鬼，修合山坝，就有赵观中这冤鬼，求雨，又有这许多胡说八道的冤鬼，还不是劫数么？啊，完了！完了！求雨不来，那三十担租谷怎么办？母亲一百块钱棺材费，还有屋和全家子穿的吃的都完了蛋！"他在肚子里这样叫。

金阿哥提不起精神来照管龙王爷爷跟前的香火熄了没有，他的念头像匹野马那么奔腾着，连自己也捉不住。他记起井塘里快要轮到六十大丘去车水了，可是没有现钱，请不来人。他抬起头来看看天，又把头低下去，就东歪西倒地走着，脑子也像发起晕来。

下午四点多钟，金阿哥才跟大家送龙王爷爷到了龙王殿。有些人不等安神先溜跑了，只有他们五六个纠首在等待着安神以后的卦头。

宗一道士站在大殿中间，闭起眼睛，嘴里不知念些什么，只见那两块嘴唇皮起闭得很快，那两个手板塞在大袖子里捻了不少的诀，于是他问龙王爷爷要什么日子才有雨下。竹蔸丢到地下，又是三个阳卦。宗一道士就笑着告诉大家：

"菩萨说的一四七有雨下。"

这些人没有谁再问他第二句，各人苦着脸子笑一笑，就溜出庙门来。

许家满爹带着这些人回花坛庙去,只有金阿哥一个人掉在后面,没跟他们走。

他又翻起眼睛看看西边天上挂的那个脸盆大的太阳,还待在山岔子里烧得挺起劲。血色的太阳射在知母岭对面那个方塔上,塔顶像镀了一层黄金,满天尽是蓝毫,七八道探照灯一样的光,斜直地伸到东边的天上,把些散乱不整的云块,染成了桃色的,紫色的,也有白色和金色。

金阿哥坐在龙工庙前面的路碑上,对着太阳抽出一口长气,他像犯人进了杀场,脸上没有人色。他那脑袋一摆一摆的,眉毛钻得像个篆书的八字。他想:看天色,下雨是骗人的话,什么都是这样完了蛋了。

六十大丘的禾苗干枯了,合山坝永远是个黑窟窿,石炭阎王家里那个老弯腿——现在的当家先生三点半,一张三角形的吃人脸,"请耕字"①那个黑手模,还有弓着脊梁长期害咳嗽病的老母亲,女人和孩子一长串的红嘴巴,一齐兜到了金阿哥心上来!

"哙!那个请耕字写得多傻!"

四

金阿哥写六十大丘的"请耕字"那一年,天上下着大雪。他的父亲给赵旅长(那时候还是团长)的老太爷逼债逼得吃砒霜死

---

① 请耕字:佃户对业主每年纳租多少的契约。

了,尸首躺在门板上六七天没有埋,家里还守着十多个坐拼①。他就冒着风雪在外面走了几天几夜,到底把一份守过两三代的家私:住屋,园土……卖得一干二净。

他理落了这笔阎王债,又打发死的进了土,就抓着两把稻草在花坛庙前面的沙洲上搭成一座茅棚子。一家子在这草堆中间给雪压着,喝着老北风。不到一个月,米缸里没了米,萝卜也给吃完了,金阿哥才找着三点半这条门路去佃石炭阎王这个六十大丘来种。

三点半那时候还没当家——是弯腿。金阿哥到他家里跑过三四次,可是石炭阎王要进一百块信钱②,还要包旱,涝,虫三灾。他拿不出一个铜板,就哭丧着脸走回家来。奶奶枕头底下可还有一百块花边,不过那是卖屋子的时候,当着许多亲房和他的大姊分给奶奶将来做埋葬费的,金阿哥可支配不了。奶奶向他的儿子瞟一眼,抱着膝盖咽了老半天的眼泪就说:

"你就拿了这包花边去罢!反正我可不能看着大的小的都饿死,你拿着走!你!……将来我的眼睛一闭,埋不埋凭你们去了,我只不能看着大家挨饿。"

奶奶的泪颗子滚到衣襟里,像脱了线的念珠。她伸手去抓花边,可又愣了一下——她是记着她的丈夫躺在门板子上冒血沫,没有棺材埋的那幕惨剧。不过愣不了多大一会儿,她又很结实地

---

① 坐拼:代人索债者。
② 信钱:佃户的押金。如租谷短少,东家将信钱扣偿租价。

盯了一下金阿哥，咬咬牙齿，就把花边拿了出来。

金阿哥捧着大包花边站到石炭阎王的当家师爷跟前：

"陆师爷，信钱要了这么多，就不要包三灾了吧？——旱，涝，虫都是天上的事，我们庄稼人怎么包得天上去？"

陆师爷只向他摇得一下头，一声不响，就写他的数目去了。金阿哥顿住一下，青着脸子想了四五分钟，忽然，他下了决心咽炸弹似的，写了那个"请耕字"。陆师爷叫他打手模，他就又打上手模。这么着，就佃了这处田米。

碰着这几年的田里，又是多灾多患的：不是大水，就是谷子卖不起价钱。去年到了八月，这地方还发过一次山洪，冲毁了合山坝。赵太爷又把修坝的钱上了腰包，于是大家就睁着眼睛，看了田里干成这个样。已经有了两个月没下雨，等过了三六九，天还是晴的。

据金阿哥的意思，今天的雨可下定了——今天是七月初一。对哦，七月初一，这一点儿不含糊——七月初一有雨下，龙王爷爷老早在竹头卦上这样答应的。

记得一清二白，宗一道士在龙王庙安神，问龙王爷爷要什么日子才有雨下。竹头卦扔到地下，三个阳卦——三个阳卦是说一四七，谁都明白这个道理。

可是今天又过去了，雨还是没下。

地方上的人都有些两样起来。一些不尴不尬的家伙，就挥动着膀子，要到几个财主家里去吃排饭①，谁也不再傻想这天上有雨下。反正田里的禾苗都焦完了，只要有一星火就会烧得精光。各人脑子里那幕最后的戏剧已经调排得好好的，只差没有上场了。

老太婆和娘们儿的主意，打算带着一家子远天远地逃荒去。还有些就抹抹眼泪想想日子到了，把条麻绳对颈子上一套，什么大事都完了，还免得花掉许多香纸费来求雨。

只有癞子老大他们那些小伙子，没家没室的，什么也不怕。乘着这样大旱，反得了机会似的：鬼头鬼脑，白天躲在家里睡大觉，一到夜晚，就齐伙邀伴的，到别的村子里鬼混。

禾叶子一天一天地焦了下去，地方上的人心就一天一天地坏了起来。哪个也变得喜欢打架，为得争几勺吃水，娘儿们也提起菜刀要砍人。大户人家的头门上，不知堆起了多少的太平砖。有些大户请来许多打手保家，还时常闹乱子，不是听说东家失物，就是西家的墙脚给挖穿了。

还有许多人和癞子老大他们合不来，也不像金阿哥那样安分到了一百二十分的，就每天和星克大头商量，要上赵太爷家里去。

"去吧，只要是合山坝占得有水分的人都去，这个道理哪个都懂得，本来今年是旱年，可是合山坝的捐款要不是他吞掉了，

---

① 排饭：一些穷人集合起来，涌到地主家里要饭吃，地主如拒绝，便将食物掳掠一空。

总要好些，顶起码，也不过于死一半……现在看来会颗粒无收，我们就找他赔谷子去。"

"田里已经干死了，就把儿女带到赵家去吃就是了。"

这风声给赵太爷家里知道了，赵旅长就又开了一排兵回来做卫队，还要捉星克大头他们，吓得许多人白天不敢出门，星克大头不知跑到哪里去了。

地方上的情形一天不比一天，真正守本分的人可没见几个。只有许家满爹这个书呆子，成天叹着气，看看天，老是翻翻牙牌课，一百课，一千课，他不管三七二十一地翻下去，一课也没有灵过。小偷多，他像怕谁偷去了他几本烂八股似的，天天说着那些老话：

"啊，哀鸿遍野，哀鸿！……真是穷斯滥矣！这些小人，穷斯……"

谁也不懂他说的是些什么，只见他这么摇头晃脑，那副神气活现的样子，就嘲笑他，说他是疯子，他就愈觉孤零零的。

以先他还天天到湛太爷家去谈闲天，可是过了七月初一没下雨，听说湛太爷也变得不三不四的，他就苦待在家里不出门。今天早晨，他又听见了关于湛太爷的许多闲话，虽然他认为不可信，是一些不安分的家伙造谣言，他可更闷得发慌。

现在村子里这些个人，怕只有金阿哥还是个顶有出息的：金阿哥知道上有母亲，下有儿女，求雨也很诚心。这几天还想尽方法到处借钱，想把井塘里滤的那一点水车到六十大丘田里去。

"唔，他倒还可以！他倒……虽曰未学，吾必谓之学者也！"

想着想着，许家满爹把牙牌装进竹筒里，戴上那顶几十年的阔边凉帽走了出去。金阿哥往大姊家借钱去，也许已经回来了。

太阳照着这顶凉帽的影子，像个大大的反边子铜脸盆，倒到这条烧得变了牛肉色的土路上，就显得特别黑。远处的田垄，烧得像块枯焦的山芋皮，许家满爹拧着八字须，穿着老长褂在山芋皮上走去，还隔得老远就瞧见金阿哥坐在井塘边上那大枫树底下看什么，眼睛射在井塘中间出着神，一动也不动。

"瞧什么，阿哥！"许家满爹左摇右摆地走拢去，"钱……借到没有，钱？"

那个没有理他，出神地瞧着前面。许家满爹怕的自己这双痧眼靠不住，伸起一个指头向眼角上扒了一下，指头上就粘起有一团黄白色的东西。他把衣袖子又擦几擦，再仔细瞧那个一眼，他还是原来的姿势坐着没有变，分明是金阿哥。

不过许家满爹有了五六天没见过金阿哥，他像格外瘦了些，圆脸上的颧骨，像个小姑娘的奶子那么高耸着。多肉的下巴，也瘦削起来。两颗眼珠，可像给漆粘住的，死死嵌在眼眶子里，射在井塘中间那点儿水上。黄黑色的脸上显着油光，在那里发愣。

许家满爹低一下头，像凝想什么。一会儿，他把右手上的旱烟杆交给左手，抽出那只手来拍金阿哥的臂膀：

"喂,怎么发呆?……一个人……一个人……喂!"

那个的身子一震,猛地给惊醒过来:

"啊,满爹,是满爹,到这个石墩子上坐坐?"他赶急站起来说。

许家满爹把搭在金阿哥膀子上的手收了回来,遮在自己额上打成一个日照子,瞧瞧金阿哥瞧的水上——井塘里没有什么。他就侧转身子瞅他一眼:

"发什么呆,钱没有借到不是?"

"唔,"金阿哥的眼皮子霎了几霎,颧颊骨上的肌肉痉挛着,"大姊家里都遭了难。大姊全家也没有饭吃了,现在也要逃荒哩。"

"大姊全家也没有饭吃了?"许家满爹的嘴巴不自觉地张得圆圆的,眼前一个穿得整整齐齐头上戴着金扁钗的中年妇人,映在他的脑子里。

"这话怎么说?这话……他家里遭了什么难?"

"有些人在她家吃排饭,仓门板都给烧毁了。"

许家满爹又抢白似的说:

"啊,这是……这是……人心不古,禽兽横行,这些小人,穷斯滥矣!"

他念佛似的来一套老调子,金阿哥可不懂得他是在背哪本三字经,就一手抓着膀子上搭的一块揩汗布,揩揩脸上的汗,眼睛还是盯在水里没有移动。这个念了一阵,似乎发觉别人没有听他,不好意思似的歇歇嘴。

许家满爹坐到金阿哥的石墩子上,摸摸胡子,后来就抽出一口气问:

"涉何遐想?"

那个不懂,翻起眼睛看着他。他才自己译成一句:

"想什么心事?"

"心思倒没有什么,可是田里……唔,田里……"金阿哥嗫嚅地答。

话是说得这么含糊,不过听的却懂得他的意思。可是懂得有什么鸟用,他也给他想不出一个好的对付。许家满爹捏着胡子像吟诗时候推敲一个什么句子那样用心,耸起肩膀,一双红缎子镶边的眼睛,迟钝地看着路边烤得发焦的狗尾草。

沉默增进了两个心头的活动力,两颗肉做的心,都对着活的路上走。

对面柳荫底下有个知了叫,唱出很枯涩的调子。太阳从树叶子弄里溜进来,把地下洒得尽是些泥金色的花纹。许家满爹的眼光从狗尾草移到这花纹上,又呆住几分钟,陡地,他像沙漠上发现了清泉似的叫:

"哦,真是山穷水尽疑无路,柳暗花明又一村!"

那个又把眼睛睁得圆圆的,他就换一句话说:

"阿哥!真是,我们怎么这样傻?——眼前的门子不走,倒这样干着急……你的东家……你东家的钱还少?去借钱车水,这个包你成。"

许家满爹眯细眼睛，得意地笑起来。可是金阿哥觉得他这个主意高明不到哪一步。他说去问东家借钱，自己老早就想过来，不过不见得一定成功。自从去年陆师爷滚了蛋，三点半当起家来，石炭阎王家里这些佃户，谁没吃尽苦头？三点半比陆师爷来得刻薄，他正在一个劲儿想讨东家的好，收租和报新就格外难得对付。金阿哥去年的租谷有几担润点儿的，三点半硬生生地折他三斗燥谷。

"那家伙，那家伙不会借钱的，佃田的时候已经包他的旱涝虫三灾，他怎么会借钱给我来车水？"

"那么，今年比去年不同，今年这么干，东家总得怜惜你点儿的。钱，借来反正有还。"许家满爹说得慢吞吞的，像做文章。

金阿哥的脸色沉郁地：

"您老哪里知道？今年这么干，他哪里管你这些？他只认得'请耕字'，有信钱在他手里，他怕走掉了不是。"

"这些我早知道，这些……"许家满爹脑袋摇呀摇的，眼珠子瞟着他一下，"可是认真干得颗粒无收，他怎么能扣你的信钱？大年成里，又不是你一个人的年岁……你只去，我想三点半不会这样没心肝的。"

不过金阿哥的脑子里，老印着三点半那张冰冷的脸孔。那脸孔上有个老鹰嘴壳一样的鼻子，金阿哥做梦也没忘它。他只想少到东家屋里去走一会儿,就少和它碰一会儿头——他一碰到这老鹰嘴壳似的鼻子就头痛。可是田里的水无论如何得车,钱也非借不可。

金阿哥计算着自己可以借钱的地方,只有大姊这一家,她又遭到了这样的祸事,其余还有什么人跟前说到借钱?——真是六亲同运的。

他的脑子里,渐渐有些活动起来,他想许家满爹的见识,也许要比自己好些。真的,就是借不到钱,也不过是丢一次脸,他又不会吃人,反正穷人是丢惯了脸的,这有什么关系?

许家满爹见金阿哥老站着发愣,也就闭了好一会儿嘴。现在看见金阿哥的眼睛里可流着活动的光,他就想趁势撺掇他一下:

"尽想有什么用,你只依我!"他换了口气说,"不要傻,我想我的话不会错。你只去,他总得借点儿给你——包在我身上。"

这个口里没有响,只微微地点着头。

许家满爹就像收了个很好的门徒那么得意,一面说:

"是哪,我说的这村子里只有你,可惜少读了几年书,其余还有哪个?……就说谌太爷吧,到底变了节了。"

"什么'节了'?"

"就是说变坏了。"

"变坏了?"金阿哥像吃一大惊。

"唔,变坏了,他见天上没下雨,就不像从前了,纵使他的大孙子烂东瓜为非作歹。"

停停他又说:

"这世界是这样的,像赵太爷这样真的当了不折不扣的老太爷,可是他还不顾面子,把修坝的钱也横吞下去,我们这样好的地方,今年算全吃了他一个人的苦。星克大头是不必说啰,历来就不太安顺,现在给别人撑跑了。"

"谌太爷几十年来就是一个好人,怎么坏的?"

"这个怎么知道?"许家满爹答得像有点感慨什么似的,"前几天,他就说出没有理由的话来了。什么他苦心苦力几十年,还有挨饿的一天,别人就买田置业的,这是没天理,他不相信这个世界了。你看,他说的是什么话?⋯⋯劳心者治人,劳力者治于人。可胜浩叹哉!"

说到最后,金阿哥虽不懂得他说的是些什么,可是他知道是说谌太爷的坏话,他就只呆听着不响了。

五

晚上,金阿哥站到了石炭阎王的账房里。

三点半坐在账桌边上,一手指着账簿上的字码,另一只手的无名指和中指中间,夹着一条麻杆水笔,在扒算盘珠子。他把全身的精力都集中到了账簿上。

他的上半截身子是光着的,额角上的汗珠子沁得跟鼓钉子一样的密,腮上和膀子上长满着水点子。只要偶然把身子一动,就有三四粒汗珠子拼合起来，对底下一泻，悄没声息地溜走了。那个老鹰嘴壳似的勾鼻子，在今天晚上的玻璃罩子灯底下看来，格外显得圆滑和尖锐。他口里面念着：

"五起五进——……一退九进——……"

金阿哥小心地站在进门的茶柜边上，在听着紫檀木算盘子敲出这种清脆的响声，掺和着三点半那喝多了老酒坏掉的嘎嗓音，就觉得非常不调和，又非常沉闷。可是他拼命把自己的气息调匀称，保持着一种供祖宗时候特有的恭敬。

不知什么缘故，金阿哥每一次跨进东家这道门，就要这样恭敬，还要装出一副非常客气的嘴脸来。他看见哪一个人都会笑着问好，走起路来，轻轻地，像怕踏死地下的蚂蚁一样。

尤其是今天——金阿哥今天到东家这里来，不是报新，也不是送租谷，他还是来求求东家借几个钱车水的。认真点儿说，他今天比供祖宗还要来得吃力。

他在头门外面就掸去了裤腿上的尘土，白老布汗背心的纽子扣得很整齐，他在三师爷的账房边上等了半天才挨进去。三师爷只抬一抬头，一句话也没说就算他的账去了，差不离有个把钟点还不停手。

"他该看见了我吧——刚才抬了下头，他？"他想。

三点半没有叫金阿哥坐，金阿哥的屁股上像生了黄泡疮，不敢挨近那一溜排得整整齐齐的藤椅子。他那双穿着草鞋的脚，不安地在地板上移动着。像这样油光水滑的地板上有些什么碍脚，站不牢似的。

过了好一会儿，金阿哥的腿子站得木木的，他就掉转头去看看，自己的脊背有没有挨脏那个茶柜。身子刚刚侧成一个小半面，三点半的算盘子声音，忽然停了下来。金阿哥赶急把脸子又掉转去向着账桌上。他装个笑脸，嘴巴动了几动，喉咙里咽下一泡唾沫，打算就趁势说明自己的来意，求求三师爷。可是那个没有看他，只把两道闪电似的眼光盯在账簿上，脸上像个晦暗的春天，那些云块白里有点透黑。金阿哥赶快收住笑容，闭紧嘴唇，用揩汗布揩一把头脑子上的汗。

那个的算盘子可又响起来。

"八九七十二，二退八进一。六九是一个五十四，四去六进一……"

这么着，金阿哥可越等越等得有点心焦起来。他看见三点半这样子，觉得他和当弯腿的时候，完全成了两个人。许多事情，总有点使人看不上眼。比方说他现在这个架子——不爱理人的劲儿，以及那颗勾鼻子，深沉的眼光，还有那双扒算盘的手，都莫名其妙地使金阿哥看了有些气愤。

于是他的心情慢慢儿地有些激动起来，脸上烫辣辣的，没有先前那样显得安定。他回想到了谌太爷和星克大头的话有些不错，今年的旱灾，确实是赵太爷丧了良心，合山坝要是去年修好了，三点半当三点半的帅爷，自己种自己的田，除了八月里送租，怎么还要来看他今天这样的嘴脸？

他心头突突的有点难受,就在肚子里骂:

"赵老头,你吃了这些修坝的钱想昌盛?那可天也没睁眼……看啰,打起仗来,一颗炮子就会送掉你这个老太爷!——你丧这大的良心,全垄上几千亩田都干死了……你!"

他胸脯上的皮肉正在一跳一跳,想再要骂几句,突地,三师爷把手里的麻杆水笔一扳,不顺气似的歇了下来。接着,他擦燃了一根洋火,烧着纸楣,捧起那杆二毛珠水烟袋吸起烟来。

金阿哥定了一下神,趁着这机会就装得笑罗汉一样,对正着三点半说:

"三师爷,我……我我……我今天……"

他说得很吃力,可是自己的意思还是没有让别人明白。那个的嘴巴一张,前面冒出一股浓烟。隔着这浓烟,看不清那脸子是个什么颜色,不过两道有神的眼光,透过这层烟雾射了过来,金阿哥的皮肉一紧,话就不自觉地顿住了。可是停不了多大一会儿,他又鼓着勇气:

"今天……今天我是来求求师爷,想借几块钱……几块,去车水……"

金阿哥第二次开口,声音没有先前那么响亮,像个害了鸭公痨的病人说的,句子小得听不见。

"什么?"三点半的两道眼眉毛中间,打起几个荷包折,"借钱,是不是?你再说。"

这个的脑子里马上起了一种很怪的感觉,说是害怕,他真不怕这样一个弯腿,是憎恨吧——金阿哥觉得三点半还值不得他憎恨,憎恨起码要赵太爷那样的人。可是鼻管里的呼吸总不大怎么顺畅似的,满身汗水,流得皮肤上有点发痒。他再挺挺腰子,喉咙里咕嘟一响,就又装个笑脸,结里结巴地说:

"我是……我是……合山坝没有修好,田里的水都要车,已经车过四次了,井塘里现在还滤得有点儿水,我想……求求师爷,借几块钱,把水车到田里,借几块……几块!"

三师爷这回可听明白了,眼睛向这边一瞟,让手里那条燃着的纸煤夹在右手的食指和中指中间,不去熄掉它。随即,他两个嘴角又朝底下一弯:

"哼,我倒真看不出你是这么个捣蛋鬼哩!巴巴地等我一当家,你就什么麻烦都来了。谷也送些润的来,去年折你三斗燥谷,你在外面说闲话,——这些我都听人说的。今年又要借车水钱,你到底——你到底——我问你!到底你特意和我玩花头的,还是瞧不起我这个当家师爷?"

金阿哥骤然给他这一来,就不知道自己要怎么办才好,笑着似乎有些不合适,不笑又怕惹别人生气。他立刻觉得自己的手脚,都像些多出来的废物,搁到什么地方都不合适。他的肚子里那颗心有些蹦,牙齿和牙齿碰得过过地响。到后来,他想还是装出一个笑脸的对,就吃力地笑着:

"这个……这……三……三……三师爷……"

"倒快不要这样三呀三的,谁和你嬉皮笑脸?我都明白,你是有心来和我捣蛋,我当了家,你有些不那个。……你要把我的饭碗打碎,是不是?不然的话,以前陆师爷在这里,陆师爷当家,你怎么年年安分守己地送谷,不见你今天噜苏,明天噜苏的。你是有心和我捣蛋,我知道。"

三师爷的话这么停止了,房子里的空气比先前更加紧张了些,金阿哥那头上像戴了一个铁箍,有些发晕。他看不见什么东西,只看见对面那个圆滑的勾鼻子,加大了,又加大了,大得像海船上的铁锚,慢慢儿地向他的脑门子上钩来,想钩出他的脑髓似的。金阿哥打了一个寒颤,可是他一面又定定心神壮着胆子说:

"我没有捣,我不是……三师爷,这样的大旱年成,我是在大姊家里没借得钱来,田里马上又要车水,不是捣蛋,实在是要借车水钱,三师爷……这年头车水要白花花的大洋,我只想求求东家,借给我几块钱,我不是捣蛋,三师爷,我赌咒,我没有在外面说过你的什么。"

说的是这么抖肠抖肺尽肚子里的话倒了出来,可是听的人把脸子侧成一个半侧面,朝向窗户里边,把抽过的二毛珠烟袋,对桌子上一顿,就抓着蒲扇乱摇起来。他的蒲扇越摇得快,脸子也绷得发青,等到金阿哥嘴里的话停下来,他就再进一步地说:

"现在是这样罢,我也懒得操这么多的心,真的,几十个佃户个个要像你,我这个当家师爷可要命了!看势子,大约你也不想种这处田了,'请耕字'上写的包三灾,你还有个手模,当然记得。田里有收没有收,这个都没有关系,反正早迟都是送租,你说是不是?你照着现在的价钱,三十担谷,百五十块钱,除掉你那一百块信钱,你就再送五十块来,我把'请耕字'退给你,免得彼此都不方便,干脆些,彼此都干脆些。几十担谷田,成天在七呀八的,成天来淘气,真烦心!"

不知是屋子太好的缘故还是怎么,三师爷的声音比平常响得格外尖,这一长串的话钻到金阿哥耳朵里,像暴雷,像炸弹。金阿哥的两块嘴唇皮一张,成了一个圆圆的洞,眼珠子又圆又突,像两颗栗子嵌在眼眶子中间似的。

突眼睛前面的景物完全换了样,不是这么高堂大厦的账房,是两把稻草搭成的茅棚子。桌子板凳上飞满了不少的雪,金阿哥的女人和孩子在雪泥中间发着抖。一刻又是他父亲挺在门板上冒血沫,死了几天没有埋。他正想要走拢去抱住那死尸叫爸爸,门板子上挺的又变成了他的母亲。这一幕一幕的活电影,老是这么放了又放,金阿哥觉得天旋地转,屋子里的一切什物都围着他在打圈子,前面有时幻出金色的火焰,有时又是红里夹绿的圆圈圈。神智糊里糊涂的,脑子像快要炸裂了。

"哇嚏!"

三师爷不知是伤风还是怎么的,陡地打出了一个喷嚏。金阿哥一惊醒来,前面就只有这一个老鹰嘴壳一样的鼻子,其余什么都没有了。他定一定神,就走近账桌跟前两步,哆嗦着说:

"三师爷,三师爷,您……您老……您老是知道我的,我上有老娘,六十多岁了,没屋住,没饭吃,您老知道我的……不过,今年可比不了往年:第一是赵太爷那笔钱没出来,合山坝没修好,水就没个来源,地方上吃苦还是赵太爷……"

三点半打断他的话:

"赵太爷不赵太爷,东家这里总出过了一块钱一亩的捐,我可不管这些。"

"是啰,我知道出过捐,"金阿哥带着几成哭音,"可是坝没有修好,您也知道。第二是天老爷太那个,天老爷,啊,今年他真是,干得太厉害了一点!我想我现在不向东家借钱了,我去,我去别的地方磕头,三师爷,求求您,我只种了这处田,不要退了我的'请耕字',三师爷!三师爷!"

他说一句,眼珠子就盯住那个勾鼻子。勾鼻子又像再要打喷嚏,向右边移动了一下,他就跟着他移到右边,他是连自己也不知道自己说的是些什么,话句很不顺口,可是他老说着,汗水就把全身淌得津湿了。

三师爷把手里的蒲扇乱摇乱摇,接着,向桌子上一扔,抓起手巾来揩一把汗,眼珠子就闪出了骄傲的光,不到一会儿,黑青色的脸子上,又变得狰狞得像阎王殿里那些泥塑的鬼怪。金阿哥想得再求求他,就是下跪也总得要求他别退了这个"请耕字"。

可是那个比他先开口:

"我常常说的,世界上有些贼骨头,贼头贼脑,吃不了饱饭,你忘记了下雪的那一年吧,我可没错看你!你倒捣起蛋来。——这简直是没王法，好人还做得！"

说到这里，他的眼睛就一瞪。金阿哥打了一个寒噤，低着脑袋，一声不响，驯服得像只羔羊。那个就又把话接下去说：

"你回去给我安分点子——到了八月，送三十担燥谷来。——润了，你可仔细！"

这声音像是撞钟，话比石头还要硬，可是此刻的金阿哥倒欢喜听，似乎还想得说一句把感激话。他抬一抬头，正要开口，对面那两道针锋一样的眼光，可还盯在他脸上，他就赶急退后一步，肚子里变更了主意，改口说：

"是！"

他乘机从账房里那张门口退了出来。

金阿哥把两个指头向额上一扒，汗水滴到了那条通道上。刚要转身，屁股背后那张门突地开了，三师爷追到门边，伸出了一个脑袋：

"我招呼你：干禾子谷我不要，你可自己打当去。"

金阿哥又掉转身子，应了个：

"是！"

一闯出东家的头门，金阿哥不知有种什么感觉，不是喜，不是悲，也不是恨。肚子里的那颗心，不知道还有没有。他不能思索，也不知道苦恼，只晕头晕脑，一个人在这深蓝色的夜空底下跟跄地奔回家来。

六

一家子慌作一团。

金阿哥从东家屋里走回来,神经完全是错乱的。一切感官都失了它的作用,只有两条腿腾在云里似的乱窜。他不知道自己是什么时候出的东家那张门,也不知道走过一些什么路。他糊里糊涂地窜了大半夜,七八里路,直到第二天早晨才到家。

金阿哥简直像疯子。他踏进头门就跳起脚来咒许家满爹的娘:他说许家满爹和他耍滑头,平白地撺掇他去向二点半借钱,给别人糟蹋,他又糊里糊涂找他女人的不是,骂她是猪婆精,生这么多孩子来累着他。

屋子里顿时反乱起来,金阿哥看见桌子打桌子,碰着凳子扳凳子,乒乒乓乓什么东西都给推翻在地下。他还无缘无故作践他的儿女:二古怪好好儿地跑拢去向他撒娇,一个耳光把小面腮子打青了一大块。他暴躁地跳起很高,他变得像一只猛兽。

"打死你,打死你,打死你这个小冤鬼!没有你们,我什么事情不可以干?没有你们这些小冤鬼!……全是给你们害成这个样,别人作践我,作践!……种这几亩倒霉的田,没有一天不怄气的,给一个弯腿不当人看,他是什么东西!小冤鬼,给我死绝算完事,小冤鬼!"

金阿哥混里混账把不是派在小孩子头上,又结结巴巴找全家人的岔子。他一面骂,一面跳,满头的汗,人就像才从水里钻上来的一样。

一秀宝躲在门背后,发了疟疾似的抖着。金大嫂两行眼泪牵得桐油丝一样,从眼角上一直挂到下颏。最小的三毛,现在也怕看得他爸爸,脸子埋在母亲怀里,扁着嘴巴。可是有时候他把脑袋侧过去露出半面,等到金阿哥一开口,他又躲了进去。

全屋子里只有金阿哥一个人跳着骂着的,声气简直像牛吼。

奶奶打那边屋子里走过来,歪歪倒倒,像个喝多了酒的醉汉。她一路上喘声喘气地骂着她的儿子:

"唬!唬!到底……到底……唬……唬……何苦来!你何苦来!到底。……碰了个什么鬼,你回来发疯,这么把家里人糟蹋!你这横牛!"

奶奶跌跤似的一屁股蹲到那竹铺子上面:——吱喳!

"你发了什么疯?……你……受了别人的气,来家里怪人?——你这条横牛!小孩子犯了罪么?他们知道什么,你打骂他们,何苦来呀!何苦……"

奶奶一面骂,一面喘着气,干瘪的脸上,不知是汗,还是泪,湿津津的,发着亮光。

"唔,这回子好了,惹得奶奶生起气来!这回子好了,我看你还吼么?"一秀宝在肚子里叫。

奶奶刚从那边的门口走出来,一秀宝就亮着一对怪圆的黑眼睛迎了上去。她像得了救,她知道她爸爸是怕奶奶的,从来不敢抵嘴。什么天大的乱子只要奶奶一开口骂，就完事了。

果然，金阿哥的威力全消失了。奶奶骂他，他只使劲地把两手抓紧头上的那把乱发，手肘搁到桌上，脑袋低了下去。他的肩膀在一耸一耸的，一声不响。

一秀宝骨子里一阵痛快，她想：

"这回爸爸没有办法了，说不定奶奶会叫他向妈妈赔不是哩。"

可是不知怎么一来，奶奶坐到竹铺子上倒骂不出口，反而颤声颤气地走拢去，搂住金阿哥的上半截身了惠呀肉地哭起来。那个现在可完全变了——变得和小孩子似的，靠在奶奶的臂膀上，嗓子里噢噢地抽地叫。整个屋子里的板壁，似乎给他们娘儿俩的哭声震得有些发响。

屋子里充满了一种阴沉沉的惨绿，梧桐树叶子的浓阴，罩在斗大的窗户上，越显得丧堂似的，四壁暗暗的像天还没有亮透。

娘儿俩的哭声停止了，只有二古怪还捧着半边发青的面腮骨在抽搐。奶奶揩了一把鼻涕，又是一把鼻涕，她看着她的儿子老是抽冷气。金大嫂怕的是他们脸对脸坐着又要哭闹起来，就借故说奶奶的头发松了，拉她到那边屋子里梳头。

寂静的房间里充满了破落的悲戚，几个孩子都不知跑到什么地方去了，让金阿哥一个人在这屋里，抽够了气，咽够了泪。

早饭以后，贤七矮子从知母岭山里砍竹子回来，打金阿哥门口走过，看见金阿哥眼睛红红地坐在阶檐底下发愣。那个把竹子从肩上卸下来，抽出腰上的竹杆烟袋，走上台阶：

"怎么——眼睛红得这个样？"

这个偏偏脑袋，瞅他一眼，口里可没说话。

奶奶在屋子听了是贤七矮子的声气，就忙着出来插嘴：

"怎么呀，哼！——还不是昨天晚上到东家屋里去借钱膘了一鼻子的灰，转来就把拳头向着家里打……本来倒也是，'穷人就气大，瘦狗子力大'。不过，向家里人就有点犯不着，孩子们都是草一样，他们知道什么？……唉，老七，我的话对不对？"

奶奶唉声叹气地说了半天，贤七矮子正要说话，她又瘪瘪嘴唇，瞟他一眼说：

"你们也是好朋友，真的，自小就好得了不得——你爸爸成天骂你们是联脚共裤，现在可还记得？……可是这几年来，他可越弄越不成样了，这个你知道。你们不种地，路子倒宽些，要是哪里有钱借的话，你也帮帮他的忙，你不见他水是要车的，真可怜，一大堆红嘴巴，跟着他要吃要喝的。"

这个听了奶奶的话，嘴角上闪一闪微笑，掏出潮烟装在竹杆烟袋上说：

"路子宽？这个……您老还不知道么！"

他把烟袋塞进了嘴里，嘶唠嘶唠地吸。二古怪提了菜箩出来在等奶奶进园里去，她就再没有多说什么，一手拄着一根小木棍，扶着二古怪走了。

金阿哥一直没有插嘴。他把两个手肘靠在自己的膝踝上，捧着脑袋,出神地看住地下。地下有谁扔了一条七八寸长的柴棍子在那里,金阿哥看了一会儿,就心不在焉地把只脚踏上去,把它在地下做擀面杖滚,发出咕噜咕噜的声音来。

过不了多大一会儿,他又把只脚一踢,那条柴棍子飞到了阶檐底下。他突地站起来走到贤七矮子对面,两手搭在那个的肩膀上:

"老七,我活不下去,我活不下去,我我……我这么活着,怎么过日子?——我!"

这个为他那面部的表情和严肃的眼光所震动,骤然像叉了很大的感触,眉毛一钻,脸子就乌了。他那条竹杆烟袋,从手里掉到地下,他可没去拾它,只把手抓紧对方的两只手,颤声着说:

"你……你……不要——你……"

一滴清水鼻涕从贤七矮子的人中皮上溜到嘴里,他的话说不成句。

对方感动的表情,更激发了金阿哥的心事,他感到亲切,像他所受的委屈,就是奶奶也还没有贤七矮子清白。前前后后的事情一齐兜上心来。他可像中了流弹,两手一松,身子就仰在后面的柴堆上:

"我怎么办,你叫我怎么办?……车水要现钱,六十大丘的'请耕字'上有手模,家里没有米也没有钱,三点半还说……这哪里是人过的日子,你叫我怎么办!"

贤七矮子慌了手脚,他找不出一句话来安慰金阿哥,就把眼珠子向四围乱瞧。金大嫂他们不知跑到哪里去了，四围没有第二个人。他拼命地从柴堆上把金阿哥扶到自己刚才坐的凳子上：

"你你你……你这个性子，你瞧，你脸上都……啊，你这样怎么成，自己的身子也要紧呀！……奶奶，还有这许多孩子，你怎么……"

那个把身子向后一靠，砰的一下，后脑勺碰在背后的柱头上，他百无聊赖似的动转着脖子，脑袋在柱头上一滚一滚，眼睛里发出绝望的光。

贤七矮子代替金阿哥难受，他苦着脸子站在柱头上，抓头搔耳地站了好一会儿，才在他对面坐下来。

"唉，祸根祸蒂还是赵太爷，像你家两代，就吃够了他一个人的苦，你爸爸……啊，这还说什么——命都送在他手里。……今年的人，可害得更多，全垄上哪一家不叫苦连天——合山坝要是修好了，就是旱，也要好些。顶起码，六十大丘和笆斗丘是不会干死的——它们有两处水注呀！现在可给他害着了，现在……"

贤七矮子说话就是这样个老毛病，喜欢从几十年前说起。刚才说了一长串，从金阿哥父亲到金阿哥，可是那个像没有听他的，老是苦恼地抽着气。

他知道这些话，都不能解脱金阿哥的心事，今年田里干得这样苦，金阿哥也明白这全是赵太爷的罪过，不过他认为现在来怨他也不济事，就是杀了他，田还是干了。金阿哥的意思，目前顶重要的还是车水——车水要现钱,哪里有?这些,都是那天送龙王爷以后,金阿哥和他谈过几次的。贤七矮子知道他还是这个心事,可是自己也没法解救他,只有也把眼睛看着地下,发出绝望的光。

地下没有别的东西,太阳的光线像金水,从阶檐底下,浸到了柱头边上来,没声没气地进行着。

空气都显得凝固了,台阶上呆着两个木鸡。

墙子外边一阵脚板响,那边有着三毛的哭声。接着,一秀宝满头是汗,从篱笆子边上抱了三毛进工字间去。她的口里一面骗着他:

"弟弟乖!弟弟乖!妈妈劈了柴来烧饭给弟弟吃,弟弟是姊姊的好弟弟,弟弟乖!"

一把黝黑的长头发散在她的后颈弯里,像个反裁的刘海。她天真地向贤七矮子笑了一笑,喊了一句"七叔",就飞似的向门内跑去。

贤七矮子给她这一叫,仿佛震了醒来,移开视线,眼皮子眨了几眨,眉毛一扬,叫出声来:

"哦!钱钱?……钱……只有她有钱,她!"

他这么突头突脑地说了一句,底下却没有下文。一转眼,那两溜扬着的眉毛,可反来蹙得紧紧的,他像忽然意识到了一些什么,摇摇头,话就噎在嗓子里。

金阿哥正抓着一块湿手帕在擦头脑子上的汗,手就停在半路

里,紧盯着他的话梢问:

"钱,谁有钱?"

"那个那个……"

"哪个那个,怎么老是这样说半句留半句的?"金阿哥怆急地。

"那个……春生嫚!她……她有钱!"贤七矮子像费了五百斤气力才说出来的。

得啦,春生嫚有钱,这是谁也知道的。可是金阿哥想到春生嫚,全身的皮肉都会发紧,她不是个放印子钱的,也不是肯把钱来救济人的。她一向都是做着人肉买卖,每每等到青黄不接,或是逼近年关的时候,她就带些钱到乡下来贩女孩子到城里去做那勾当。一到荒年,这更是天老爷给她的机会。

金阿哥看着贤七矮子:

"她在城里是不是还做那生意?"

"这消说?就是这样,我刚才提到她又不想说了。……不然的话,她的钱还不知有多少哩,单只那口小小皮箱,就够斤两——抬瘟丧一样的,还抬不动哩。"

接着,贤七矮子就用夸大的口吻说那件皮箱,他打起手势来形容这口箱子。他说春生嫚那口皮箱有多少重,几高几大。他还添出许多花头,说皮箱的颜色怎样光烫,皮箱盖像面长方形的镜子。春生嫚回来的时候,路上没有带镜子,她擦过粉,涂了口红,就对那皮箱盖照一照。他的嘴里五花八门地说着,似乎有意地想把金阿哥的心事搭开。

"呵,那皮箱,我出世来就只看见这样一口皮箱。"

可是那个不如他的希望,后半截话,没听他的。那个的灵魂出了窍,心力用到了别些事情上去,脸色沉静地,像在做打坐功夫。一双乜斜的眼睛,瞟在檐子底下的坪子里,那边有着金水一样的太阳,把些枯燥的土晒成了牛肉色。

贤七矮子发觉别人没有听他的话,就把还想要说的半截,咽到了肚子里去。他从裤腰上那个纸插子里掏出一匣火柴来,搭讪地拾起刚才掉落的烟杆来吸烟。

工字屋里,溜出了一阵天真的笑:

"咯咯……弟弟涂个黑脸公,弟弟涂个黑脸公,咯咯……姊姊……看,弟弟……"

这一阵笑,金阿哥仿佛听了什么悲惨的声音样的,脸子变了色,黑暗得像罩起一层云霾。眼光从牛肉色的焦土上收转来,灵活地溜到东又溜到西。他把上排的牙齿伸出来,咬着下嘴唇,脸子转了青,又转了白,最后变成了土砖色,腮巴子上的肌肉就胀成一瓣一瓣的。忽然,他跳起来拉着贤七矮子的手,牵过那个柴堆,站在一株柳树底下说:

"老七,我要卖女!"

"什么——卖女?"贤七矮子的身子朝背后一仰,他像听见了老虎叫。

金阿哥咬着牙齿,声音很沉重地又说一遍:

"唔，卖女，卖给春生嫚。"

"你疯了吧！……"

可是金阿哥马上截住他："你不要管我，我刚才什么事情都想过！"

他把话顿住一顿，嗓子显得有些不自然。那沉郁的脸色，在拼命地按捺着心情的激动，又说：

"今天我一早回来，我可只想再和全家人见见面，辞别了祖宗，奶奶……我我……我就……就……"

他到底按捺不住，嗓子波动得好厉害，两个眼角上，点着晶莹的泪颗子。

"怎么，我这个没出息的人，就一定要走上我父亲的那条路？可是我也是实在活不下去呀！……三点半昨天晚上就要退那个'请耕字'，扣掉了奶奶那一百块钱棺材钱，还说要补他五十，你看，我……"

说到这里，声音倒反而沉着了些，可是贤七矮子怕看得他，脑袋侧在一边。他就又接下去：

"反正不卖也是死，刚才你提到春生嫚的话，我就全想过：不卖，一家子都是死。还有奶奶——奶奶年纪六十多了，奶奶的命根子，就在那一百块钱。……不把田里的禾救活，连奶奶也……卖了一秀宝，说不定田里的稻还不会干死，奶奶以及一家子……总之，我都想过来，我前前后后都想过。只请你给我对春生嫚说说。"

这一长篇的话,贤七矮子可有些听不下去,鼻管酸酸的,清鼻涕老是想淌出来。可是他不能不把这话听下去。

金阿哥的话说的是钉子句,句句都敲得做钟响。这个,一点不含糊,是想过来的。他的声音,他的语气,以及他说话时候的姿态。这不是什么精神病,也不是说笑的。可是他到底说的什么话,平常的金阿哥会这样说么?

这村子里的人,没有一个不赞许金阿哥的,怎么他今天会说出这样的话?贤七矮子自小就和金阿哥是兜肚子[①]朋友,知道他并不胡说八道的。他差不离是要疑心着自己的耳朵听错了。

"他怎么能把自己一个十四岁的女儿推下火坑去?他……他怎么……"

眼前这个很茁实的家伙,不是金阿哥么,这一点不错。谁也不能说不是,就在他前面两三尺远的。可是"卖女","卖女",他怎么会说得出口?——贤七矮子有点糊涂。

贤七矮子的眼睛张得大大的,他一下子懵里懵懂看着那个,肚子里有许多事情他想不透。他越想越觉得这个世界是个奇怪的世界,什么事情都会变。谌太爷和金阿哥这样的老实人都变了,说不定脚底下踏的这块地,一眨眼就会变成天;蔚蓝色的天,一转眼也可以变成地。他们这两个,有的八十几了还会变。就是金阿哥比自己也大上几岁,那么,自己将来会不会变成别的东西?

---

① 兜肚子:很小就很要好的意思。

或是变成一个石头,这都不能断定。

他越想越觉得一切事情都没有一定,就越觉糊涂了。手里抱着那条竹杆烟袋,发痴地站着,纸楣子快要烧到他手指上来了,他也不知道丢掉。

对面金阿哥的眼睛也是圆的,不过他的眼色不是在想什么,似乎在等着这个的回话。四个眼睛,瞧成了四条直线,互盯着站在对面的朋友脸子,似乎各人都想瞧清各人的朋友到底有多少根眉毛。

柳荫底下一阵较久的沉默,工字屋里逗着三毛的一秀宝,那声音就更显得天真,活泼,响亮。

"咦,在这里——寻着了吧,咯咯咯……"

一阵急躁的手板声过去之后,接着又:

"姊姊再躲一个,弟弟来寻。"

金阿哥仿佛又给这声音在心上刺了几针,揪起了一些更大的痛苦来。他把脸子移向工字间一瞧,马上把手蒙住自己的脸子,可是不到两三分钟,他又咬咬牙齿,催着贤七矮子说:

"你去,你去,你马上去!给我对春生嫂说,十四岁。看她出得多少钱。"

贤七矮子摆摆头:

"这个……这个……这个我不能……"

金阿哥的脸子一板:

"那……那……你是忍心看着我们一家子死?"

贤七矮子像比先前听他说卖女还要吃惊,他盯他一眼,低下头来。歇了好一会儿,才:

"这我怎么能说?我……"

这个用双手推着他的脊背:

"去去去!这是送掉一个救一家,你只去!"

七

田塍上的角豆苗已经干枯了,角豆上起着许多蚁壳,黑黑地结成一长串一长串的小疙瘩,摸去有些刺手。

角豆藤叶子变成了橙黄色,再没有哪一片的阳面是朝天的,全是那么挂在这些木桩上似的。一阵风来,吹得上下翻飞,发出了窸窸窣窣的响声。有些脱落下来,飘到路上,田里,金大嫂膀子上挂的篮子里以及头布上。像秋后初落的枫树叶。

"哦。"

女的像吃一大惊。接着,把两道阴沉沉的眼光打那块罩得成个人字形的头布底下瞧出来,四面望望。她的步子不自觉地停了停,她刚才一个劲儿走出门来的希望,同时感到有些空洞。

金大嫂趁着奶奶扶了二古怪进园去了,她的丈夫和贤七矮子坐在台阶上,先打发一秀宝把三毛抱到门外去,自己提了一个竹篮,从后门口溜出来向垄上飞跑。她想到六十大丘的田塍上去摘一把角豆回来做中饭。一家里的米缸老早是空的,吃过两天的南瓜饭,奶奶现在屙起肚子来。

她还没有走到合山坝，给这阵风一吹，似乎她肚子里的主意已经有点动摇。

"去不去，到底？角豆藤都死光了，摘也摘不了多少的。"她自己和自己商量。

可是刚刚愣了一忽，仿佛马上又有了决心，鼓着勇气，大踏步地前进着。——她这样固执的脾气，每件事都一样，不到完全绝望，就不会中止的。

金大嫂走过了不远的一段路，合山坝这个空空洞洞的人窟窿，横到了她的脚尖子前面。这个空窟窿的位置，是在横断了从石头堆东来的一条小河的上半部，地势比垄上的田都高过两三尺，长方形的一大块，面积有十来亩地宽。

当这座坝没有给山洪冲毁的那些年头，老是渠着一大坝的绿水，像一个小湖，一到下种的季节，就是天上没有下雨，坝里的水可以从两旁的蟹子脚似的沟里流出去，直灌注全垄的田亩。春耕顶忙的时候，金阿哥在北岸种着地，金大嫂就扎着头布去送她丈夫的饭。她打这坝边上走走，会看见水里倒映着自己的影子，吓跑了那些浮头的小鱼，泅到了满坝香葱似的水草里去。她一手提着饭盒，一手抱住茶筒，从大路上绕过底下的大石桥，再向南拐一拐弯，然后朝北，一定听得见她的丈夫在六十大丘一面撒粪，一面拉长着嗓子唱：

雄鸡叫,

午饭香,

妹妹提饭过禾场。

……

十八我的妹,

不怕苦来不怕忙,

我种地,

她采桑——

种人田地不还粮,

赛过朝中做帝王。

于是她会跑得更快,把饭盒送到六十大丘上面的枫树底下,一屁股坐下来,微微地喘着气:

"呵,累死了我!累死了我!——要是没有一坝水末,打坝上横过来多方便!"

男的照例先放下耙锄等着她,挨着她坐下,伸起一条臂膀搭到她肩窝上:

"蠢东西,没有这一坝水还得了!——合山坝是我们全垄的一只大饭碗!"

接着,他就指给她看,整垄沙田像一块大大的方砚,合山坝就是方砚中间的水池。他说陇上的风水都很不错,只多了知母岭这个高峰——是个西风癫痫。可是有了合山坝这坝水,是一块照妖镜,照着她一动也不敢动。

"懂得吧,蠢东西?——这一坝水会照瞎西风癫痢的眼睛的,这坝水!……"

可是现在这块照妖镜给山洪冲毁了,要重修起来,还不知赵老头的肚子里装的是一颗什么心,会不会想到合山坝是百十户人家的一只大饭碗。她望了一望远远地驾在风火墙外面的赵太爷那个屋顶,可是没有反应。

合山坝成了一个庞大窟窿,像个陷人的深坑。坝口子上那许多两三抱围一个的大石头,也给冲到底下河里的砂石中去,滚得和西瓜一样。有些离开原来的地方有几丈远,有些就简直找不到下落。从前厚厚地结在两边的三合泥,现在不见了,坝边上那些老柳树根,残酷地暴露在外面,一条一条的,像泥土中的脉络。

坝里没有一滴水,还是两个月以前,一些孩子躲在坝底下玩"烧窑",把砂石烧成一个一个的黑疤疤。坝底下给人踏成了一条平平坦坦的大路,横贯到北岸。金大嫂走这条大路上穿过去,觉得脚底下的砂粒比岸上的路还要枯燥。坝里没有一根草,连青蛙也没有。

爬上了北岸,她一抬头,就看见知母岭那个高峰耸在前面——西风癫痢在对她笑,又像眼睁睁地看着六十大丘。

"啊,这块照妖镜冲毁了,西风癫痢这个妖怪压不住了!……这是谁爆肚子——赵老头这个黑心的!怪不得星克大头他们天天鼓动大家,要到赵太爷家里去拼命。"

可是她接着记起了今年春天合山坝有水分的人，都到过赵太爷家里去问他那笔修坝的捐款。第三天一早，天还没有亮透，县衙门里开了一队兵，把许老四和谌番瓜他们五六个捉了去，金阿哥和二秃子他们，也在大姊家里躲过上十天才回来。她就抽了一口很长的冷气。

金大嫂从坝口子上那条通北岸田里的水沟里走着，脚底下踏着很细的泥沙，扬起来成了飞尘，粘在她的鞋子上，裤脚边子上，把线纱的纹路全封住了。

两边田里的稻苗，一天比一天黄了下去，那些泥脚，今天比昨天又白了些。炸裂的缝中，娇嫩得和黄豆芽一样的小根不见了，许多黑黑的甲虫在这些裂缝中间活泼地追逐着，角逐着。

金大嫂一面走着，一面拉着大襟子来揩汗水。她不敢再瞧两边田里的甲虫——似乎瞧一瞧，这些甲虫就会爬到她心坎儿里来似的。她明白今年的旱灾比哪一年都要厉害，这些已经发过了白的田里，可不要想再收一颗稻子，就是这样完事了。整垄田地三四千亩，只看笆斗丘和六十大丘两处有井塘注荫的怎么样。可是这个也没有准，顶起码还得要十天。

"要十天，"她自言自语，"这十天就是一个'汤火关'唷！"于是她想到了这个"汤火关"过不过得了。她丈夫今天早晨回家的情形，正深深地印在她的脑子里。三点半不肯借钱的事已经不必说，可是他到底怎么会作践人？这也是金大嫂想得到的事，不然的话，她丈夫不会这样冒火。

这几年金阿哥的钱从哪里来，用到哪里去，金大嫂都一清二白。尤其是他近来这样狼狈的样子，她更认得清清楚楚：他变得一句话也不多说，动不动就打人骂人的，全是没钱车井塘里这一点水的鬼。借钱的地方，除了大姊一家，还有什么？许家满爹告诉他的主意，又碰了一鼻子的灰转来，眼见得车水是不会成功的——这"汤火关"怎么过法子？

金大嫂不敢再想下去了，她望着六十大丘这些比别人田里特青的禾苗奔拢去，想把这些叮怕的事情都扔在一边，可是眼前老是晃动着这些炸得七零八碎的大坼，甲虫以及黑枯的禾穗子，还有些不可思议的骷髅什么的。

"唉，天哪……这……这这……我的天哪！"她突露着眼睛狂叫。

一到六十大丘的田塍上，金大嫂就像忘记了自己是来摘角豆的，立刻把身子蹲下去，翻开那挤密的禾叶子，来看田里的水干成什么样了。

一点儿不会例外，金大嫂昨天封的水堆子①，今天已经坟冢似的突露出来，整丘田里，光光盖过泥面的水，深的地方，也不过平着手背。她愣住了，看着水堆子在发呆，那只手老半天才从田里抽上来。

"唔，再过两天不车水，田里就会开坼的……两天！——顶

---

① 水堆子：一种测量水准的方法，齐水平线起一小堆泥，上面做个标记，以防偷水，并测每日需水若干。

多两天！"

两天以后她的丈夫会变到怎样，金大嫂简直不能想。他是不是会上吊，或者氽水？——天晓得！可是发疯是一定了的。今天早晨刚进门的时候，还不像么？于是她又看见了自己，奶奶，还有三个孩子，围着她的丈夫在房子中间乱转。他会打人，会杀人，身上剥得没有一根纱，简直变成了一个十足的疯子。

她的气管像塞住了，曲卷着两个拳头，全身发抖，眼前的东西在旋转着，冒着金星，身子尽向后面仰去，接着，一屁股坐到了田塍上，她像中了邪，眼珠子半天没有转一转。

砰！

猛地，井塘里一声震响，金大嫂给惊醒过来似的，从田塍上一耸身地站起来，先瞧瞧四面，就飞似的向井塘里奔去，只见烂东瓜搬了许多石头围在那个车水埠边上，不知怎么地把一块摔到塘中间发出一声响，现在还荡着一圈圈的水浪子。

"嘿，做什么做什么，……你你……烂东瓜？"女的爬上塘墈，就伸起一个食指指着他叫。

烂东瓜掉头一看，脸子立刻红得橘皮一样。他搔搔后脑勺，想说句什么，可是那两条不沉着的腿子已经向前面跑起来了。金大嫂紧接着一步追上去：

"你你……你这个没出息的家伙，青天白日想偷水哩！……你再来，——看你想不想要脚杆子！"

那个抱着脑袋飞似的跑远了，女的还悻悻地赶着他骂，等到

他的背影全消失在这些发着黑红色的禾弄子里,她才回转来摘她的角豆。可是一面还在喃喃地说:

"简直是强盗,明目张胆地来砌车水埠了,还得了!"

搜括了整条田塍上的角豆,不到半篮,全是又干瘪又短小的东西,上面的蚁壳不知有了多少。可是金大嫂把它们看成宝贝一样,一条不剩地送进了篮子里去。

临到回家的时候,她又到井塘边上兜了一个圈才走。她不打算把刚才烂东瓜的事情告诉她丈夫,免得闹出别的乱子。等到跨进了自己的门槛,她的丈夫老早出门去了。

八

晚上,一直等到天河斜到了天边,那颗北斗星也挂在屋檐上的时候,金阿哥才回来。

他的揩汗布折得好好的,和一块豆腐干一样捏在手里。进门以后,就很小心地把它搁到高高的柜顶上。

金大嫂关好了外面的门,转来坐到他对面:

"饿吧——锅子里还有些南瓜和角豆,吃?"

男的没有响。女的站起来把手里的蒲扇搁到他跟前,顺手拨亮了桌上的桐油灯:——嘿,这可使她吃了一大惊!

金阿哥的脸子变成了铁青色,和才从煤窑里钻出来的工人一样,眼珠子圆突突地看着地下,一动也不动。额角上那些横列的皱纹,也比平常显得深陷,汗水从这些皱纹里泛溢着,使他那蜡黄色的皮肤像擦了一层甘油。

女的再不敢看他第二眼,轻轻地抽了一口冷气,就蹑脚蹑手走到屋檐下舀了一盆水来搁在桌子上。男的还是没动,洗脸水摆了好一会儿工夫,他像一点儿也不知道。金大嫂想催他洗洗脸来睡觉,可是她不敢开口。

"奶奶睡着了?"好半天他才把脖子扭转来,看着女的问。

"多早晚就睡了——天快亮哪!"

突地,金阿哥站起身来,踏着稳重的步子走到了堂屋里去。他在奶奶的门边上听了好一会儿,又把门扣子反扣着,才轻脚轻手地回到这边来。

一跨进了这边的门槛,金阿哥的动作就显得矫健起来,反身把门关上,又插好门闩。接着就抢到柜边上,从揩汗布里抽出一把雪亮的七寸子①来捏在手里,压低着嗓子向着女的叫:

"我有一句话告诉你,你得依我……不许嚷,嚷一嚷,就先把这个对付你。"

女的一闪眼,见他玩出这套把戏来,张大嘴巴,眼睛圆突突地放出两道恐怖的光。她的两手,本能地抓成了两个拳头,和耳朵根成条平行线,抖着全身,朝着背后的马子角落里退。

金阿哥放轻步子,左手撑住桌子角,右手把七寸子反握着,一个大拇指套在那柄上的圈里。他的膀子很有劲,栗子肉鼓得一

---

① 七寸子:小刀。

瓣一瓣的。不过全身流着汗水，皮肉上涂了一层油似的那么发光。

男的一个纵步跳拢去，刀光一闪，那尖子针对着了女的那顶门子上。女的把脑袋仰起来看着刀尖，脸子全变乌了，嘴唇皮像涂了些黑墨。

"不……不……不准……嚷！——依不依？"男的声音像榨出来的，可是比先前响得更小，也有些发抖。

"我我我……"女的看见七寸子在她的头上狞笑着，"我我不……我不嚷！我……"

男的跨进一步，把身子堵住了马子角落里那条去路，嘴巴离开女的耳朵不到一尺远：

"你不嚷，我说出来的话，你依不依？"

女的可愣住了。

"依不依——快说！"

"依依依！……我依！"金大嫂全身哆嗦，她挣不脱死神的长爪，惶悚地喊。

"那么……我告诉你……"男的换一口气，喘出一声，"现在……现在……六十大丘快干死了——这个，你自然看见的，不要我说。……可是三点半不要干禾谷，井塘里那一点水，一定要车进田里去的，手头可没钱！"

金阿哥说到"没有钱"眼睛睁得怪圆的，还闪出火焰似的光来。"钱"字也格外落得重，响得特别钻耳。他又看一看女的，

才说:

"那么,我把一秀宝卖了——卖给春生嫂。"

女的全身子一震,像一条压紧的弹簧忽然给放开了似的弹起很高,只差没有摔下地去。脸子一红,像全身的血管都快要炸裂了。

她的嘴巴一张正要喊出声来,可是男的把右手猛地落下来,七寸子就对正了她的胸脯,只差那么寸把远。同时他把左手抓紧她的一条臂膀——生怕对手逃了似的。一面他又把话接了下去,就像背书似的快。

"事情是做定了的!——天掉了下来,也不能变。不过今天晚上春生嫂只出十二串钱,我要十四串,就没有写字。……一到明天,就是十二串我也要把她卖掉。田里已经没有一滴水,刚才我又看过来的。可是你不能马上告诉奶奶,将来我有方法,……你依不依?"

男的说话的时候,眼睛老盯着女的。这个呆看着他那张启闭得很快的嘴,脸子变成了土砖色。刚等到他的一收韵,女的像是发晕,猛地向那张桌子一伏:

訇!

那张烂桌子的四条木腿,顿时颤抖起来,还吱嗻吱嗻地叫着。桌子上几个茶盅,边子碰着边子,也叮叮地响。金大嫂抽着肩膀,颈子上的青筋全胀了起来,嗓子里噢呀噢地叫:

"那……那……你就杀了我吧,我……我不……"

男的眼珠子一瞪：

"杀了你，没有这样便宜，要杀，全家杀！——先从小的杀起——三毛他们三姊弟……免得留给别人糟蹋！"

金阿哥一面说，一面捏紧七寸子向床边上冲去。金大嫂真的不要命了，一跳起来把两手一抱，箍紧金阿哥那两条腿，身子就滚到了地下，男的挣不开她的手，倒转刀尖向自己的喉咙管子扎去，女的可来得更快，一跳起来抓紧他那只捏着七寸子的手：

"天哪！天！这做不得的！——天……我的天哪！"

金阿哥拼命地抢那把刀，女的扳紧他的手腕子叫：

"我依！我依！我依你的话！——你把她卖去！你把她卖去！我依你！"

可是男的像没有听见她的话，下死力地想扳脱对手的手。女的一面说着，"我依了你"，一面向男的大拇指上使劲地咬了一口，接着，死命地一扳，那刀柄抽到了女的手里，男的躺倒在地下了。

九

头上滚着火球一样的太阳，大地都像快要融化整个蓝天底下的一切，全泡在血色的阳光里。

知母岭对面山上那个方塔，只差没有冒烟，方塔底下的土成了赭石色。上面没有一根青草——草焦完了。在这赭石色土上蜿蜒得像条活蛇直贯到那边山岔子里去的，是通城里的大路。路上嵌着一溜麻石,烙铁似的,谁把脚板踏上,准得烫伤一层皮。

可是金阿哥不管这些。金阿哥抓着他女儿—秀宝的一条胳膊,赤脚裸裸地在这条路上走。

路线像装在火炉里,热透了心,金阿哥身上那条烂卷布短腿裤,全给汗水粘在皮肉上,他没有法子把它扯开,那扭动的屁股,就显得两瓣橘子似的又肥又大。整条路上没有一丝阴,没有春生嫂的轿子。偶然有阵风来,风也像从火炉里吹过来的,烫到身上刺辣辣的。

"嘘!"

金阿哥换一口气,把抓着女儿的那只手放下来,先从腰上解了那块洗澡布来擦擦脸。接着,他把洗澡布交给女儿,抽出两手遮在额角上,打成了一个日照子,两道探照灯一样的眼光,从手板底下伸到了山岔子那边的田垄上去。

那边垄上没有两样,血红的阳光,赭石色的土,烙铁样的石板路上,还是没有春生嫂的轿子。

巧极了的事,真是谁也想不到春生嫂今天会进城。

前天晚上,金阿哥和春生嫂谈了大半夜的买卖,仅仅相隔两串钱,这笔交易没成功。据金阿哥的意思——秀宝今年十四岁了,就算她喝水养大的吧,水也喝得不少了——一岁要卖一串钱。可是对手是个老鸨,死卡便宜。

为得这两串钱的价码,贤七矮子说了许多话也不中用。

"真是,七串钱的一块花边,一个女儿两块钱都不卖?"金阿哥是这么想的。

还有一点，短了两串钱，这事情就完全不成功。车水要五角一天的工钱——两部水车，自己算一个，请三个工，花了一块五。家里一粒米也没有，南瓜做饭吃，别人肯干吗？为得这些事，前天晚上金阿哥到底硬着头皮走了。

深蓝色的夜空底下，大地还是蒸得像只大甑子一样，田里的水可格外干得快。刚才出苞的稼禾，没有齐梗子的水，是灌不起浆的——这一点金阿哥还是很小的时候就明白了。

打祥训大娘家里来的时候，金阿哥偷偷地绕到了六十大丘，伸手向田里一摸，没有水——触到的是一层芝麻酱的浓泥。这种触觉通过他的脑子，全脑子都觉得空洞起来。

昨天下午再去，芝麻酱似的浓泥，凝成了水豆腐一样的东西，他全身的血液也仿佛跟着凝固了，于是他发疯般地绕着井塘中间这点水兜了百十个圈子，一面捶胸一面喊：

"我要到春生嫂那里去……这是送掉一个救一家，奶奶只有这一百块钱，三点半不要干禾谷，我到春生嫂那里去！"

几个踉跄，他像给鬼撑了一路样地跑了转来。

昨晚，金阿哥邀着贤七矮子一同到祥训大嫂家里，刚碰着村子里出了一件事：谌太爷在家里发疯了，拿起刀子要杀人："这世界没天理，杀得赢的有饭吃！"满村子里的人全给新闻引动了，围在谌太爷家里看着。春生嫂也在看热闹，等到半夜没有回来。

今天一早,金阿哥在祥训大娘门口碰了一回壁——春生嫂已经雇了贤七矮子他们的轿子进城去了。

金阿哥不要命了,一个跑步跑回家,草帽子没有戴,汗背心也没有穿,一把抓着一秀宝向这条路上跑。

跑上这条大路,瞧瞧前面,前面没有春生嫂的轿子。前面的路,给方塔压断了,金阿哥爬过这个方塔再瞧。

失望袭击了金阿哥。他瞧一阵那边的垄上,把额上的日照子散了,脸子阴郁地回头照照四面。

一秀宝喘着气站在她的父亲身边,她大概是路走急了,两颧底下,烘起一层薄绡的红晕。两粒黑宝石似的眼珠子,在覆得崭齐的头发底下闪着光。

她站在那里反手去理一理拖在后颈里的长发,接着,就用她父亲的洗澡布揩脸上的汗。那个和男孩子已经有了区别的胸脯,在急促地起伏着。

金阿哥瞅一眼他的女儿,不知怎么一来,肚子里又有了别的冲动,像自己身上有块肉马上得割下来似的心痛。他的眼前显着一个红脂白粉的深坑,一秀宝在这坑里打着滚,金阿哥的鼻管里一阵酸,脑子像快碎了。

太阳把火焰子一样的阳光射在金阿哥脸上,皮肤腻腻地闪着油光。他无目的地瞧瞧远处,许多发红的禾叶子在金水似的太阳光底下波动着。他把眼皮子眨了几眨,再对一秀宝盯一下,就拉着她的臂膀飞似的追下山去。

脚底下的步子，比刚才来得更快。一秀宝口里的喘声，也比刚才来得更凶。

跑过了一个山冈，又是一个山冈，走完了一个田垄又是一个田垄，无穷尽的山冈和无穷尽的田垄，在金阿哥他们父女俩的脚底下溜了过去。

"快！快！跑快点！追上她！"金阿哥这样催他的女儿，又催着自己的步子。

烙铁似的石板在脚底下滑了过去，金阿哥两条臂膀像两片桨，在一条河里抢水似的那么一划一划。路边上的树枝，从前面向他顶头迎了上来，又向两旁退去，全身的汗水，从脑顶一直淌到脚跟，身上没有一根干纱。

"啊唷！"

一秀宝忽然蹲了下去，两手蒙着脸子。

"怎么？"

"汗水浸进了眼睛里。"

"擦擦，用洗澡布擦！"

金阿哥先用两手抹掉额上的汗水，又给他的女儿擦擦。

小的勉强睁开了眼睛，可是还眯得像两条小线。金阿哥的老棉布短腿裤染在汗里，颜色显得深了些，那些给太阳晒干了的地方，起着汗疤疤，一层盐屑似的白东西，在布上成了水波纹，一圈一圈。可是他自己没有留心到衣服上去，只把步子催紧。

"追追追……攒劲追！"

大长串的"追"字从他口里迸出来,一秀宝怕挨他父亲的耳光,就咬紧牙齿,拼命地把腿子拉得更长些。

一气跑了八九里路,春生嫚的轿子还没追得着。

一秀宝全身的骨节有点发酸,两条腿子像碾碎了一样的痛,耳朵边上有什么东西在嗡嗡地叫,肚子里那颗心也在蹦跳蹦跳的。

身子越跑越沉重起来,她的步子拉短了。

金阿哥飞似的在前面奔着,拐一个弯,回头瞧瞧他的女儿——那个没有来。

"鬼东西,跑这一点路就……"

金阿哥的腿子在大路上抛了锚,焦急地等着小的,又过一会儿,那两颗黑宝石似的眼睛,才在拐弯的地方发着亮。这个就生气地骂:

"死丫头,你蹩了不是?——跑快一点呀!"

一句话刚刚说完,前面的山嘴上有辆轿子在金阿哥的眼底下一闪。他踮起脚尖,伸长脖子,向前面望望,不管小的有没有走拢来,撒开两腿向山嘴下冲去。脚底下翻起的小石子,给踢去了几尺远。

金阿哥像只燕子似的掠过山嘴上去,后面的一秀宝看见他的屁股在路上筛米筛花。

轿子追着了,里面睡的是个男的。金阿哥的全身一软,绝望地站在路旁边骂:

"妈的!"

等了半天,一秀宝才跟跄地跑过这个山嘴来。她的脸子像涂了些猪血,红过耳后,嘴角上冒着白沫。金阿哥的火气上冒,瞪圆着眼,捏个拳头返奔拢去。刚刚走近小的,这个把两手护住脑袋,身子对路上一蹲,金阿哥的拳头可落不下去。

"不要打!不要打!她马上得……那个红脂白粉的深坑在等着她,不要打!"

不知哪里来的几句话,在金阿哥耳朵背后嘶哑地吼着。他的拳头抖得非常厉害,身子差不离没有站得牢,膀子就软了下来。

前面那个红脂白粉的深坑在裂开嘴唇笑,伸出长爪来抓人。金阿哥像有百十根钢针凿中他的心坎儿里,一阵剧痛,刚才他那股返奔的勇气,消失得干干净净。他擤一把清鼻涕水扔到地下,颤抖的手拉起了蹲在路上的女儿。几颗晶莹的眼泪从他那两个眼角上挤出来,和着汗水泻到一秀宝那张毂觫的脸子上,他肚子里一颗肉做的心,只差没有碎。

金阿哥抽口长气,又给他的女儿擦擦脸上的汗,一抖一抖的膀子像发了鸡爪疯,那块洗澡布抓不牢,两三次掉到地下,拾起来可粘满了尘土。

一秀宝不懂得她的父亲的难过,只亲热地仰起小脑袋看着他说:

"爸爸,今天不要追了吧,反正我一个人到城里去打洋袜子,也怪不好玩的。"

"傻孩子,不去打洋袜子会饿死的。"

"我和弟弟到大石桥河边上去摘些野苋菜吃就行了。"

"野……苋……菜……"

金阿哥一句话说不下去,嗓子里波动得更厉害,泪水从他的脸上挂下来,牵得像两条线,一秀宝愣住了。

"走罢!——我们慢慢儿走!"歇了大半天,他又这么说了一句,嗓子还是硬的。

十

金阿哥他们父女俩继续向前面追着春生嫂,步子就越走越沉重起来。他不是刚才那样一个劲儿急性地赶路了,一面想着他女儿这短短的十四年过程。

金阿哥记得一秀宝出生,正是他父亲开始借赵太爷的印子钱那一年。家里走上了没落的道路,苦的就是孩子。

她从摇篮里长到这么高,吃饱饭的日子很少。她没穿过新衣服,她没用过铜板。她从会做事的时候起,就老是砍柴火,刬草,放牛,大八月里捡些禾穗子来帮助家里过活。她会逗着二古怪和三毛,也从没使人生过气。

"她今年才十四岁哩!——一个十四岁的孩子,她懂得什么呢——我怎样把她出卖!"他咬咬牙齿,腮边子上的那些肉都有些发颤,在肚子里沉痛地喊着。

于是一种强烈的内疚,使他感到有些心痛,他想结结实实向自己的头上捶一阵,或是跪在他女儿的脚尖子跟前来承认自己是个罪人,可是这些都会使她吓慌了,他没有这样做。

接着,他只在反问着自己,为什么要把一个天真的孩子推下这个陷人的深坑里去。她成天在家里天真地笑着,习惯地做事,这几年来,可没有白吃他的饭。

"六十大丘快干死了,干她的什么事?——把她卖掉!……奶奶那百块钱埋葬费,三十担租谷,这全是吃了赵太爷那吃人肉不吐骨的一个人的苦!"

想到赵太爷,金阿哥的眉毛,差不离马上全竖直了,眼睛里射出了充满着愤恨的光,在骨碌碌地转。他不明白自己这一家到底哪世里和他结下了多少孽冤,父亲给他逼得吃砒霜死了,女儿出卖,又是他吞了合山坝那笔捐款,祸根祸蒂,还从他身上起。

"真是前世砍了他几万刀,真是前世砍了他几万刀!"他这样疯子似的忽然大吼起来,走在后面的一秀宝,可给他吓得眼睛睁圆了。

可是金阿哥不知道,他只悻悻地把步子踏得更重些,像是泄愤。

接着,他有些后悔送龙王爷爷那一天,没听得星克大头的话,带着全垄的人到赵家拼命去。可是这个想头并没有存留很久,他就又想到了星克大头这几天给赵旅长家里那一排兵撑得不敢回家,还有谌番瓜他们坐在黑屋子里。

他不自觉地打了一个寒噤,愤怒又像全消失了,盘踞在他脑子里的,又是六十大丘那些凝成像水豆腐一样子的泥土。

"啊,租谷……百块钱……深坑……'请耕字'……赵太爷……县衙门里的黑屋子……春生嫂……十二串钱……车水钱!车水钱!……"

金阿哥晕头晕脑,乱七八糟在肚子里念着这些不完整的字句,人就像醉了酒似的在路上东歪西倒地走着。

"看!——前面前面,爸爸!——看!"猛地一秀宝指着前面这样喊。

金阿哥抬抬头:前面一辆篷轿——在爬山坡。后面的轿夫,小个子,只有三泡牛屎高——这分明是贤七矮子。

上坡的山路,轿子爬得非常慢,金阿哥可以一口气把它追上,于是他又起了劲:

"啊,是了是了!这个一定是了!——那是老七!那是……,只有三泡牛屎高,那是老七!"他大声地叫。

他又是一个跑步——脚跟不沾地地跑步——追上它。快到轿子跟前的金阿哥,猛地给摔倒了,半天没有起来,那轿子也没见停一停,一直爬上山坡向左边的一条岔路上去了。

等到一秀宝跑到她父亲跟前,金阿哥坐在地下,一面摸着自己的头,右额角上起了一个大大的疙瘩,脸上全是汗水和着尘土,肮脏得像个水底下捞起来的泥人。

金阿哥又把另一只手想揿住额上的疙瘩,不让一秀宝看见,就叫她走在自己前面。走过山坡左边的那条岔路，他还恨恨地瞟了走得已经很远的那轿子一眼。

"爸爸，口渴了。"小的掉一下头。

"走罢，坡上的茶亭子里，有水喝的。"

小的嘴里像快要冒烟，喉咙里干燥得想要咳。她抬头看见茶亭子蹲在坡上的树林里，就愉快地对它奔去。刚刚奔到那拱门边上，里面有谁叫了一声：

"一丫头——怎么跑来了？"

她停一停脚，把衣袖子擦擦脸上的汗，又喘又笑地对着那个人喊：

"哦，七叔！你在这里，怎么不等等我们？——爸爸来了哩！"

贤七矮子没有问第二句，把手向额上一遮，看看茶亭子外面，一溜烟地冲了出去。

金阿哥跨进了拱门，就走到斜躺在轿子里的春生嫚跟前去叽哩咕噜的。

春生嫚穿的衣服跟男子汉的一样，一秀宝是第一次才见过：短短的一条裤，裤脚边上有些月牙边。两条精光的腿子，干得火柴棍子似的，没有腿肚子，脚背上倒多出两个馒头大的东西，凸在短筒丝袜里，像两个坟堆子。她袒着胸脯，手里摇着一把鹅毛扇，两块又红又薄的嘴唇，启闭得很快，轻轻巧巧的话，就从这薄嘴唇里圆滑地溜出来：

"前天我说过,前天……我没有钱,我不过是看见你要车水,我才……我们老姊老弟的没客气。……这一次回来的钱,给妈妈剥削光了,身上只有几块来钱,城里还有一大堆的人问我要吃。现在我不要了,你找别人去罢。"

春生嫂毫不吃力的样子说了出来,可是金阿哥听了像头上响了一声雷,脸子立刻转了色,睁圆的眼睛向贤七矮子一盯,又回向春生嫂:

"怎么……么……你……你不要了?"

女的点了一下头。

"为什么?"

"没有钱呀!"

金阿哥的气管里马上像给什么东西堵住了,透不出气。受主的话是这样干脆的,他怎么能开口?他怔了一下,眼光忽然尖锐起来,从春生嫂那副狡狯的嘴脸上,看出她肚子里的诡计。他又移了这眼光到贤七矮子脸上,这可变了样:像求救。

贤七矮子回看了他一眼,就苦着脸子向女的:

"春生嫂,春生嫂,你说的老姊老弟,他也实在是要车水得急——说过的话可……"

那个又摇摇头。

"帮一个忙,老姊老弟的。"

"老姊老弟也没有钱。"

于是,这两个脸对脸地瞧着半天没有动。

春生嫚从衣纽子上抽下那块雪白的丝帕子到手里,向脸上擦擦沁出的汗水。丝帕子扫过的地方,现出了桐叶色,还有许多雀斑。那些没揩得到的地方,白得和丝帕子一样,不过上面有些弯弯曲曲给汗水流成的纹路,变成了花脸。

"咯咯咯……咯咯咯……"一秀宝见了春生嫚那张花脸,把身子扭转去看着墙壁,这么笑着。

春生嫚只假装在看手帕角上的那朵玫瑰花,心不知道跑到了什么地方去,别人在发着笑,她也没有觉察到。贤七矮子和金阿哥的四条眼波,还在对射着没有转动,一秀宝这一笑,可没影响到什么。只有同贤七矮子配对的那个轿夫,稀奇地抬一下头,后来他就到茶亭子外面去了。

亭子里像死寂了,哪个也不说话,只有金阿哥出着粗气,像铁匠铺里的风箱。

过了那么十把分钟,贤七矮子才拉他一把,诡秘地溜了出去,进了离开拱门不远的一个小店子里。

亭子里更加寂静起来,连风箱似的声音也没有了。春生嫚一双水汪汪的眼睛,老向一秀宝身上打量着。一秀宝想回看她一眼,自己老要发笑,费了不少的劲,才把笑忍住了,可还是看着墙壁。

一会儿贤七矮子进来了,他在春生嫚的耳朵边上叽哩咕噜,鬼头鬼脑地念了好一阵,春生嫚以先尽管摇头,最后,她又把对水汪汪的眼珠子,向一秀宝再打量了一会儿,想想说:

"那么,价钱就做十串罢——你去说说看。"

那个吃力地笑一下:

"怎么倒少起来了?"

"钱多了我不要了。"

贤七矮子愣了一愣:

"这……怎么翻起价钱来,前天你亲口说过的呀——十二串,这个,我都听得一清二白。"

"我已经说过不要了,他送上门来的生意,我可不能再出这些个钱。"

"话是这么说,"男的又移近轿子一步,"可是……可是……你说的老姊老弟的,就不要翻他的价码!——反正你又不短了两串钱的。"

春生嫚这回可没说什么了,也没摆头,只向一秀宝连盯了几眼。贤七矮子又趁势说:

"好,你就不要太那个了吧,站稳个原价码,我去说说看。"

他不等女的回话,又出去了。

贤七矮子第二次进来的时候,手里捏着一张什么纸,藏在屁股背后,先对一秀宝说:

"一丫头,怎么这样傻?老待在这里,热死人!——前面大树底下多风凉!"

他指指茶亭子外面的一丛大树,一秀宝跟着他的手指一

看,问:

"爸爸呢?"

"你又不要吃奶——他拉屎去了,马上来的。"

一秀宝真的给骗了出去,这个才反身来招招手:

"来呀,她走了。"

金阿哥这次走进茶亭子里来,不知怎么地,隔不上两个钟头,样子比刚才难看多了:黑墨擦过了一样的嘴唇,光油油的脸子,忧郁的成分少,怆急和愤怒的成分多。他的眼球上牵起了不少的红丝子。跨进那张拱门,他就傻瓜似的站在那儿,也不看春生嫚。

贤七矮子把藏在屁股背后的那张字交给女的手里,就补上一句说:

"好罢,字,我们刚才在后面店子里写来了,你就把钱交出来,别人今晚还要回家去车水呷!"

"多少钱?"春生嫚提接了那张字条到手里。

"还不是你说的那个数目——十二串,还有多少。"金阿哥抢着说,声音有点不自在。

春生嫚顿住一下:

"这才笑话哩,我又没威逼你卖女,怎么对我没好气的?现在还早,你不卖我就……"

"不要说了,快不要说了,"贤七矮子赶急打断她嘴里的话,"十二串,快点!"

"画了花押没——我可是个瞎子,你们都知道我不认得字。"她又补上一句。

"手模都打过了唷,还有什么没画花押的?……啧啧,真是!"

春生嫚打开了那只油光水滑的皮箱来数铜板,数着数着她又忽然停住了,看看贤七矮子:

"我先告诉你,花这样大的价,我是没有中人钱给你的呢。"

"谁要你的中人钱?你只快一点!……别人中饭还没吃,还有二十多里路走。"

春生嫚可一心一意地在数铜板,口里一五一十地念着。等到她把一串数好之后,口里又嘟噜一句:

"没吃中饭,我可管不了这些。"

金阿哥对她很结实地瞟了一瞟,膀子忽然硬了起来,拳头也捏得像铜锤般的,他做了一个反身的姿势,想冲转来搧她几拳,可是贤七矮子向他一面摆手,一面装鬼脸,那个才没动手了。

十二串铜板都是贤七矮子帮他装到那块洗澡布里,装得好好的,又放到他肩上,金阿哥像全没知道这回事,老待着没动。这个又拍拍他的肩膀说:

"还有什么说么?天快晚了,你还有这样多路走。"

那个还是没动,也不说什么,只见他脸子一会儿转黑,又一会儿转白,牙齿咬得吱呀吱呀地叫,突地,他把肩膀一耸,朝着已斜到对面的太阳,打原来的路上猛冲下山来。

十一

扁豆似的月亮,贴在长庚星右边,大地给埋到了灰雾里,热气可还没有减掉。

金阿哥在这条火弄似的大路上,背着十二串钱铜板向家里走,全身给泡在汗水里。他一手拉住络着铜板的洗澡布一端,身子就沉重得像背起她女儿在肩上那么走不快。

他想把做过的事情像走过的路一样,统统扔到脖子背后,不去回头,也不去想它。可是做不到,这些事情,牵丝蛇似的,老赶着他走,还把细丝捆住他那颗心,死死地咬着不肯放。

"忘掉她罢!忘掉她罢!不要再想她了,已经做了刽子手,就当她死了,当她是灰尘,把她忘记得一干二净,和没有送个女儿一样。"

一路上他这样喊着,就把脚板几顿几顿,步子故意踏重些——他拼命地想用心去听自己的脚步响,来忘掉一秀宝。可是不行,脚板顿得麻麻的,有些疼痛,这些事情,还是盘在心里。

"怎么也忘她不了!怎么也忘她不了!——她的影子老在前面晃,这怎么能忘记她?"他全身子发着抖,路就走得歪七扭八的,一面自言自语。

他又把步子放轻,集中自己的注意力去看前面路上。他想前面有别的东西可以引开这心事。前面和他的心里一样别扭——找不出开心的事来,只有一个披着长发的小姑娘,踽踽地在隔不远的地方跑。

那小姑娘有两颗黑宝石似的眼珠子,无邪的微笑,两颧上还烘起一层薄绡似的红晕。金阿哥看见她那无邪的微笑渐渐地收敛起来,红晕也渐渐地淡了,淡到没有一点光,淡到变成了桐叶色,淡到和春生嫂那张脸一样,狰狞得像个夜叉。接着,她忽然皱着眉毛,呻吟着,在红脂白粉的深坑里打滚子。金阿哥见她那么一滚,就把眼睛睁大些,再一滚,再睁大些——大到不能大了,他就淌着眼泪,拼命地把两手拄着自己的脑袋。

"啊,刽子手!刽子手!杀人的刽子手!……她她……她给送下了火坑去!刽子手!"

一秀宝的影子,老在金阿哥的前后左右晃动着,他把自己的头上擂了几十拳,这影子还是没有撵开,发胀得很厉害。路上过身的人都停着步子看他,有些笑他是疯子,他才不好意思似的住了手。最后,他就拼命地想忍住自己的眼泪。可是这东西有些怪毛病:金阿哥越想压制它,它的弹性就越大起来,简直像念珠脱了串,不问高低,向路上乱滚。

睫眉毛上障起了一层膜翳,路更模糊起来。金阿哥用手背向眼皮子上擦擦,步子就更走得颠颠倒倒,醉汉似的向前面狂奔。

可是怎么奔也忘不了一秀宝,他就拼命地去想想她平日的一些坏事,想使自己不要这样难过,可也没办到。

是的,她不懒,她不淘气,她每日里天真地笑着,习惯地做。她吃饭的日子很少,她没有穿过新衣服,她没用过铜板,这么着,到哪里找她的坏处去!金阿哥的计划失败了,他越想越想到了他女儿的一些好处,鼻子酸得厉害,这条有着细丝的牵丝蛇,把他的心缚得像茧子。

心痛得厉害,头也晕得厉害,可是他这颗快要碎了的心,还尽在温习着一些往事。

他把一秀宝短短的十四年温习过一遍,又记起他父亲躺在门板上冒血沫,六七天没有埋。他还记得在花坛庙那河边上用两把稻草搭成的茅棚子,孩子女人都陷在雪浪里。他再记起奶奶给他的百块钱,她咽着那包眼泪发愣。现在想来,还有些酸鼻。

最后,他想到赵太爷,那一次大家去问合山坝那笔捐款的下落,他可装成一个爱理不理的样子。许老四有些气愤,问他是不是可以保证今年不会天旱,他就把脑子一扬:粗里粗气地说不干他什么事。现在呢,田里干死了,他可真管不了这些玩意账。可是三点半不要干禾谷,那天晚上还要退"请耕字"那副嘴脸,金阿哥就躺进了棺材里去也忘不了他。

"我还招呼你,干禾谷我不要,你可自己打当去!"

三点半这句话,又在金阿哥的耳朵后撞钟似的响起来。金阿哥侧着耳朵听去,可又四野都是静悄悄的,等到他再要用心用意去想别的事情,又在——

"你回去给我安分点子罢——到了八月,送二十担燥谷来,润了,你可仔细!"

以先包围了金阿哥的那些心事,似乎又换了别的东西进来,他把肩膀一耸,腿子就给魔鬼推动了似的,很快地滑过一些山冈和田垄,向家里走去。

到了知母岭的方塔底下,金阿哥的两条腿像给炮弹炸伤了——挖心般地痛。他顿屁股坐到地下,透出一口长气,用手去摸脚板心,全脚板里都是血泡,他才发现自己出门的时候忘记穿草鞋。

那片扁豆似的月亮,老早掉到了山底下去,除掉星星还在天上闪着微光,眼前只有在乱草里出没的萤火。

金阿哥合拢两手向脸上一抹,汗水全归到了下巴上,他想找起那块包铜板的洗澡布来揩揩,洗澡布早湿透了。就胡乱地对付过了脸上的汗,靠着塔底下的石碑,斜坐着,想这样休息一会儿。

静静的夏夜,星星显得格外皎洁,蓝天像一块浮丝的缎子,四周没有一点人声,像全入了睡乡。

一阵微风从前面荡过来,金阿哥感到凉爽,他又揩了一把汗。

远处有了什么叫,风挟着蚊子大的声音,一断一续,飘到金阿哥耳朵边上:

"咭汪……咭汪……"

唔,水车叫。平常年头,一到天旱,垄头常有几十道水车声,通宵达旦,吵得要命。这声音,今年可没有,压根儿合山坝就没蓄过水。金阿哥自小就听惯了这声音,也自小就憎恨这声音,他的劳力,他的血汗,不知给这声音吸蚀了多少。他每一次听到这声音，总免不了要发一声恨：

"哎，这九头鸟叫了。这九头……等着罢，安排一些血汗来和它拼！"

可是他今天晚上没有这么恨，不知怎么，这九头鸟的叫声，似乎觉得可爱起来……

金阿哥今夜似乎听了什么很感动的音乐一样使他忘掉痛苦，头是那么摇着，手是那么舞着。他幻想着两个吊得田鸡似的人，伏在车上，眼前一管车槽大的水灌进田里去，那禾穗了就渐渐地肥，渐渐地肥，肥到像些狗尾草，肥到像些高粱，橙黄的禾苗都驼起腰来。他又似乎除掉这水车的声音，还听得车叶子打在水里面"嚓啦嚓啦"地响。

一阵幻梦似的快活，金阿哥又伸直了腰子，站起来向家里跑。路上的石板，没有上午那么烫人，不过休息了一会儿，腿子反比先前痛得更厉害，可是他不管，他想一气跑回家去，把井塘的水也车到六十大丘田里。

"咭汪……咭汪……"这声音仿佛从大石桥那面飘来的，中间还杂得有些喊叫。

"咦，怎么——哪里来的？"金阿哥猛地停一停脚步，忽然追踪到这个声的来源，自言自语地。

合山坝今年就没有一滴水，以前几个月，都靠着大石桥底下河里车一点，可是老早就完了。全垄上除了井塘里，哪里还有水给虾蟆喝，这是他知道的。并且井塘里的水，今天是摊到六十大丘,要明天才摊得到星克大头的笆斗丘,其余别的田里没水分,自己没有在家,哪里来的水车叫?

"怪事!——听错了方向吧!"

金阿哥定一定神,仔细瞧瞧躲在深灰色夜气里的知母岭,又回头瞧瞧刚才走过的那个方塔——方向没有错。

喊叫和水车声,一步一步嘹亮起来,金阿哥皮惊心跳的,感到有什么大祸快要降临似的。他担心着女人的能力弱,自己出门一整天,要是井塘里有人强车水,她可对付不了。地方上干成这个样,谁能知道别人亡命不亡命!反正都走上了死路,要是别人塘里有水,他金阿哥说不定自己也会逞强的。

想到这里,一阵耳热,血像沸了起来,他的神经顿时紧张了,气息比刚才出得粗暴了些。他似乎全生命都在这一秒钟两秒钟以内可以毁灭,除了死亡,没有别的世界。

在这么一忽间,金阿哥什么也不想,他只反复地念着两句话:

"祖宗有灵,不要再出这样的乱子!祖宗有灵,不要再出这样的乱子!"

水车叫得更响了,一个女人的尖嗓子:

"呜,老……老……老强盗!……你……你你……强车水!你!……"

一点不含糊,这是金大嫂的声音。金阿哥一听,就觉得全家人都像掉到了海里。

事情完全证实了,井塘里的水已经给人强车去了!可是他不明白对手是谁,像一根闷棍打中了他的脑门,整个脑子像全炸裂了。血管里的细胞,也仿佛炸得"轧轧"地响。同时他像注射了不少的吗啡,把全身所有的生命力,都进到了两条腿上去。

跑!跑!使劲跑!

"老子没有什么……老强盗就是老强盗,老子不怕坏什么名誉,要车水就是了!——老子不管这些!……来,你来,砍掉你!"

仿佛是谌太爷的声音。金阿哥没有工夫去辨别这些,只朝吊得有盏马灯的地方跑。

不错,谌太爷,确实是谌太爷。谌太爷近来发了老疯,他比哪个都来得不客气。他毫不要借一点理由,只要他干得到的,就什么没王法的事也干起来。他像是活得不耐烦了,要想方法送掉他那个吃饭的东西。

他还是好几天以前,就要到井塘里来抢水,可是他怕金阿哥在家里来拼命。今天夜里,他听说金阿哥追春生嫂去了没有回来,他就指挥着他的孙子烂东瓜和二秃子他们四五个人强车水。许家满爹好好地去劝他,说井塘里他没有水分,不要恃强逞霸的,他就翻着眼睛,拖了手里一把关王刀向许家满爹冲去:

"谁叫你这王八蛋来多管闲事!赶快闭了你这张×嘴!老子今年八十二了,认清了这个世界!……这个世界!杀得赢的有饭吃,还要你这个王八蛋来教老子!……给我滚!——砍掉你!"

许家满爹猛地像碰见了疯子，他吓得脸子转了白，倒退了几步，似乎不相信前面的就是谌太爷那个老头。他瞪着两颗很大的眼睛，怔了好一会儿，才慢慢地退过了那只枫树，远远地呆站着。只见谌太爷一面舞着关王刀，一面就跃武扬威地跳：

"哼，井塘里我没有水分？水是地底下冒出来的，谁也不能说谁的东西，老子今天有力，就把它车进老子田里去，谁比老子力大，他再杀掉老子把水车到他田里就行——有什么水分不水分的！"

他是这么一套话，裂开着老嗓子在喊。许家满爹可不能和他拼命，就只看着他抽冷气。

金大嫂在家里得了这个消息，她把正在吃着南瓜饭的碗对地一掼：——哗啦！

"反了！反了！我们家里的人刚刚出去一天，就有人强车水？——反了！"

她不要命似的呼天叫地抢出来，手里摸着一把菜刀，奔到了井塘边上来。谌太爷一见她冲拢来，就横着关王刀挡在塘池缺口：

"你来！你来！……妈的，老子不是怕你的，老强盗就老强盗，来，老子砍掉你！砍掉你！"

金大嫂披着满头散乱的头发，她可不怕关王刀，向他冲去：

"老强盗！今夜……今夜……和你拼命！我不要命了，我和你拼一拼！老强盗，你糊涂油蒙了心！"

她先把手里的菜刀向洪太爷甩去,可是没砍得中。掉到地下——锵!接着,又从地下摸了一个石子,照准对手一扔:

谌太爷滚到了水里。

水车上的烂东瓜们三四个一齐跳下来就动手。

"妈的!泼妇!你打人?"

庞庞庞!一片拳响。烂东瓜和二秃子两个抓着了女的,只管用力捶去。

"救命!救命!强盗抢水还打人,救命!"

附近村子里的人都向这里涌,金大嫂在二秃子他们这些拳头脚尖底下打着滚。两边的人可不敢拢来解交。

"救命!救——命!"

边上站的人全沸了起来。

突地,那边的大路上跳来了金阿哥,吼出一声,就把手里十二串钱铜板对二秃子 板:——訇!当唧……唧……唧……锵!

十二串钱铜板散满了一地,两边站着的人可呐了一声喊。接着,金阿哥又跳起来吼:

"抢水,老子和你们命换命!老子!"

四五个人一齐奔向金阿哥,可是拳头一打来,这个把脑袋撞了过去,他什么也没有顾忌,二秃子他们四五个可对付不了他。于是烂东瓜赶急扳掉一条水车柱到手里,给金阿哥扫脚一棍,才把他截翻在地下,五六个人没命地拖着谌太爷奔远了。

金阿哥的眼前,火星乱迸,一个翻身跳起来,抢回家去,摸着了那把七寸子,又奔出来。奶奶横在那张大门口,想去扭住他,可是他猛的一下,挣脱了奶奶的手向门外冲去!

"不要拦我!不要拦我!今天就是天掉了下来,我也不管了!"

丰收

/// 叶紫

一

时间是快要到清明节了。天，下着雨，阴沉沉的没有一点晴和的征兆。

云普叔坐在"曹氏家祠"的大门口，还穿着过冬天的那件破旧棉袍；身子微微颤动，像是耐不住这袭人的寒气。他抬头望了一望天，嘴边不知道念了几句什么话，又低了下去。胡须上倒悬着一线一线的涎沫，迎风飘动，刚刚用手抹去，随即又流出了几线来。

"难道再要和去年一样吗？我的天哪！"

他低声地说了这么一句，便回头反望着坐在戏台下的妻子，很迟疑地说着：

"秋儿的娘呀！'惊蛰一过，棉裤脱落！'现在快清明了，还脱不下袍儿。这,莫非是又要和去年一样吗?"

云普婶没有回答,在忙着给怀中的四喜儿喂奶。

天气也真太使人着急了,立春后一连下了三十多天雨没有停住过,人们都感受着深沉的恐怖。往常都是这样:春分奇冷,一定又是一个大水年岁。

"天啦!要又是一样……"

云普叔又掉头望着天,将手中的一根旱烟管,不住地在石阶级上磕动。

"该不会吧!"

云普婶歇了半天工夫,随便地说着,脸还是朝着怀中的孩子。

"怎么不会呢?春分过了,还有这样的寒冷!庚午年、甲子年、丙寅年的春天,不都是有这样冷吗?况且,今年的天老爷是要大收人的!"

云普叔反对妻子的那种随便的答复,好像今年的命运,已经早在这儿卜定了一般。关帝爷爷的灵签上曾明白地说过了,今年的人,一定是要死去六七成的!

烙印在云普叔脑筋中的许多痛苦的印象,凑成了那些恐怖的因子。他记得,甲子年他吃过野菜拌山芋,一天只能捞到一顿。乙丑年刚刚好一点,丙寅年又喊吃树根。庚午辛未年他还年少,好像并不十分痛苦。只有去年,我的天呀!云普叔简直是不能作想啊!

去年,云普叔一家有八口人吃茶饭,今年就只剩了六个!除了云普婶外，大儿子立秋二十岁，这是云普叔的左右手！二儿子少普十四岁，也已经开始在田里和云普叔帮忙。女儿英英十岁，她能跟着妈妈打斗笠。最小的一个便是四喜儿，还在吃奶。云普爷爷和一个六岁的虎儿，是去年八月吃观音粉①吃死的。

这样一个热闹的家庭中，吃呆饭的人一个也没有，谁不说云普叔会发财呢？是的，云普叔原是应该发财的人，就因为运气太不好了，连年的兵灾水旱，才把他压得抬不起头来。不然，他也不会那么示弱于人哩！

去年，这可怕的去年啦！云普叔自己也如同过着梦境一样。为了连年的兵灾水旱，他不得不拼命地加种了何八爷七亩田，希图有个转运。自己家里有人手，多种一亩田，就多一亩田的好处：除纳去何八爷的租谷以外，多少总还有几粒好捞的。能吃一两年饱饭，还怕弄不发财吗？主意打定后，云普叔就卖掉了自己仅有的一所屋子，来和何八爷的田种。

二月里，云普叔全家搬进到这祠堂里来了，替祖宗打扫灵牌，春秋二祭还有一串钱的赏格。自家的屋子，也是由何八爷承受的。七亩田的租谷仍照旧规，三七开，云普叔能有三成好到手，便算很不错的。

起先，真使云普叔欢喜。虽然和儿子费了很多力气，然而禾苗很好，雨水也极调和，只要照拂得法，收获下来，便什么都不

---

① 观音粉：一种白色黏土。旧时灾民常用来充饥，食后不消化，能致人死亡。

成问题了。

看看地，禾苗都发了根，涨了苞，很快地便标线①了，再刮二三日老南风，就可以看到黄金色的谷子摆在眼前。云普叔真是喜欢啊！这不是他日夜辛劳的代价吗？

他几乎欢喜得发跳起来，就在他将要发跳的第二天哩，天老爷忽然翻了脸。蛋大的雨点由西南方直向这垄上扑来，只有半天工夫，池塘里的水都起膨胀。云普叔立刻就感受着有些不安似的，恐怕这好好的稻花，都要被雨点打落，而影响到收成的不丰。午后，雨渐渐地停住了，云普叔的心中，像放落一副千斤担子般地轻快。

半晚上，天上忽然黑得伸手看不见自家的拳头，四面的锣声，像雷一般地轰着，人声一片一片地喧嚷奔驰，风刮得呼呼地叫吼，云普叔知道又是外面发生了什么意外的事变，急急忙忙地叫起了立秋，由黑暗中向着锣声的响处飞跑。

路上，云普叔碰到了小二疤子，知道西水和南水一齐暴涨了三丈多，曹家垄四围的堤口，都危险得厉害，锣声是喊动大家去挡堤的。

云普叔吃了一惊，黑夜里陡涨几丈水，是四五十年来少见的怪事。他慌了张，锣声越响越厉害，他的脚步也越加乱了。天黑路滑，跌倒了又爬起来。最后是立秋扶住他跑的，还不到三步，

---

① 标线：稻的穗子从禾苞中长出来。

就听到一声天崩地裂的震响，云普叔的脚像弹棉花絮一般颤动起来。很快地，如万马奔驰般的浪涛向他们扑来了。立秋急急地背起云普叔返身就逃。刚才回奔到自己的头门口，水已经流到了阶下。

新渡口的堤溃开了三十几丈宽一个角，曹家垄满垸子的黄金都化成了水。

于是云普叔发了疯。半年辛辛苦苦的希望，一家生命的泉源，都在这一刹那间被水冲毁得干干净净了。他终天地狂呼着：

"天哪，我粒粒的黄金都化成了水！"

现在，云普叔又见到了这样稀奇的征兆，他怎么不心急呢？去年五月到现在，他还没有吃饱过一顿干饭。六月初水就退了，垄上的饥民想联合出门去讨米，刚刚走到宁乡就被认作了乱党赶出境来，以后就半步大门都不许出。县城里据说领了三万洋钱的赈款，乡下没有看见发下一颗米花儿。何八爷从省里贩了七十担大豆子回垄济急，云普叔只借到五斗，价钱是六块三，月息四分五。一家有八口人，后来连青草都吃光了，实在不能再挨下去，才跪在何八爷面前加借了三斗豆子。八月里华家堤掘出了观音粉，垄上的人都争先恐后地跑去挖来吃，云普叔带着立秋挖了两三担回来，吃不到两天，云普爷爷升天了，临走还带去了一个六岁的虎儿。后来，垄上的饥民都走到死亡线上了，才由何八爷代替饥民向县太爷担保不会变乱党，再二地求了几张护照，分途逃出境来。云普叔一家被送到一个热闹的城里，过了四个月的饥民生活，年底才回家来。这都是去年啦！苦，又有谁能知道呢？

这时候，垄上的人都靠着临时编些斗笠过活。下雨，一天每人能编十只斗笠，就可以捞到两顿稀饭钱。云普叔和立秋剖篾，少普、云普婶和英英日夜不停地赶着编。编呀，尽量地编呀！不编有什么办法呢？只要是有命挨到秋收。

春雨一连下了三十多天了，天气又寒冷得这么厉害，满垄上的人，都怀着一种同样恐怖的心境。

"天啦！今年难道又要和去年一样吗？……"

二

天毕竟是晴和了，人们从蛰伏了三十多天的阴郁的屋子里爬出来。菜青色的脸膛，都挂上了欢欣的微笑。孩子们一伴一伴地跑来跑去，赤着脚在太阳底下踏着软泥儿耍着。

水全是那样满满的，无论池塘里、田中或是湖上。遍地都长满了嫩草，没有晒干的雨点挂在草叶上，像一颗一颗的小银珠。杨柳发芽了，在久雨初晴的春色中，这垄上，是一切都有了欣欣开展的气象。

人们立时开始喧嚷着，活跃着。展眼望去，田畦上时常有赤脚来往的人群，徘徊观望；三个五个一伙的，指指池塘又查查决口，谈这谈那，都准备着，计划着，应该如何动手做他们在这个时节里的功夫。

斗笠的销路突然地阻塞了，为了到处都天晴。男子们白天不能在家里剖篾，妇人和孩子的工作，也无形中松散下来，生活的紧箍咒，随即把这整个的农村牢牢地套住。努力地下田去工作吧，工作时原不能不吃饭啊！

整日祈祷着天晴的云普叔，他的目的总算是达到了。然而微笑是很吝啬地只在他的脸上轻轻地拂了一下，便随着紧蹙的眉尖消逝了。棉袍还是不能脱下，太阳晒在他的身上，只有那么一点儿辣辣的难熬，他没有放在心上。他只是担心着，怎样地才能够渡过这紧急的难关——饱饱地捞两餐白米饭吃了，补一补精神，好到田中去。

斗笠的销路没有了，眼前的稀饭就起了巨大的恐慌，于是云普叔更加焦急。他知道他的命苦，生下来就没有过一时舒服的生涯。今年五十岁了，苦头总算吃过不少，好的日子却还没有看见过。算八字的先生都说：他的老晚景很好，然而那是五十五岁以后的事情，他总不能十分相信。两个儿子又都不懂事，处在这样大劫数的年头，要独立支持这么一家六口，那是如何困难的事情啊！

"总得想个办法啦！"

云普叔从来没有自馁过，每每到了这样的难关，他就把这句话不住地在自己的脑际里打磨旋，有时竟能想到一些很好的办法。今天，他知道这个难关更紧了，于是又把这句话儿运用到脑里去旋转。

"何八爷，李三爷，陈老爷……"

他一步一步地在戏台下踱来踱去,这些人的影子,一个个地浮上他的脑中。然而那都是一些极难看的面孔,每一个都会使他感受到异样的不安和恐惧。他只好摇头叹气地把这些人统统丢开,将念头转向另一方面去。猛然地,他却想到了一个例外的人:

"立秋,你现在就跑到玉五叔家中去看看好吗?"

"去做什么呢,爹?"

立秋坐在门槛边剖篾,漫无意识地反问他。

"明天的日脚很好啦!人家都准备下田了,我们也应当跟着动手。头一天做功夫,总得饱饱吃一餐,兆头能来好一些,做起功夫来也比较起劲。家里现在已经没有了米,所以……"

"我看玉五叔也不见得有办法吧!"

"那么,你去看看也不要紧的喽!"

"这又何必空跑一趟呢?我看他们的情形,也并不见得比我们要好!"

"你总欢喜和老子对来!你能知道他们和我们一样吗?我是叫你去一趟呀!"

"这是实在的事实啊!爹,他们恐怕比我们还要困难哩!"

"废话!"

近来云普叔常常会觉得自己的儿子变差了,什么事情都欢喜和他抬杠。为了家中的一些琐事,不知道发生过多少次龃龉。儿子总是那样懒懒地不肯做事,有时候简直是个忤逆的、不孝的东西!

玉五叔的家中并不见得会和自己一般地没有办法。因为除了玉五婶以外,玉五叔的家中没有第三个要吃闲饭的人。去年全垄上的灾民都出去逃难了,玉五叔就没有同去,独自不动地支持了一家两口的生存。而且,也从来没有看见他向人家借贷过。大前天在渡口上曹炳牛肉铺门前,还看见了他提着一只篮子,买了一点酒肉,摇头晃脑地过身。他怎么会没有办法呢?

于是云普叔知道了,这一定又是儿子发了懒筋,不肯听信自己的吩咐,不由得心头冒出火来:

"你到底去不去呢?狗养的东西,你总喜欢和老子对来!"

"去也是没有办法啦!"

"老子要你去就去,不许你说这些废话,狗入的!"

立秋抬起头来,将篾刀轻轻放下,年轻人的一颗心里蕴藏着深沉的隐痛。他不忍多看父亲焦急的面容,回转身子来就走。

"你说:我爹爹叫我来的,多少请玉五叔帮忙一点,过了这一个难关之后,随即就替玉五叔送还来。"

"唔!……"

月亮刚从树丫里钻出了半边面孔来,一霎儿又被乌云吞没。没有一颗星,四围黑得像一块漆板。

"玉五叔怎样回答你的呢?"

"他没有说多的话。他只说,请你致意你的爹爹,真是对不住得很,昨天我们还是吃的老南瓜。今天,喂!就只有这一点点儿稀饭了！"

"你没有说过我不久就还他吗？"

"说过了的，他还把他的米桶给我看了。空空的！"

"那么，他的女人哩？"

"没有说话，笑着。"

"妈妈的！"云普叔在小桌子上用力地击了一拳，随即愤愤地说道："大前天我还看见了他买肉吃，妈妈的！今天就说没有米了，鬼才相信他！"

大家都没有声息。云普婶也围拢了来，孩子们都竖着耳朵，爹爹和哥哥说话。偌大的一所祠堂中，连一颗豆大的灯光都没有。黑暗把大家的心绪，胁迫得一阵一阵地往下沉落……

"那么明天下田又怎么办呢？"

云普婶也非常担心地问。

"妈妈的，只有大家都饿死！这杂种出外跑了这么大半天，连一颗米花儿都弄不到。"

"叫我又怎么办呢，爹？"

"死！狗入的东西！"

云普叔狠狠地骂了这句之后，心中立刻就后悔起来："死！"啊，认真地要儿子死了又有什么办法呢？心中只感到一阵阵酸楚，扑扑地不觉掉下两颗老泪！

"妈妈的！"

他顺手摸着了旱烟管儿，返身朝外就走。

"到哪儿去呢，老头子？"

"妈妈的！不出去明天吃土！"

大家用了沉痛的眼光，注视着云普叔的背影，渐渐被黑暗吞蚀。孩子们渐次地和睡魔接吻了，在后房中像猪狗一般地横七竖八地倒着。堂屋中只剩了云普婶和立秋，在严厉的恐怖中，张大那失去了神光的眼睛，期待着云普叔的好消息回来。心上的弦，已经重重地扣紧了。

深夜，云普叔带着哭丧的脸色跑回来，从背上卸下来一个小小的包袱：

"妈妈的，这是三块六角钱的蚕豆！"

六条视线，一齐投射在这小小的包袱上，发出了几许饥饿的光芒！云普叔的眶儿里，还饱藏着一包满满的眼泪。

三

在田角的决口边，立秋举着无力的锄头，懒洋洋地挥动。田中过多的水，随着锄头的起落，渐渐地由决口溢入池塘。他浑身都觉得酥软，手腕也那样没有力量，往常的勇气，现在不知跑到哪里去了。

一切都渺茫哟！他怅望着原野。他觉得：现在已经不全是要下死力做功夫的时候了，谁也没有方法能够保证这种工作，会有良好的效果。历年的天灾人祸，把这颗年轻人的心房刺痛得深深的。眼前的一切，太使他感到渺茫了，而他又没有方法能把自己的生活改造，或是跳出这个不幸的圈围。

他拖着锄头，迈步移过了第三条决口，过去的事件，像潮水般地涌上他的心头。每一锄头的落地，都像是打在自家的心上。父亲老了，弟妹还是那么年轻。这四五年来，家中的末路，已经成为如何也不可避免的事实。而出路还是那样地迷茫。他不知道要用什么方法，才可以开拓出这条迷茫的出路来。

无意识地，他又想起不久以前上屋癞大哥对他鬼鬼祟祟说的那些话来，现在如果细细地把它回味，真有一些说不出来的道理：在这个年头，不靠自己，还有什么人好靠呢？什么人都是穷人的对头，自己不起来干一下子，一辈子也别想出头。而且癞大哥还肯定地说过：不久的世界，一定是我们穷人的！

这样，又使立秋回想到四年前农民会当权的盛况：

"要是再有那样的世界来哟！"

他微笑了。突然地有一条人影从他的身边掠过，使他吃了一惊！回头来看，正是他所系念的上屋癞老大。

"喂！大哥，到哪里去呢？"

"呵！立秋，你们今天也下了田吗？"

"是的，大哥！来，我们谈谈。"

立秋将锄头停住。

"你爹爹呢？"

"在那边挑草皮子，还有少普。"

"你们这几天怎样过门的呀？"

"还不是苦,今天家里已经没有人编斗笠,我们三个都下田了。昨晚,爹爹跑到何八那里求借了一斗豆子回来,才算是把今天下田的一餐弄饱了,要不然……"

"还好还好!何八的豆子还肯借给你们!"

"谁愿意去借他的东西!妈妈的,我爹爹不知道说了多少好话!磕了头!又加了价!……唉!大哥,你们呢?"

"一样地不能过门啊!"

沉静了刹那,癞大哥又恢复了他那种经常微笑的面容,向立秋点头了一下:

"晚上我们再谈吧,立秋!"

"好的。"

癞大哥匆匆走后,立秋的锄头,仍旧不住地在田边挥动,一条决口又一条决口。太阳高高地悬在当空,像是告诉着人们已经到了正午。大半年来不曾听见过的歌声,又悠扬地交响着。人们都拖着疲倦的身子回来,很少的屋顶上,能有缕缕的炊烟冒出。

云普叔浑身都发痛了,虽然昨天只挑了二三十担草皮子。肩和两腿的骨髓中间,像着了无数的针刺,几乎终夜都不能安眠。天亮爬起来,走路还是一阵阵地酸软。然而,他还是镇静着,尽量地在装着没事的样子,生怕儿子们看见了气馁!

"到底老了啊!"他暗自地伤心着。

立秋从里面捧出两碗仅有的豆子来摆在桌子上,香气把云普叔的口水馋得欲流出来。三个人平均分配,一个只吃了上半碗,味道却比平常的特别好吃。半碗,究竟不知道塞在肚皮里的哪一个角角儿。

勉强跑到田中去挣扎了一会儿,浑身就像驮着千斤闸一般地不能动弹。连一柄锄头,一张耙,都提不起来了,眼睛时时欲发昏,世界也像要天旋地转了一样。兜了三个圈子,终于被肚子驱逐回来。

"这样子下去,怎么得了呢?"

孩子和大人都集在一块,大大小小的眼睛里通通冒出血红的火焰来。互相地怅望了一会儿,都觉得没有什么好说的话。

"天哪!……"

云普叔咬紧牙关,鼓起了最后的勇气来,又向何八爷的庄上走去。路上,他想定了这一次见了八爷应当怎样地向他开口,一步一步地打算得妥帖了,然后走进那座庄门。

"你到底有什么事情呢,云普?"

八爷坐在太师椅上问。

"我,我,我……"

"什么?……"

"我想再向八爷……"

"豆子吗?那不能再借给你了!垄上这么多人口,我单养你一家!"

"我可以加利还八爷!"

"谁稀罕你的利,人家就没有利吗?那不能行呀!"

"八爷！你老人家总得救救我，我们一家大小已经……"

"去，去！我哪里管得了你这许多！去吧！"

"八爷，救救我！"

云普叔急得哭出声来了。八爷的长工跑出来，把他推到大门外。

"号丧！你这老鬼！"

长工恶狠狠地骂了一句，随即把大门掩上了。

云普叔一步挨一步地走回来，自怨自艾地嘟哝着：为什么不遵照预先想定的那些话，一句一句地去说出来，以致把事情弄得没有一点结果。目前的难关，还有什么方法能够渡过呢？

走到四方塘的口上，他突然地站住了脚，望了一望这油绿色的池塘。要不是丢不下这大大小小的一群，他真想就这么跳下去，了却他这条残余的生命！

云普婶和孩子们倚立在祠堂的门口，盼望着云普叔的好消息。饥饿燃烧着每个人的内心，像一片狂阔的火焰。眼睛红得发了昏，巴巴地，还望不见带着喜信回来的云普叔。

天哪！假如这个时候有一位能够给他们吃一顿饱饭的仙人！

镜清秃子带了一个满面胡须的人走进屋来，云普叔的心中，就像有千万把利刀在那儿穿钻。手脚不住地发抖，眼泪一串一串地滚下来。让进了堂屋，随便地拿了一条板凳给他们坐下，自己另外一边站着。云普婶还躲在里面没有起来，眼睛早已哭得红肿了。孩子们，小的两个都躺着不能爬起来，脸上黄瘦得同枯萎了的菜叶一样。

立秋靠着门边,少普站在哥哥的后面,眼睛都湿润润的。他们失神地望了一望这满面胡须的人,随即又把头转向另一方面去。

沉寂了一会儿,那胡子像耐不住似的:

"镜清,那孩子现在在哪里呢?"

"还在里面啊!十岁,名叫英英姐。"秃子点点头,像叫他不要性急。

云普婶从里面踱出来,脚有一千斤重,手中拿着一身补好了的小衣裤,战栗得失掉了主持。一眼看见秃子,刚刚喊出一声"镜清伯!……"便哇的一声,迸出了两行如雨的眼泪来,再说不出一句话了。云普叔用袖子偷偷地扪着脸。立秋和少普也垂头呜咽地饮泣着!

秃子慌张了,急急地瞧了那胡子一眼,回头对云普婶安慰似的说:

"嫂嫂!你何必要这样伤心呢?英英同这位夏老爷去了,还不比在家里好吗!吃的穿的,说不定还能落得一个好主子,享福一生。桂生家的菊儿,林道三家的桃秀,不都是好好地去了吗?并且,夏老爷……"

"伯伯!我,我现在是不能卖了她的!去年我们讨米到湖北,那样吃苦都没有肯卖。今年我更加不能卖了,她,我的英儿,我的肉!呜!……"

"哦!"

夏胡子盯了秃子一眼。

"云普!怎么?变了卦吗?昨晚还说得好好的。……"秃子急急地追问云普叔。话还没有说完,云普婶连哭带骂地向云普叔扑来了:

"老鬼!都是你不好!养不活儿女,做什么鸡巴人!没有饭吃了来设法卖我的女儿!你自己不死!老鬼,来!大家拼死了落得一个干净!想卖我女儿万万不能!"

"妈妈的!你昨晚不也说过了吗?又不是我一个人做主的。秃子,你看她泼不泼!"云普叔连忙退了几步,脸上满糊着眼泪。

"走吧!镜清。"

夏胡子不耐烦似的起身说。秃子连忙把他拦住了:

"等一等吧,过一会儿她就会想清的。来!云普,我和你到外面去说几句话。"

秃子把云普叔拉走了。云普婶还是呜呜地哭闹着。立秋走上来扶住了她,坐在一条短凳子上。他知道,这场悲剧构成的原因并不简单,一家人足足地有三天没有吃东西了。斗笠没有人要,田中的耕种又不能荒芜。所以昨晚镜清秃子来游说的时候,他并没有表示如何激烈的反对。虽然他伤心妹子,不愿意妹子卖给人家,可是,除此以外,再没有方法能够解救目前的危急。他在沉痛的矛盾心理中,憧憬一终夜,他不忍多看一眼那快要被卖掉的妹子,天还没有亮,他就爬起来。现在,母亲既然这样地伤心,他还有什么心肝敢说要把妹子卖掉呢?

"妈妈,算了吧!让他们走好了。"

云普婶没有回答。秃子和云普叔也从头门口走进来,大家又沉默了一会儿。

"嫂嫂!到底怎么办呢?"秃子说。

"镜清伯伯呀!我的英英去了她还能回来吗?"

"可以的,假如主子近的话。并且,你们还可以常常去看她!"

"远呢?"

"不会的哟!嫂嫂。"

"都是这老鬼不好,他不早死!……"

英英抱着四喜儿从里面跑出来了,很惊疑地接触了这个奇异的环境,随手将四喜儿交给了妈妈,瞪着一双圆溜溜的眼睛四围张望。

大家又是一阵心痛。除了镜清秃子和夏胡子以外。

"就是她吗?"夏胡子被秃子拌了一下,望着英英说。

几番谈判的结果,夏胡子一岁只肯出两块钱。英英是十岁,二十块。另外双方各给秃子一块钱的介绍费。

"啊啊!这是一个什么世界哟!"

十九块雪白的光洋,落到云普叔的手上,他惊骇得同一只木头鸡一样。用袖子尽力地把眼泪擦干,仔细地将洋钱看了一会儿。

"天啊!这洋钱就是我的宝宝英英吗?"

云普婶把补好了的一套衣裤给英英换上,告诉她是到夏伯伯家中去吃几天饭就转来,然而英英的眼泪究竟没有方法止住。

"妈妈,我明天就可以回来吗?我不要一个人吃饱饭啊!"大家都目不转睛地噙着泪水对英英注视着。再多看一两眼吧,这是最后的相见啊!

秃子把英英带走,云普婶真的发了疯,几回都想追上去。远远地还听到英英回头叫了两声:

"妈妈呀!我不要一个人吃饱饭!"

"我明天就要转来的呀!"

……

生活暂时地维持下来了,十九块钱,只能买到两担多一点谷,五个人,可够六七十天的吃用。新的出路,还是欲靠父子们努力地开拓出来。

清明泡种期只差三天了,垄上都没有一家人家有种谷,何八爷特为这件事亲自到县库里去找太爷去商量。不及时下种,秋季便没有收成。

大家都伫望着何八爷的好消息,不过这是不会失望的,因为年年都借到了。县太爷自己也明白:"官出于民,民出于土!"种子不设法,一年到了头大家都捞不着好处的。所以何八爷一说就很快地答应下来了。发一千担种谷给曹家垄,由何八爷总管。

"妈妈的,种谷十一块钱一担,还要四分利,这完全是何八这狗杂种的盘剥!"

每个人都是这样地愤骂,每个人都在何八爷庄上挑出谷子来。生活和工作,加紧地向这农村中捶击起来。人们都在拼命地挣扎,因为他们已将一切的希望,完全寄托在这伟大的秋收。

四

插好田,刚刚扯好二头草,天老爷又要和穷人们作对。一连十多天不见一点麻麻雨,太阳悬在空中,像一团烈火一样。田里没有水了,仅仅只泥土有些湿润的。

卖了女儿,借了种谷,好容易才把田插好,云普叔这时候已经忙碌得透不过气来,肥料还没有着落,天又不肯下雨了,实在急人!假如真的要闹天干的话,还得及早准备一下哩!

他吩咐立秋到戏台上把车叶子取下,修修好。再过三天没有雨,不车水是不可能的事啊!

人们心中都祈祷着:天老爷啊,请你老人家可怜我们降一点儿雨沫吧!

一天,两天,天老爷的心肠也真硬!人们的祈祷,他竟假装没有听见,仍旧是万里无云。火样的太阳,将宇宙的存在都逗引得发了暴躁。什么东西,在这个时候,也都现出了由干热而枯萎的象征。田中的泥土干涸了,很多的已经绽破了不可弥缝的裂痕,张开着,像一条一条的野兽的口,喷出来阵阵的热气。

实在没有方法再挨延了,张家宅、新渡口都有了水车的响声,禾苗垂头丧气地在向人们哀告它的苦况。很多的叶子已经卷了筒。去年大水留下来的苦头还没有吃了,今年谁还肯眼巴巴地望着它干死呢!就是拼了性命也是要挣扎一下子的啊!

吃了早饭,云普叔亲自肩着长车,立秋扛了车架,少普提着几串车叶子,默默地向四方塘走来。太阳晒在背上,只感到一阵热热的刺痛,连地上的泥土,都烫得发了烧。

"妈妈的!怎么这样热。"

四面都是水车声音,池塘里的水,尽量在用人工转运到田中去。云普叔的车子也安置好了。三个人一齐踏上,车轮转动着,水都由车箱子里爬出来,争先恐后地向田中飞跑。

汁从每一个人的头顶一直流到脚跟。太阳看看移到了当顶,火一般地燎烧着大地。人们的口里,时常有缕缕的青烟冒出。脚下也渐渐地沉重了,水车踏板就像一块千斤重的岩石,拼性命都踏不下来。一阵阵的酸痛,由脚筋传布到全身,到脑顶。又像是有人拿着一把小刀子在那里割肉挖筋一般地难过。尤其是少普,在他那还没有发育得完全的身体中,更加感受着异样的苦痛。云普叔又何尝不是一样呢?衰老的几根脚骨头,本来踏上三五步就有些挨不起了的,然而,他不能气馁呀!老天爷叫他吃苦,死也得去!儿子们的勇气,完全欲靠他自己鼓起来。况且,今天还是头一次上紧,他怎么好自己首先叫苦呢?无论如何受罪,都得忍受下来哟!

"用劲呀,少普!……"

他常常是这样地提醒着小的儿子,自己却咬紧牙关地用力踏下去。真是痛得忍不住了，才将那含蓄着很久了的眼泪流出来，和着汗珠儿一同滴下。

好容易云普婶的午饭送来了，父子们都从车上爬下来。

"天啊！你为什么偏偏要和我们穷人作对呢？"

云普叔抚摸着自己的腿子。少普哭丧脸地望着他的母亲：

"妈妈，我的这两条腿子已经没有用了呢！"

"不要紧的哟！现在多吃一点饭，下午早些回来，憩息一会儿，就会好的。"

少普也没有再作声，顺手拿起一只碗来盛饭吃。

连日的辛劳，云普叔和少普都弄得同跛脚人一样了。天还一样地狠心！一天工夫车下来的水，仅仅只够维持到一天禾苗的生命。立秋算是最能得力的人了，他没有感到过父亲和弟弟那般的苦痛。然而，他总是懒懒地不肯十分努力做功夫，好像车水种田，并不是他现在应做的事情一样。常常不在家，有什么事情要到处去寻找。因此使云普叔加倍地恼恨着："这是一个懒精！忤逆不孝的杂种！"

月亮从树尖上涌出来，在黑暗的世界中散布了一片银灰色的光亮。夜晚并没有白天那般炎热，田野中时常有微风吹动。外面很少有纳凉的闲人，除了妇人和几个孩子。

人们都趁着这个风清月白的夜晚来加紧他们的工作。四面水车的声音，杂和着动人的歌曲，很清晰地可以送入到人们的耳鼓中来。夏夜是太适宜于农人们的工作了，没有白昼的嚣张、炎热、骚扰……

云普叔又因为寻不着立秋,暴躁得像一条发了狂的蛮牛一样。吃晚饭时曾好好地嘱咐他过,今夜天气很好,一定要做做夜工,才许再跑到外面去。谁知一转眼就不看见人,真把云普叔的肚皮都气破了。近来常有一些人跑来对云普叔说:立秋这个孩子变坏了,不知道他天天跑出去,和癞老大他们这班人弄做一起干些什么勾当。个个都劝他严厉地管束一下,以免弄出大事。云普叔听了,几回硬恨不得把牙门都咬碎下来。现在,他越想越暴躁,从上村叫到下村,连立秋的影子都没有看到。他回头吩咐少普先到水车上去等着他,假如寻不到的话,光老小两个也是要车几线水上田的。于是他重新地把牙根咬紧,准备去和这不孝的东西拼一拼老性命。

又兜了三四个大圈子还没有寻到,只好气愤愤地走回来。远远地,忽然听到自己的水车声音响了,急忙赶上去,车上坐的不正是立秋和少普吗?他愤恨得说不出一句话来,半晌,才下死劲地骂道:

"你这狗入的杂种!这会子到哪里收尸去了?"

"嗐!我个是好好地坐在这里车水吗?"立秋很庄严地回答着。

"妈妈的!"

云普叔用力地盯了他一眼,随即自已也爬上来,踏上了轮子。

月亮由村尖升到了树顶，渐渐地向西方斜落！田野中也慢慢地慢慢地沉静了下来。

东方已经浮上了鱼肚色的白云，几颗疏散的星儿，还在天空中挤眉弄眼地闪动。雄鸡啼过两次了，云普叔从黑暗里爬起来，望望还没有天亮，悠长地舒了一口冷气。日夜的辛劳，真使他有些感到支持不住了。周身的筋骨，常常在梦中隐隐地作痛。但他无论如何也不肯懈怠一刻工夫，或说几句关于疲劳痛痒的话。因为他怕给儿子们一个不好的印象。

生活鞭策着他劳动，他是毫不能怨尤的哟！现在他算是已经把握到一线新的希望了：他还可以希望秋天，秋天到了，便能实现他所梦想的世界！

现在，他不能不很早就爬起来啦。这还是夏天，隔秋天，隔那梦想的世界还远着哩！

孩子们正睡得同猪猡一样。年轻人在梦中总是那么甜蜜哟！他真是羡慕着。为了秋收，为了那个梦想的世界，虽然天还没有十分发亮，他不得不忍心地将儿子们统统叫起来：

"起来哟，立秋！"

"……"

"少普，少普！起来哟！"

"什么事情呀？爹！天还没有亮哩！"少普被叫醒了。

"天早已亮了，我们车水去！"

"刚刚才睡下，连身子都没有翻过来，就天亮了吗？

唔！……"

"立秋！立秋！"

"起来呀！……"

"唔！"

"喂！起来呀！狗入的东西！"

最后云普叔是用手去拖着每一儿子的耳朵，才把他们拉起来的。

"见鬼了，四面全是黑漆漆的！"

立秋揉揉眼睛，才知道是天还没有光，心中老大不高兴。

"狗杂种！叫了半天才把你叫起来，你还不服气吧！妈妈的！"

"起来！起来！不知道黑夜里爬起来做些什么事？拼死了这条性命，也不过是替人家当个奴隶！"

"你这懒精！谁做人家的奴隶？"

"不是吗？打禾下来，看你能够落到手几粒劳什子？"

"鬼话！妈妈的，难道会有一批强盗来抢去你的吗？你这个咬烂鸡巴横嚼的杂种！你近来专在外面抛尸，家中的什么事情都不要管！只晓得发懒筋，你变了！狗东西！人家都说你专和癞老大他们在一起鬼混！你一定变作了什么××党！……"

云普叔气急了，恨不得立刻把儿子抓来咬他几口出气，声音愈骂愈大了。云普婶也被他惊醒来：

"半夜三更闹什么呀，老头子？儿子一天辛苦到晚，也应该让他们睡一睡！你看，外边还没有天亮哩！"

"都是你这老猪婆不好，养下这些淘气杂种来！"

"老鬼！你骂谁啊？"

"骂你这偏护懒精的猪婆子！"

"好！老鬼，你发了疯！你恶他们，你把他们一个一个都拿去杀掉好了，何必要这样地来把他们慢慢地磨死呢？要不然，把他们统统都卖掉，免得刺痛了你的眼睛。半夜里，天南地北地吵死！"

云普叔暴躁得发了疯，他觉得老婆近来更加无理地偏护着孩子，丝毫不顾及家中的生计：

"你这猪婆疯了！你要吃饭吗？你！……"

"好！我是疯了！老鬼，你要吃饭，你可以卖女儿！现在你又可以卖儿子。你还我的英英来！老鬼，我的命也不要了！……啊啊啊！"

"好泼的家伙，你妈妈的！……"

"老王八！老贼！你自己没有能力就不要养儿女，养大了来给他们作孽。女的好卖了，男的也要逼死他们，将来只剩了你这老王八！我的英英！老贼，你找回来！啊啊啊！……"

她连哭带骂地向着云普叔扑来，想起了英英，她恨不得把云普叔一口吞掉。

"妈妈的！英英，英英，又不是单为了我一个！"

云普叔连忙躲开她，想起英英来，眼泪也不由自主地掉下了。

"还我的英英,你这老鬼!啊啊!……"

"……"

"啊啊啊!……"

东方发白了。儿子木鸡一般地站着。听见爹爹妈妈提及了妹子,也陪着流下几阵酸痛的眼泪来。

天色又是一样的晴和。立秋偷偷地扯了少普一下,提起锄耙就走。云普叔也带着懊恼伤痛的面容,一步一拖地跟出了大门。

"啊啊啊!……"

晨风在田野中掠过,油绿色的禾苗,掀起了层层的浪涛,人们都感到一阵清晨特有的凉意。

"今天车哪一方呢?"

"妈妈的,到华家堤去!"

五

"立秋!你的心不诚,不要你抬!"

"云普叔顶万民伞,小二疤子打锣!"

"吹唢呐的没有,王老大,你的唢呐呢?"

"妈妈的!好像是哪一个人的事一样,大家都不肯出力。还差三个轿夫。"

"我来一个。高鼻子大爷!"

"我也来!"

"我也来一个!"

"好了,就是你们三个吧!大家都洗一个脸。小二疤子,着实洗干净些,菩萨见怪!"

"打锣!把唢呐吹起来!"

"打锣呀!小二疤子听见没有?婊子的儿子!"

"当!当!当!……"

"呜咧啦!……"

几十个人蜂拥着关帝爷爷,向田野中飞跑去了。

二十多天没有看见一点云影子,池塘里,河里的水都干透了,田中尽是几寸宽的裂口,禾叶大半已经卷了筒。这样再过三四天,便什么都完了。

关帝爷爷是三天前接来的。杀了一条牛,焚了斤半檀香,还是没有一点雨意。禾苗倒烊倒得更加多了。

所以,大家都觉得菩萨不肯发雨下来,一定是有什么缘故。几个主祭的首事集合起来商量了很久,求了无数支签,叩了千百个头,卦还是不能打顺。

"那么今年不完了吗?"

"高鼻子大爹,不要急!我们且把菩萨抬到外面去跑一路,看他老人家见了这个样子心中忍也不忍?"

"好的!也许菩萨还没有看见田中的情况吧!大前年天干,也是请菩萨到外面去兜了一个圈子才下雨的。云普,你去叫几个小伙子来!还有锣鼓唢呐!"

"啊!"

很快地,便把临时的队伍邀齐了。高鼻子大爹在前面领队,第二排是旗锣鼓伞,菩萨的绿呢大新轿在后头。

从新渡口华家堤,一直弯到红庙,兜了四五个圈子回来,太阳仍旧是同烈火一样,烫得浑身发烧。地上简直热得不能落脚。四面八方都是火,人们是在火中颠扑!

雨一点还没有求下来,菩萨反被磨子湾抬去了。处处都忙着抬菩萨求雨哩!

"天老爷呀!一年大水一年干,究竟欲把我们怎么办呢?"

风色陡然变了,由东北方吹来呼呼地响着。没有星光也没有月亮,很多的人都站在屋外看天色。

"那方扯闪子哩!"

"东扯西合,有雨不落。"

"那是北方呀!"

"好了!南扯火门开,北扯有雨来!今夜该有点雨下吧,天哪!"

"总要求天老爷开恩啦!"

"还不是,我们又都没有做过恶人,天老爷难道真的要将我们饿死?"

"不见得吧!"

大家喧嚷一会儿之后,屋顶上已有了滴沥的声音,人们只感到一阵凉意。每一滴雨声,都像是打落在开放的心花上。

"这真是天老爷的恩典啦!"

横在人们心中的一块巨石，现在全被雨点融化了。随即，便是暴风雨的降临！

雷跟在闪电的后面发脾气。

大雨只下了一日夜，田中的水又饱满起来。禾苗都得了救，卷了筒子的禾叶边开展了，像少女们解开着胸怀一样地迎风摆动。长，很迅速地在长，这正是禾苗飞长的时候啊！每个人都默祷着：再过二十来天不出乱子，就可以看得粒粒的黄金，那才算是到了手的东西哩。

雨只有西南方上下得特别久，那边的天是乌黑的。恐怖像大江的波浪，前头一个刚刚低落下去，后面的一个又涌上来。西南方上的雨下太大了，又要担心水患，种田人真是一刻儿也不能安宁啊！

西水渐渐地向下流膨涨，然而很慢。堤局只派了一些人在堤岸上梭巡，光是西水没有南水助势，大家都可不必把它放在心上。让它去高涨吧！

一天，两天，水总是涨着。渐渐地差不多已经平了堤面了，云普叔也跟着大家着起急来：

"怎么！光是西水也有这么大吗？"

人们都同样地嚷着：

"哎哟！大家还是来防备一下吧！千万不要又和去年一样呀。"

去年的苦痛告诉他们，水灾是要及早防备的哟！锣声又响了，一批一批的人都扛着锄头被絮，向堤边跑去!

"哪一个家里有男人不出去来上堤的，他妈妈的拖出来打死!"云普叔忙得满头是汗地说，"连堂客们都不许躲着，妈妈的，今年要再和去年一样，一个也别想活!……"

"大家都挡堤去呀!"

"当!当!当!……"

夜晚上，火把灯笼像长蛇一样地摆在堤上，白天里沿岸都是骚动的人群。团防局里的老爷们，骑着马，带着一群副爷往来地巡视着，他们负有维持治安的重大责任，尤恐这一群人中间，潜伏着有闹事的暴徒分子，这是不能不提防的。

"妈妈的，作威作福的贱狗吃了我们的粮没有事做，日夜打主意来害我们!一个个都安得……"

"我恨不得咬下这些狗入的几块肉!总有一天老子……"

多数被团防加害过的人，计他们走过之后，都咬牙切齿地暗骂着。很远了，立秋还跟在他们的后面装鬼脸儿。

水仍旧是往上涨，有些已经漂过了堤面。黄黄的水，是曾劫夺过人们的生命的，大家都对它怀着巨大的恐怖。眼睛里都有一把无名的烈火，向这洪水掷投。

"只要南水不再下来就好了!"

人们互相地安慰着。锄头铲耙，还是不住地加上。

水停住了!

突然地，有些地方在倒流，当有人把几处倒流的地方指出来的时候，人群中间，立刻开始了庞大的骚动。

"哪里倒流？"

"兰溪小河口吗？"

"该死！一个也活不成！"

"天啦！你老人家真正要把我们活活地弄死吗？……"

"关帝爷爷呀！今年要再和去年一样……"

南水涨了，西水受着南水的胁迫，立即开始了强烈的反攻，双方冲突的结果，是不断地向上膨涨！

锣声响得紧！人们心中还没有弥缝的创口，又重新地被这痛心的锣锤儿敲得四分五裂，连孩子妇人都跑到堤边去用手捧着一合一合的泥土向堤上堆。老年人和云普叔一道的，多数已经跪下来了：

"天哪！救苦救难的观世音菩萨呀！今年的大水实在再来不得了啊！"

"盖天古佛！你老人家保过了这场水灾，准还你十本大戏！……"

"天收人啦！"

"……"

经过了两日夜拼命的挣扎，每个人的眼睛里都暴出了红筋。身体像弹熟了的软棉花一样，随处倒落。西水毕竟是过渡了汹涌的时期，经不起南水的一阵反攻，便一泻千里地崩溃下去了！于是南水趁势地顺流下来，一些儿没有阻碍。

水退了!

千万颗悬挂在半空中的心,随着洪水的退落而放下。每个人都张开了口,吐出了一股恶气,提起锄头被絮,拖着软棉花似的身子,各别地踏上了归途。脸上,都挂着一丝胜利的微笑。

"喂!癞大哥,夜里到我这里来谈天啊!"

立秋在十字路上分岔时对癞老大说。

六

生活和工作,双管齐下地夹攻着这整个的农村。当禾苞标出线来时,差不多每个农民都在拼着他们的性命。过了这严重的一二十天,他们便全能得救!

家中虽然没有一粒米了,然而云普叔的脸上却浮上满面的笑容。他放心了,经过了这两次巨大的风波,收成已经有了九成把握。禾苗肥大,标线结实,是十多年来所罕见的好,穗子都有那样长了。眼前的世界,所开展在云普叔面前的尽是欢喜,尽是巨大的希望。

然而云普叔并没有做过大的幻想,他抓住了目前的现势来推测二十天以后的情形那是真的。他举目望着这一片油绿色的原野,看看那肥大的禾苗,一线一线快要变成黄金色的穗子,几回都疑是自己的眼睛发晕,自己在做梦。然而穗子禾苗,一件件都是正确地摆在他的面前,他真的欢喜得快要发疯了啊!

"哈哈!今年的世界,真会有这样的好吗?"

过去的疲劳,将开始在这儿做一个总结了:从下种起,一直到现在,云普叔真的没有偷闲过一刻工夫。插田后便闹天干,刚刚下雨又下大水,一颗心像七上八下的吊桶一般地不能安定。身子疲劳得像一条死蛇,肚皮里没有充过一次饱。以前的挨饿现在不要说,单是英英卖去以后,家中还是吃稀饭的。每次上田,连腿子都提不起,人瘦得像一堆枯骨。一直到现在,经过这许多许多的恐怖和饥饿,云普叔才看见这几线长长的穗子,他怎么不欢喜呢?这才是算得到了手的东西呀,还得仔细地将它盘算一下哩!

开始一定要饱饱地吃它几顿。孩子们实在饿得太可怜了,应当多弄点菜,都给他们吃几餐饱饭,养养精神。然后,卖几担出去,做几件衣服穿穿,孩子们穿得那样不像一个人形。过一个热热闹闹的中秋节。把债统统还清楚。剩下来的留着过年,还要预备过明年的荒月,接新……

立秋少普都要定亲,立秋简直是处处都表示需要堂客了。就是明年下半年吧,给他们每个都收一房亲事,后年就可养孙子,做爷爷了……

一切都有办法,只少了一个英英,这真使云普叔心痛。早知今年的收成有这样好,就是杀了他也不肯将英英卖掉啊!云普叔是最疼英英的人,他这许多儿女中只有英英最好,最能孝顺他。现在,可爱的英英是被他自己卖掉了啦!卖给那个满脸胡须的夏老头子了,是用一只小划子装走的。装到什么地方去了呢?云普叔至今还没有打听到。

英英是太可怜了啊！可怜的英英从此便永远没有了下落。年岁越好，越有饭吃，云普叔越加伤心。英英难道就没有坐在家中吃一顿饱饭的福命吗？假如现在英英还能站在云普叔面前的话，他真的想抱住这可怜的孩子号啕大哭一阵！天呵！然而可怜的英英是找不回来了，永远地找不回来了！留在云普叔心中的，只有那条可怜的瘦小的影子，永远不可治疗的创痛！

还有什么呢？除此以外，云普叔的心中只是快乐的，欢喜的，一切都有了办法。他再三地嘱咐儿子，不许谁再提及那可怜的英英，不许再刺痛他的心坎！

家里没有米了，云普叔丝毫也没有着急，因为他已经有了办法，再过十多天就能够饱饱地吃几餐。有了实在的东西给人家看了，差了几粒吃饭谷还怕没有人发借吗？

何八爷家中的谷子，现在是拼命地欲找人发借。只怕你不开口，十担八担，他可以派人送到你的家中来。价钱也没有那样昂贵了，每担只要六块钱。

李三爹的家里也有谷子发借。每担六元，并无利息，而且都是上好的东西。

垅上的人都要吃饭，都要渡过这十几天难关，可是谁也不愿意去向八爷或三爹借谷子。实在吃得心痛，现在借来一担，过不了十多天，要还他们三担。

还是硬着肚皮来挨过这十几天吧！

"这就是他们这班狗杂种的手段啦！他们妈妈的完全盘剥我们过生活。大家要饿死的时候，向他们叩头也借不着一粒谷子，等到田中的东西有把握了，这才拼命地找人发借。只有十多天，借一担要还他们三担。这班狗杂种不死，天也真正没有眼睛。"

"高鼻子大爷，你不是也借过他的谷子吗？哼！天才没有眼睛哩！越是这种人越会发财享福！"

"是的呀！天是不会去责罚他们的，要责罚他们这班杂种，还得依靠我们自己来！"

"怎样靠自己呢？立秋，你这话里倒有些玩意儿，说出来大家听听看！"

"什么玩意儿不玩意儿，我的道理就在这里：自己收的谷子自己吃，不要纳给他们这些狗杂种的什么劳什子租，借了也不要给他们还去！那时候，他还有什么道理来向我们要呢？"

"小孩子话！田是他家的呀！"二癞子装着教训他的神气。

"他家的？他为什么有田不自己种呢？他的田是哪里来的？还不是大家替他做出来的吗？二癞子你真蠢啊！你以为这些田真是他的吗？"

"那么，是哪个的呢？"

"你的，我的！谁种了就是谁的！"

"哈哈！立秋！你这完全是十五六年时农民会上的那种说法。你这孩子，哈哈！"

"高鼻子大爷，笑什么？农民会你说不好吗？"

"好，杀你的头！你怕不怕？"

"怕什么啊！只要大家肯齐心，你没有看见江西吗？"

"齐心！你这话是很有道理的，不过，哈哈！……"

高鼻子大爷，还有二癞子、壳壳头、王老六，大家和立秋瞎说一阵之后，都相信了立秋的话儿不错。民国十六年的农民会的确是好的；就可惜没有弄得长久，而且还有许多人吃了亏。假如要是再来一个的话，一定硬要把它弄得久长一些啊！

"好！立秋，还有团防局里的枪炮呢？"

"咄！到了那个时候，我们就不好把他妈妈的缴下来吗？"

儿子整天地不在家里，一切都要云普叔自己去理会。家中没有米了，不得不跑到李三爷那里去借了一担谷子来。

"你家里五六个人吃茶饭，一担谷就够了吗？多挑两担去！"

"多谢三爷！"

云普叔到底只借了一担。他知道，多吃一担，过不了十来天就要还三担多。没有油盐吃，曹炳生店里也可以赊账了。肉店里的田麻拐，时常装着满面笑容地来慰问他：

"云普哥，你要吃肉吗？"

"不要啊，吃肉还早哩。"

"不要紧的，你只管拿去好了！"

云普叔从此便觉得自己已经在渐渐地伟人，无论什么人遇见了他，都要对他点头微笑地打个招呼。家中也渐渐地有些生气了。就只恨自己的儿子不争气，什么事都要自己操心。妈妈的，老太爷就真的没有福命做吗？

穗子一天一天地黄起来，云普叔脸上的笑容也一天一天地加厚着。他真是忙碌啊！补晒簟，修风车，请这个来打禾，邀那个来扎草，一天到晚，他都是忙得笑眯眯的。今年的世界确比往年要好上三倍，一担田，至少可以收三十四五担谷。这真是穷苦人走好运的年头啊！

去年遭水灾，就因为是堤修得不好，今年首先最要紧的是修堤。再加厚它一尺土吧，那就什么大水都可以不必担心事了。这是种田人应尽的义务呀！堤局里的委员早已来催促过。

"曹云普，你今年要出八块五角八分的堤费啦！"

"这是应该的，一石多点谷！打禾后我亲自送到局里来！劳了委员先生的驾。应该的，应该的！……"

云普叔满面笑容地回答着。堤不修好，免不了第二年又要遭水灾。

保甲先生也衔了团防局长的使命，来和云普叔打招呼了：

"云普叔，你今年缴八块四角钱的团防捐税啦！局里已经来了公事。"

"怎么有这样多呢？甲老爷！"

"两年一道收的！去年你缴没有缴过？"

"啊！我慢慢地给你送来。"

"还有救国捐五元七角二，剩共捐三元零七。"

"这，又是什么名目呢？甲，甲老爷！"

"咄，你这老头子真是老糊涂了！东洋鬼子打到北京来了，你还在鼓里困。这钱是拿去买枪炮来救国打共匪的呀！"

"啊呀！……晓得，晓得了！我，我，我送来。"

云普叔并不着急，光是这几块钱，他真不放在心上。他有巨大的收获，再过四五天的世界尽是黄金，他还有什么要着急的呢？

七

儿子不听自己的指挥，是云普叔终身的恨事，越是工夫紧的当口，立秋总不在家，云普叔暴躁得满屋乱跑。他始终不知道儿子在外面干些什么勾当。大清早跑出去，夜晚三更还不回来。四方都有桶响了，自家的谷子早已黄熟得滚滚的，再不打下来，就会一粒粒地自行掉落。

"这个狗养的，整天地在外面收尸！他也不管家中是在什么当口上了。妈妈的！"

他一面恨恨地骂着，一面走到大堤上去想兜一张桶[①]。无论如何，今天的日脚好，不响桶是非常可惜的事情。本来，立秋在家，父子三个人还可勉强地支持一张跛脚桶[②]，立秋不回来就只

[①] 兜一张桶：就是叫四个打稻的人来。四个人支持一张桶，两人割稻，两人打稻。
[②] 跛脚桶：不够四个人，像跛脚的意思。

好跑到大堤上去叫外帮打禾客。

打禾客大半是由湖乡那方面来的,每年的秋初总有一批这样的人来:挑着简单的两件行李,四个一伴四个一伴地向这滨湖的几县穿来穿去,专门替人家打禾割稻子,工钱并不十分大,但是要吃一点儿较好的东西。

云普叔很快地叫了一张桶。四个彪形大汉,肩着憔悴的行囊跟着他回来了。响桶时太阳已经出了两丈多高,云普叔叫少普守在田中和打禾客做伴,自己到处去寻找立秋。

天晚了,两斗田已经打完,平白地花了四串打禾工钱。立秋还是没有寻到,云普叔更焦急得无可如何了。收成是出于意外的丰富,两斗田竟能打到十二担多毛谷子。除了恼恨儿子不争气以外,自己的心中倒是非常快活的。

叫一张外帮桶真是太划不来的事情啊!工钱在外,一大碗一大碗的白米饭,都给这些打禾客吃进肚里去了,真使云普叔看得眼红。想起过去饥饿的情形来,恨不得把立秋抓来活活地摔死。明天万万不能再叫打禾客了,自己动手,和少普两个人,一天至少能打几升斗把田。

夜深了,云普叔还是不能入梦,仿佛听到了立秋在耳边头和人家说话。张开眼睛一看,心中立刻冒出火来:

"你这杂种!你,你也要回来呀!妈妈的,家中的事情你一点都不管,剩下我这个老鬼来一个人拼命!妈妈的,我的命也不想要了!今朝不是鱼死就是网破!老子一定要看看你这杂种的本事！……"

云普叔顺手拿着一条木棍，向立秋不顾性命地扑来。四串工钱和那些白米饭的恶气，现在统统要在这儿发作了。

"云普叔叔，请你老人家不要错怪了他，这一次真是我们请他去帮忙一件事情去了！"

"什么鸡巴事？你，你，你是谁？……癞大哥你难道不知道吗？我家中的工夫这样忙！他妈妈的，他要去收尸！"云普叔气急了，手中的木棍儿不住地颤动。

"不错呀！云普伯伯，这回他的确是替我们有事情去了啊！……"又一个说。

"好！你们这班人都帮着他来害我。鸡肚里不晓得鸭肚里的事！你们都知道我的家境吗？你们？……"

"是的，伯伯！他现在已经回来了，明天就可以帮助你老人家下田！"

"下田！做死了也捞不到自己一顿饱饭，什么都是给那些杂种得现成。你看，我们做个要死，能够落得一粒劳什子到手吗？我老早就打好了算盘！"立秋愤愤地说。

"谁来抢去了你的，猪杂种？"

"要抢的人才多呢！这几粒劳什子终究会不够分配的！再做十年八年也别想落得一颗！"

"猪人的！你这懒精偏有这许多辩说，你不做事情天上落下来给你吃！你和老子对嘴！"

云普叔重新地把木棍提起,恨不得一棍子下来,将这不孝的东西打杀!

"好了,立秋,不许你再多说!老伯伯,你老人家也休息一会儿!本来,现在的世界也变了,做田的人真是一辈子也别想抬起头来。一年忙到头,收拾下来,一担一担送给人家去!捐呀!债呀!饷呀!……哪里分得自己还有捞呢?而且市面的谷价这几天真是一落千丈,我们不想个法子是不可能的啊!所以我们……"

"妈妈的!老子一辈子没有想过什么鸡巴法子,只知道要做,不做就没有吃的……"

"是呀!……立秋你好好地服侍你的爹爹,我们再见!"

三四个后生子走后,立秋随即和衣睡下。云普叔的心中,像卡着一块硬嘣嘣的石子。

从立秋回来的第二天起,谷子一担一担地由田中挑回来,壮壮的,黄黄的,真像金子。

这垄上,没有一个人不欢喜的。今年的收成比往年至少要好上三倍。几次惊恐,日夜疲劳,空着肚皮挣扎出来的代价,能有这样丰满,谁个不喜笑颜开呢?

人们见着面都互相点头微笑着,都会说天老爷有眼睛,毕竟不能让穷人一个个都饿死。他们互相谈到过去的苦况:水,旱,忙碌和惊恐,以及饿肚皮的难堪!现在他们全都好了啦。

市面也渐渐地热闹了,物价只在两三天工夫中,高涨到一倍以上。相反地，谷米的价格倒一天一天地低落下来。

六块！四块！三块！一直低落到只有一元五角的市价了，还是最上等的迟谷。

"当真跌得这样快吗？"

欢欣、庆幸的气氛，于是随着谷价的低落而渐渐地消沉下来了。谷价跌下一元，每个人的心中都要紧一把。更加以百物的昂贵，丰收简直比常年还要来得窘困些了。费了千辛万苦挣扎出来的血汗似的谷子，谁愿那样不值钱地将它卖掉呢？

云普叔初听到这样的风声，并没有十分惊愕，他的眼睛已经看黄黄的谷子看昏了。他就不相信这样好好的救命之宝会卖不起钱。当立秋告诉他谷价疯狂地暴跌的时候，他还瞪着两只香黄的眼睛怒骂道：

"就是你们这班狗牛养的东西在大惊小怪地造谣！谷跌价有什么稀奇呢？没有出大价钱的人，自己不好留着吃？妈妈的，让他们都饿死好了！"

然而，寻着儿子发气是发气，谷价低，还是没有法子制业。一块二角钱一担迟谷的声浪，渐渐地传播了这广大的农村。

"一块二角，婊子的儿子才肯卖！"

无论谷价低落到一钱不值，云普叔仍旧是要督促儿子们工作的。打禾后晒草，晒谷，上风车，进仓，在火烈的太阳底下，终日不停地劳动着。由水泱泱地杂着泥巴乱草的毛谷，一变而为干净黄壮的好谷子了。他自己认真地决定着：这样可爱的救命宝，宁愿留在家中吃它三五年，决不肯烂便宜地将它卖去。这原是自己大半年来的血汗呀！

秋收后的田野，像大战过后的废垒残墟一样，凌乱得没有一点次序。整个的农村，算是暂时地安定了。安定在那儿等着，等着，等着某一个巨大的浪潮来毁灭它！

八

为着几次坚决地反对办"打租饭"，大儿子立秋又赌气地跑出了家门。云普叔除了怄气之外，仍旧是恭恭敬敬地安排着。无论如何，他可以相信在这一次"打租"的筵席上，多少总可以博得爷们一点同情的怜悯心。他老了，年老的人，在爷们的眼睛里，至少总还可以讨得一些便宜吧！

一只鸡，一只鸭子，两碗肥肥的猪肉，把云普叔馋得拖出一线一线的唾沫来。进内换了一身补得规规矩矩的衣裤，又吩咐少普将大堂扫得清清爽爽了，太阳还没有当空。

早晨云普叔到过何八爷家里，又到过李三爹庄上，诚恳地说明了他的敬意之后，八爷、三爹都答应来吃他们一餐饭，堤局里的陈局长也在内，何八爷准许了替云普叔邀满一桌人。

桌上的杯筷已经摆好了，爷们还没有到。云普叔又恭恭敬敬地站在大门口观望了一回，远远地似乎有两行黑影向这方移动了。连忙跑进来，吩咐少普和四喜儿暂时躲到后面去，不要站在外面碍了爷们的眼。四条长凳子，重新地将它们揩了一阵，自己觉得没有什么不干净的地方了，才安心地站在门边侍候爷们的驾到。

一路总共七个人，除了三爹、八爷和陈局长以外，各人还带了一位算租谷的先生。其他的两位不认识，一个有兜腮胡须的像菩萨，一位漂漂亮亮的后生子。

"云普！你费了力呀！"满面花白胡子，眼睛像老鼠的三爹说。

"实在没有什么，不恭敬得很！只好请二爹，八爷，陈老爷原谅原谅！唉！老了，实在对不住各位爷们！"

云普叔战战兢兢地回答着，身子几乎缩成了一团。"老了"两个字说得特别地响，接着便是满脸的苦笑。

"我们叫你不要来这些客气，你偏要来，哈哈！"何八爷张开着没有血色的口，牙齿上堆满了大粪。

"八爷，你老人家……唉！这还说得上客气吗？不过是聊表佃户们一点孝心而已！一切还是要请八爷的海量包涵！"

"哈哈！"

陈局长也跟着说了几句勉励劝慰的话，少普才从后面把菜一碗一碗地捧出来。

"请呀！"

筷子羹匙，开始便像狼吞虎咽一样。云普叔和少普二人分立在左右两旁侍候，眼睛都注视着桌上的菜肴。当肥肥的一块肉被爷们吞嚼得津津有味时，他们的喉咙里像有无数只蚂蚁在那里爬进爬出。涎水从口角里流了出来,又强迫把它吞进去。最后少普简直馋得流出来眼泪了,要不是有云普叔在他旁边,他真想跑上去抢一块来吃吃。

像上战场一般地挨过了半点钟,爷们都吃饱了。少普忙着泡茶搬桌子,爷们都闲散地走动着。五分钟后,又重新地围坐拢来。

云普叔垂着头,靠着门框边站着,恭恭敬敬地听候爷们说话。

"云普,饭也吃过了,你有什么话,现在尽管向我们说呀!"

"三爹,八爷,陈老爷都在这里,难道你们爷们还不明白云普的困难吗?总得求求爷们……"

"今年的收成不差呀!"

"是的,八爷!"

"那么,你打算要说些什么呢?"

"我想,想求求爷们!……"

"啊!你说。"

"实在是云普去年的元气伤狠了,一时恢复不起来。满门大小天天要吃这些,云普又没有力量赚活钱,呆板地靠田中过日子。总得要求求八爷,三爹……"

"你的打算呢?"

"总求八爷高抬贵手,在租谷项下,减低一两分。去年借的豆子和今年种谷项下,也要请八爷格外开恩!……三爹,你老人家也……"

"好了,你的意思我统统明白了,无非是要我们少收你几粒谷。可是云普,你也应当知道呀!去年,去年谁没有遭水灾呢?我们的元气说不定还要比你损伤得厉害些呢!我们的开销至少要比你大上三十倍,有谁来替我们赚进一个活钱呢?除了这几粒租谷以外!……至于去年我借给你的豆子,你就更不能说什么开恩不开恩,那是救过你们性命的东西啦!借给你吃已算是开过恩了,现在你还好意思说一句不还吗?……"

"不是不还八爷,我是想要求八爷在利钱上……"

"我知道呀!我怎能使你吃亏呢?借豆子的不止你一个人。你的能够少,别人的也能够少。这是万万做不到的事情啊!至于种谷,那更不是我的事情,我仅仅经了一下手,那是县库里的东西,我怎么能够做主呢?"

"是的,八爷说的也是真情!云普老了,这次只要求八爷三爹格外开一回恩,下年收成如果好,我决不拖欠!一切沾爷们的光!……"

云普叔的脸色十分地沮丧了,说话时的喉咙也硬酸酸的。无论如何,他要在这儿尽情地哀告。至少,一年的吃用是要求到的。

"不行!常年我还可以通融一点,今年半点也不能行!假使每个人都和你一样地麻烦,那还了得!而且我也没有那许多精神来应付他们。不过,你是太可怜了,八爷也决不会使你吃亏的。

你今年除去还捐还债以外,实实在在还能落到手几多?你不妨报出来给我听听看!"

"这还打得过八爷的手板心吗?一共收下来一百五十担谷子,三爹也要,陈老爷也要,团防局也要,捐钱,粮饷……"

"哪里只有这一点呢?"

"真的,我可以赌咒!……"

"那么,我来给你算算看!"

八爷一面说着,一面回头叫了那位穿蓝布长衫的算租先生:

"涤新!你把云普欠我的租和账算算看。"

"八爷,算好了!连租谷,种子,豆子钱,头利一共一百零三担五斗六升!云普的谷,每担作价一块三角六。"

"三爹你呢?"

"大约也不过三十担吧!"

"堤局约十来担光景!"陈局长说。

"那么,云普你也没有什么开销不来呀!为什么要这样噜苏呢?"

"哎呀!八爷!我一家老小不吃吗?还有团防费,粮饷,捐钱都在里面!八爷呀!总要你老人家开恩!……"

云普叔的眼泪跑出来了!在这种紧急关头中,他只有用最后的哀告来博取爷们的怜悯心。他终于跪下来了,向爷们像拜菩萨一样地叩了三四个响头。

"八爷三爹呀!你老人家总要救救我这老东西!……"

"唔！……好！云普，我答应你。可是，现在的租谷借款项下，一粒也不能拖欠。等你将来到了真正不能过门的时候，我再借给你一些吃谷是可以的！并且，明天你就要替我把谷子送来！多挨一天，我便多要一天的利息！四分五！四分五！……"

"八爷呀！"

第二天的清早，云普叔眼泪汪汪地叫起来了少普，把仓门打开。何八爷李三爷的长工都在外面等待着。这是爷们的恩典，怕云普叔一天送去不了这许多，特地打发自家的长工来帮忙挑运。

黄黄的，壮壮的谷子，一担一担地从仓孔中量出来，云普叔的心中，像有千万利刀在那里宰割。眼泪水一点一点地淌下，浑身阵阵地发颤。英英满面泪容的影子、蚕豆子的滋味、火烈的太阳、狂阔的大水、观音粉、树皮……都趁着这个机会，一齐涌上了云普叔的心头。

长工的谷子已经挑上肩了，回头叫着云普叔：

"走呀！"

云普叔用力地把谷子挑起来，像有一千斤重。汗如大雨一样地落着！举眼恨恨地对准何八爷的庄上望了一下，两腿才跨出头门。勉强地移过三五步，脚底下活像着了锐刺一般地疼痛。他想放下来停一停，然而头脑晕眩了，经不起一阵心房的惨痛，便横身倒下来了！

"天啦！"

他只猛叫了这么一句，谷子倾翻了一满地。

"少普!少普!你爹爹发痧!"

"爹爹!爹爹!爹爹呀!……"

"云普,云普!"

"妈妈来呀,爹爹不好了!"

云普婶也急急地从里面跑出来,把云普叔抬卧在戏台下的一块门板上,轻轻地在他的浑身上下捶动着:

"你有什么地方难过吗?"

"唔!……"

云普叔的眼睛闭上了。长工将一担一担的谷子从云普叔的身边挑过,脚板来往的声音,统统像踏在云普叔的心上。渐渐地,在他的口里冒出了鲜血来。

保甲正带着一位委员老爷和两个佩盒子炮的大兵闯进来了,后面还跟着五六个备有箩筐扁担的工役。

"怎么!云普生病了吗?"

少普随即走来打了招呼:

"不是的,刚刚劳动了一下,发痧!"

"唔!……"

"云普!云普!"

"有什么事情呀,甲老爷?"少普代替说。

"收捐款的!剿共,救国,团防,你爹爹名下一共一十七元一角九分。算谷是一十四担三斗零三合。定价一元二角整!"

"唔!几时要呢?"

"马上就要量谷的!"

"啊!啊啊!……"

少普望着自己的爹爹,又望望大兵和保甲,他完全莫名其妙地发痴了!何李两家的长工,都自动地跳进了仓门那里量谷。保甲老爷也赶着钻了进去:

"来呀!"

外面等着的一群工役统统跑进来了,都放下箩筐来准备装谷子。

"他们难道都是强盗吗?"

少普清醒过来了,心中涌上异样的恼愤。他举着血红的眼睛,望了这一群人,心火一把一把地往上冒。他始终不明白,为什么自己辛辛苦苦种下来的谷子,都一担一担地送给人家挑走。这些人又都那样地不讲理性。他咬紧了牙齿,想跑上去把这些强盗抓几个来饱打一顿,要不是旁边两个佩盒子炮的向他盯了几眼。

"唔!……唔!……哎呀!……"

"爹爹!好了一点吗?……"

"唔!……"

只有半点钟工夫,工役长工们都走光了。保甲慢慢地从仓孔中爬出来,望着那位委员老爷说道:

"完了,除去何李两家的租谷和堤费外,捐款还不够二担三斗多些。"

"那么,限他三天之内自己送到镇上去!你关照他一声。"

"少普!你等一会儿告诉你爹爹,还差三担三斗五升多捐款,限他三天内亲自送到局里去!不然,随即就会派兵来抓人。"保甲恶狠狠地传达着。

"唔!"

人们在少普朦胧的视线中消失了。他转身向仓孔中一望:天哪!那里面只剩了几块薄薄的仓板子了。

他的眼睛发了昏,整个的世界都好像在团团地旋转!

"唔……哎哟!……"

"爹爹呀!……"

九

立秋回来了,时候是黑暗无光的午夜!

"真的有抢谷的强盗啊!"

云普叔又继连地发了几次昏。他紧紧地把握着立秋的手腕,颤动地说道:

"立秋!我们的谷子呢?今年,今年是一个少有的丰年呀!"

立秋的心房创痛了!半晌,才咬紧牙关地安慰了他的爹爹:

"不要紧的哟!爹爹。你老人家何必这样伤心呢?我不是早就对你老人家说过了吗?迟早总有一天的,只要我们不再上当了。现在垄上还有大半没有纳租谷还捐的人,都准备好了不理他们。要不然,就是一次大的拼命!今晚,我还要到那边去呢!"

"啊!……"

模糊中云普叔像做了一场大梦。他隐约地了解儿子立秋不常在家的原因。十五六年农民会的影子,突然地浮上了他的脑海里,勉强地展开着眼睛,苦笑地望了立秋一眼,很迟疑地说道:

"好,好,好啊!你去吧,愿天老爷保佑他们!"

一九三三年五月二十日,上海

为奴隶的母亲

/// 柔石

她的丈夫是一个皮贩,就是收集乡间各猎户的兽皮和牛皮,贩到大埠上出卖的人。但有时也兼做点农作,芒种的时节,便帮人家插秧,他能将每行插得非常直,假如有五人同在一个水田内,他们一定叫他站在第一个做标准,然而境况是不佳,债是年年积起来了。他大约就因为境况的不佳,烟也吸了,酒也喝了,钱也赌起来了。这样,竟使他变作一个非常凶狠而暴躁的男子,但也就更贫穷下去。连小小的移借,别人也不敢答应了。

在穷的结果的病以后,全身便变成枯黄色,脸孔黄得和小铜鼓一样,连眼白也黄了。别人说他是黄疸病,孩子们也就叫他"黄胖"了。有一天,他向他的妻说:

"再也没有办法了。这样下去,连小锅子也都卖去了。我想,还是从你的身上设法罢。你跟着我挨饿,有什么办法呢?"

"我的身上？……"

他的妻坐在灶后，怀里抱着她刚满五周的男小孩——孩子还在啜着奶，她讷讷地低声地问。

"你，是呀。"她的丈夫病后的无力的声音，"我已经将你出典了……"

"什么呀？"他的妻子几乎昏去似的。

屋内是稍稍静寂了一息。他气喘着说：

"三天前，王狼来坐讨了半天的债回去以后，我也跟着他去，走到九亩潭边，我很不想要做人了。但是坐在那株爬上去一纵身就可落在潭里的树下，想来想去，总没有力气跳了。猫头鹰在耳朵边不住地啭，我的心被它叫寒起来，我只得回转身，但在路上遇见了沈家婆，她问我，晚也晚了，在外做什么。我就告诉她，请她代我借一笔款，或向什么人家的小姐借些衣服或首饰去暂时当一当，免得王狼的狼一般的绿眼睛天天在家里闪烁。可是沈家婆向我笑道：

"'你还将妻养在家里做什么呢？你自己黄也黄到这个地步了。'

"我低着头站在她面前没有答，她又说：

"'儿子呢，你只有一个，舍不得。但妻——'

"我当时想：莫非叫我去卖妻子吗？

"而她继续道：

"'但妻——虽然是结发的，穷了，也没有法。还养在家里

做什么呢？'

"这样，她就直说出：'有一个秀才，因为没有儿子，年纪已五十岁了，想买一个妾；又因他的大妻不允许，只准他典一个，典三年或五年，叫我物色相当的女人：年纪三十岁左右，养过两三个儿子的，人要稳重老成，又肯做事，还要对他的大妻肯低眉下首。这次是秀才娘子向我说的，假如条件合，肯出八十元或一百元的身价。我代她寻好几天，总没有相当的女人。'她说，现在碰到我，想起了你来，样样都对的。当时问我的意见怎样，我一边掉了几滴泪，一边却被她说得答应她了。"

说到这里，他垂下头，声音很低弱，停止了。他的妻简直痴似的，话一句没有。又静寂了一息，他继续说：

"昨天，沈家婆到过秀才的家里，她说秀才很高兴，秀才娘子也喜欢，钱是一百元，年数呢，假如三年养不出儿子，是五年。沈家婆并将日子也拣定了——本月十八，五天后。今天，她写典契去了。"

这时，他的妻简直连腑脏都颤抖，吞吐着问："你为什么早不对我说？"

"昨天在你的面前旋了三个圈子，可是对你说不出。不过我仔细想，除出将你的身子设法外，再也没有办法了。"

"决定了么？"妇人战着牙齿问。

"只待典契写好。"

"倒霉的事情呀，我！——一点也没有别的方法了吗？春宝的爸呀！"

春宝是她怀里的孩子的名字。

"倒霉，我也想到过，可是穷了，我们又不肯死，有什么办法？今年，我怕连插秧也不能插了。"

"你也想到过春宝么？春宝还只有五岁，没有娘，他怎么好呢？"

"我领他便了，本来是断了奶的孩子。"

他似乎渐渐发怒了，也就走出门外去了。她，却呜呜咽咽地哭起来。

这时，在她过去的回忆里，却想起恰恰一年前的事：那时她生下了一个女儿，她简直如死去一般地卧在床上。死还是整个的，她却肢体分作四碎与五裂。刚落地的女婴，在地上的干草堆上叫"呱呀，呱呀"，那时声音很重的，手脚揪缩。脐带绕在她的身上，胎盘落在一边，她很想挣扎起来给她洗好，可是她的头昂起来，身子凝滞在床上。这样，她看见她的丈夫，这个凶狠的男子，飞红着脸，提了一桶沸水到女婴的旁边。她简单用了她一生的最后的力向他喊："慢！慢……"但这个病前极凶狠的男子，没有一分钟商量的余地，也不答半句话，就将"呱呀，呱呀"声音很重地在叫着的女儿，刚出世的新生命，用他的粗暴的两手捧起来，如屠户捧将杀的小羊一般，扑通，投下在沸水里了！除出沸水的溅声和皮肉吸收沸水的嘶声以外，女孩一声也不喊——她疑问地想，为什么也不重重地哭一声呢？竟这样不响地愿意冤枉死去么？啊！——她转念，那是因为她自己当时昏过去的缘故，她当时剜去了心一般地昏去了。

想到这里，似乎泪竟干涸了。"唉！苦命呀！"她低低地叹息了一声。这时春宝拔去了奶头，向他的母亲的脸上看，一边叫："妈妈！妈妈！"

在她将离别的前一晚，她拣了房子的最黑暗处坐着。一盏油灯点在灶前，萤火那么地光亮。她，手里抱着春宝，将她的头贴在他的头发上。她的思想似乎浮漂在极远，可是她自捉摸不定远在哪里。终于是它慢慢地跑过来，跑到眼前，跑到她的孩子的身上。她向她的孩子低声叫：

"春宝，宝宝！"

"妈妈。"孩子含着奶头答。

"妈妈明天要去了……"

"唔。"孩子似不十分懂得，本能地将头钻进他母亲的胸膛。

"妈妈不回来了，三年内不能回来了！"

她擦一擦眼睛，孩子放松口子问：

"妈妈哪里去呢？庙里么？"

"不是，三十里路外，一家姓李的。"

"我也去。"

"宝宝去不得的。"

"呃！"孩子反抗地，又吸着并不多的奶。

"你跟爸爸在家里，爸爸会照料宝宝的：同宝宝睡，也带宝宝玩，你听爸爸的话好了。过三年……"

她没有说完，孩子要哭似的说：

"爸爸要打我的！"

"爸爸不再打你了。"同时用她的左手抚摸着孩子的右额，在这上，有他父亲在杀死他刚生下的妹妹后第三天，用锄柄敲他，肿起而又平复了的伤痕。

她似乎还想对孩子说话，她的丈夫踏进门了。他走到她的面前，一只手放在袋里，掏取着什么，一边说：

"钱已经拿来七十元了。还有三十元要等你到了十天后付。"

停了一息说："也答应轿子来接。"

又停了一息说："也答应轿夫一早吃好早饭来。"

这样，他离开了她，向门外走出去了。

这一晚，她和她的丈夫都没有吃晚饭。

第二天，春雨竟滴滴渐渐地落着。

轿子是一早就到了。可是这妇人，她却一夜不曾睡。她先将春宝的几件破衣服都修补好；春将完了，夏将到了，可是她，连孩子冬天用的破烂棉袄都拿出来，移交给他的父亲——实在，他已经在床上睡去了。以后，她坐在他的旁边，想对他说几句话，可是长夜是迟延着过去，她的话一句也说不出。而且，她大着胆向他叫了几声，发了几个听不清楚的音，声音在他的耳外，她也就睡下不说了。

等她蒙蒙眬眬地刚离开思索将要睡去,春宝醒了,他就推叫他的母亲,要起来。以后当她给他穿衣服的时候,向他说:

"宝宝,好好地在家里,不要哭,免得你爸爸打你。以后妈妈常买糖果来,买给宝宝吃,宝宝不要哭。"

而小孩子竟不知道悲哀是什么一回事,张大口子"唉,唉……"地唱起来了。她在他的唇边吻了一吻,又说:

"不要唱,你爸爸被你唱醒了。"

轿夫坐在门首的板凳上,抽着旱烟,说着他们自己要听的话。一息,邻村的沈家婆也赶到了。一个老妇人,熟识世故的媒婆,一进门,就拍拍她身上的雨点,向他们说:

"下雨了,下雨了,这是你们家里此后会有滋长的预兆。"

老妇人忙碌似的在屋内旋了几个圈,对孩子的父亲说了几句话,意思是讨酬报。因为这件契约之能订得如此顺利而合算,实在是她的力量。

"说实在话,春宝的爸呀,再加五十元,那老头子可以买一房妾了。"她说。

于是又转向催促她——妇人却抱着春宝,这时坐着不动。老妇人声音很高地:

"轿夫要赶到他们家里吃中饭的,你快些预备走呀!"

可是妇人向她瞧了一瞧,似乎说:"我实在不愿离开呢!让我饿死在这里罢!"

声音是在她的喉下,可是媒婆懂得了,走近到她前面,眯眯地向她笑说：

"你真是一个不懂事的丫头，黄胖还有什么东西给你呢？那边真是一份有吃有剩的人家，两百多亩田，经济很宽裕，房子是自己的，也雇着长工养着牛。大娘的性子是极好的，对人非常客气，每次看见人总给人一些吃的东西。那老头子——实在并不老，脸是很白白的，也没有留胡了，因为读了书，背有些佝偻的，斯文的模样。可是也不必多说，你一走下轿就看见的，我是一个从不说谎的媒婆。"

妇人拭一拭泪，极轻地：

"春宝……我怎么抛开他呢！"

"不用想到春宝了。"老妇人一手放在她的肩上，脸凑近她和春宝，"有五岁了，古人说'三周四岁离娘身'，可以离开你了。只要你肚子争气些，到那边，也养下一二个来，万事都好了。"

轿夫也在门首催起身了，他们噜苏着说：

"又不是新娘子，啼啼哭哭的。"

这样，老妇人将春宝从她的怀里拉去，一边说：

"春宝让我带去罢。"

小小的孩子也哭了，手脚乱舞的，可是老妇人终于给他抱到小门外去。当妇人走进轿门的时候，向他们说：

"带进屋里来罢，外边有雨呢。"

她的丈夫用手支着头坐着，一动没有动，而且也没有话。

两村的相隔有三十里路,可是轿夫的第二次将轿子放下肩,就到了。春天的细雨,从轿子的布篷里飘进,吹湿了她的衣衫。一个脸孔肥肥的,两眼很有心计的约莫五十四五岁的老妇人来迎她,她想:这当然是大娘了。可是只向她满面羞涩地看一看,并没有叫。她很亲昵似的将她牵上沿阶,一个长长的瘦瘦的而面孔圆细的男子就从房里走出来。他向新来的少妇,仔细地瞧了瞧,堆出满脸的笑容来,向她问:

"这么早就到了么?可是打湿你的衣裳了。"

而那位老妇人,却简直没有顾到他的说话,也向她问:

"还有什么东西在轿里吗?"

"没有什么了。"少妇答。

几位邻舍的妇人站在大门外,探头张望的;可是她们走进屋里面了。

她自己也不知道这究竟为什么,她的心老是挂念着她的旧的家,掉不下她的春宝。这是真实而明显的,她应庆祝这将开始的三年的生活——这个家庭,和她所典给他的丈夫,都比曾经过去的要好,秀才确是一个温良和善的人,讲话是那么地低声,连大娘,实在也是一个出乎意料之外的妇人,她的态度之殷勤,和滔滔的一席话:说她和她丈夫的过去的生活之经过,从美满而漂亮的结婚生活起,一直到现在,中间的三十年。她曾坐过一次的产,十五六年以前,养下一个男孩子,据她说,是一个极美丽又极聪明的婴儿,可是不到十个月竟患天花死去了。这样,以后就没有养过第二个。在她的意思中,似乎——似乎——早就叫她的丈夫娶一房妾,可是他,不知是爱她呢,还是没有相当的人——这一层她并没有说清楚;于是,就一直到现在。这样,竟说得这个具着朴素的心地的她,一时酸,一会苦,一时甜上心头,一时又咸地压下去了。最后这个老妇人并将她的希望也向她说出来了。她的脸是娇红的,可是老夫人说:

"你是养过三四个孩子的女人了,当然,你是知道什么的,你一定知道得还比我多。"

这样,她说着走开了。

当晚,秀才也将家里的种种情形告诉她,实际,不过是向她夸耀或求媚罢了。她坐在一张橱子的旁边,这样的红的木橱,是她旧的家所没有的,她眼睛白晃晃地瞧着它。秀才也就坐在橱子的面前来,问她:

"你叫什么名字呢?"

她没有答,也并不笑,站起来,走在床的前面,秀才也跟到床的旁边,带笑地问她:

"怕羞么?哈,你想你的丈夫么?哈,哈,现在我是你的丈夫了。"声音是轻轻的,又用手去牵着她的袖子,"不要愁罢!你也想你的孩子的,是不是?不过——"

他没有说完却又哈哈地笑了一声,他自己脱去他外面的长衫了。

她可以听见房外的大娘的声音在高声地骂着什么人,她一时听不出在骂谁,骂烧饭的女仆,又好像骂她自己,可是因为她的怨恨，仿佛又是为她而发的。秀才在床上叫道：

"睡罢，她常是这么噜噜苏苏的。她以前很爱那个长工，因为长工要和烧饭的黄妈多说话，她却常要骂黄妈的。"

日子是一天天地过去了。旧的家，渐渐地在她的脑子里疏远了，而眼前，却一步步地亲近她使她熟悉。虽则，春宝的哭声有时竟在她耳朵边响，梦中，她也几次地遇到过他了。可是梦是一个比一个缥缈，眼前的事务是一天比一天繁多。她知道这个老妇人是猜忌多心的，外表虽则对她还算大方，可是她的嫉妒的心是和侦探一样，监视着秀才对她的一举一动。有时，秀才从外面回来，先遇见了她而同她说话，老妇人就疑心有什么特别的东西买给她了，非在当晚，将秀才叫到她自己的房内去，狠狠地训斥一番不可。"你给狐狸迷着了么？""你应该称一称你自己的老骨头是多少重！"像这样的话，她耳闻到不止一次了。这样以后，她望见秀才从外面回来而旁边没有她坐着的时候，就非得急忙避开不可。即使她在旁边，有时也该让开些，但这种动作，她要做得非常自然，而且不能让别人看出，否则，她又要向她发怒，说是她有意要在旁人的前面暴露她大娘的丑恶。而且以后，竟将家里的许多杂务都堆积在她的身上，同一个女仆那么样。她还算是聪明的，有时老妇人的换下来的衣服放着，她也给她拿去洗了，虽然她说：

"我的衣服怎么要你洗呢？就是你自己的衣服，也可叫黄妈洗的。"可是接着说：

"妹妹呀,你最好到猪栏里去看一看,那两只猪为什么这样喂喂叫的,或者因为没有吃饱罢,黄妈总是不肯给它们吃饱的。"

八个月了,那年冬天,她的胃却起了变化:老是不想吃饭,想吃新鲜的面,番薯等。但番薯或面吃了两餐,又不想吃,又想吃馄饨,多吃又要呕。而且还想吃南瓜和梅子——这是六月里的东西,真稀奇,向哪里去找呢?秀才是知道在这个变化中所带来的预告了。他整日地笑微微,能找到的东西,总忙着给她找来。他亲身给她街上去买橘子,又托便人买了金柑来,他在廊檐下走来走去,口里念念有词的,不知说什么。他看她和黄妈磨过年的粉,但还没有磨了三升,就向她叫:"歇一歇罢,长工也好磨的,年糕是人人要吃的。"

有时在夜里,人家谈着话,他却独自拿了一盏灯,在灯下,读起《诗经》来了:

关关雎鸠,在河之洲,窈窕淑女,君子好逑——

这时长工向他问:

"先生,你又不去考举人,还读它做什么呢?"

他却摸一摸没有胡子的口边,悦悦地说道:

"是呀,你也知道人生的快乐么?所谓:'洞房花烛夜,金榜挂名时。'你也知道这两句话的意思么?这是人生的最快乐的两件事呀！可是我对于这两件事都过去了，我却还有比这两件更快乐的事呢！"

这样，除出他的两个妻以外，其余的人们都大笑了。

这些事，在老妇人眼睛里是看得非常气恼了。她起初闻到她的受孕也欢喜，以后看见秀才的这样奉承她，她却怨恨她自己肚子的不会还债了。有一次，次年三月了，这妇人因为身体感觉不舒服，头有些痛，睡了三天。秀才呢，也愿她歇息歇息，更不时地问她要什么，而老妇人却着实地发怒了。她说她装娇，噜噜苏苏地说了三天。她先是恶意地讥嘲她：说是一到秀才的家里就高贵起来了，什么腰酸呀，头痛呀，姨太太的架子也都摆出来了；以前在自己的家里，她不相信她有这样的娇养，恐怕竟和街头的癞狗一样，肚皮里有着一肚子的小狗，临产了，还要到处地奔求着食物。现在呢，因为"老东西"——这是秀才的妻叫秀才的名字——趋奉了她，就装着娇滴滴的样子了。

"儿子，"她有一次在厨房里对黄妈说："谁没有养过呀？我也曾怀过十个月的孕，不相信有这么的难受。而且，此刻的儿子，还在'阎罗王的簿里'，谁保得定生出来不是一只癞蛤蟆呢？也等到真的'鸟儿'从洞里钻出来看见黑白了，才可在我的面前显威风，摆架子，此刻，不过是一块血的猫头鹰，就这么地装腔，也显得太早一点！"

当晚这妇人没有吃晚饭，这时她已经睡了，听了这一番恶毒的冷嘲与热骂，她呜呜咽咽地低声哭泣了。秀才也带衣服坐在床上，听到浑身透着冷汗，发起抖来。他很想扣好衣服，重新走起来去打她一顿，抓住她的头发狠狠地打她一顿，泄泄他一肚皮的气。但不知怎样，似乎没有力量，连指也颤动，臂也酸软了，一边轻轻地叹息着说：

"唉，一向实在太对她好了。结婚了三十年，没有打过她一掌，简直连指甲都没有弹到她的皮肤上过，所以今日，竟和娘娘一般地难惹了。"

同时，他爬过到床的那端，她的身边向她耳语说：

"不要哭罢，不要哭罢，随她吠去好了！她是阉过的母鸡，看见别人的孵卵是难受的。假如你这一次真能养出一男孩子来，我当送你两样宝贝——我有一只青玉的戒指，一只白玉的……"

他没有说完，可是他忍不住听下门外的他的大妻的喋喋的讥笑声音，他急忙地脱去了衣服，将头钻进被窝里去，凑向她的胸脯，一边说：

"我有白玉的……"

肚子一天天地膨胀得如斗那么大，老妇人终究也将产婆雇定了，而且在别人的面前，竟拿起花布来做婴儿用的衣服。

酷热的暑天到了尽头，旧历的六月，他们在希望的眼中过去。秋开始，凉风也拂拂地在乡镇上吹送。于是有一天，这全家的人们都到了希望的最高潮，屋里的空气完全地骚动起来。秀才的心更是异常地紧张，他在天井上不断地徘徊，手里捧着一本历书，好似要把它读得背诵那么地念去——"戊辰""甲戌""壬寅"，老是反复地轻轻地说着。有时他的焦急的眼光向一间关了窗的房子望去——在这间房子内是有产母的低声呻吟的声音；有时他向天上望一望被云笼罩着的太阳，于是又走向房门口，向站在房门内的黄妈问：

"此刻如何？"

黄妈不住地点着头不做声响，一息，答：

"快下来了，快下来了。"

于是他又捧了那本历书，在廊下徘徊起来。

这样的情形，一直继续到黄昏的青烟在地面起来，灯火一盏盏地如春天的野花般在屋内开起，婴儿才落地了，是一个男的。婴儿的声音很重地在屋内叫，秀才却坐在屋角里，几乎快乐到流出泪来了。全家的人都没有心思吃晚饭，在平淡的晚餐席上，秀才的大妻向用人们说道：

"暂时瞒一瞒罢，给小猫头避避晦气；假如别人问起，也答养一个女的好了。"

他们都微笑地点点头。

一个月以后，婴儿的白嫩的小脸孔，已在秋天的阳光里照耀了。这个少妇给他哺着奶，邻舍的妇人围着他们瞧，有的称赞婴儿的鼻子好，有的称赞婴儿的口子好，有的称赞婴儿的两耳好；更有的称赞婴儿的母亲，也比以前好，白而且壮了。老妇人却和老祖母那么地吩咐着，保护着，这时开始说：

"够了，不要弄他哭了。"

关于孩子的名字，秀才是煞费苦心地想着，但总想不出一个相当的字来。据老妇人的意见，还是从"长命富贵"或"福禄寿喜"里拣一个字，最好还是"寿"字或"寿"同意义的字，如"期颐""彭祖"等。但秀才不同意，以为太通俗，人云亦云的名字。于是翻开了《易经》《书经》，向这里面找，但找了半月，一月，还没有恰贴的字。在他的意思：以为在这个名字内，一边要祝福孩子，一边要包含他的老而得子的蕴义，所以竟不容易找。这一天，他一边抱着三个月的婴儿，一边又向书里找名字，戴着一副眼镜，将书递到灯的旁边去。婴儿的母亲呆呆地坐在房内的一边，不知思想着什么，却忽然开口说道：

"我想，还是叫他'秋宝'罢。"屋内的人们的几对眼睛都转向她，注意地静听着："他不是生在秋天吗？秋天的宝贝——还是叫他'秋宝'罢。"

秀才呆了一息立刻接着说道："是呀，我真煞费心思了。我年过半百，实在到了人生的秋期；孩子也正养在秋天；'秋'是万物成熟的季节，秋宝，实在是很好的名字呀！而且《书经》里没有载着么？'乃亦有秋'，我真乃亦有'秋'了！"

接着，又称赞了一通婴儿的母亲：说是呆读书实在无用，聪明是天生的。这些话，说得这妇人连坐着都局促不安，垂下头，苦笑地又含泪地想：

"我不过因春宝想到了。"

秋宝是天天成长得非常可爱地离不开他的母亲了。他有出奇的大的眼睛，对陌生人是不倦地注视地瞧着，但对他的母亲，却远远地一眼就知道了。他整天地抓住了他的母亲，虽则秀才是比她还爱他，但不喜欢父亲，秀才的大妻呢，表面也爱他，似爱她自己亲生的儿子一样，但在婴儿的大眼睛里，却看她似陌生人，也用奇怪的不倦的视法。可是他的执住他的母亲愈紧，而他的母亲离开这家的日子也愈近了。春天的口子咬住了冬天的尾巴，而夏天的脚又常是紧随着在春天的身后的：这样，谁都将孩子的母亲的三年快到的问题横放在心头上。

秀才呢，因为爱子的关系，首先向他的大妻提出来了，他愿意再拿出一百元钱，将她永远买下来。可是他的大妻的回答是：

"你要买她，那先给我药死罢！"

秀才听到这句话，气得只向鼻孔放出气，许久没有说；以后，他反而做着笑脸地：

"你想想孩子没有娘……"

老妇人也尖利地冷笑地说：

"我不好算是他的娘么？"

在孩子的母亲的心呢，却正矛盾这两种的冲突了：一边，她的脑里老是有"三年"这两个字，三年是容易过去的，于是她的生活便变作在秀才家里的用人似的了。而且想象中的春宝，也同眼前的秋宝一样活泼可爱，她既舍不得秋宝，怎么就能舍得掉春宝呢？可是另一边，她实在愿意永远在这新的家里住下去，她想，春宝的爸爸不是一个长寿的人，他的病一定是在三五年之内要将他带走到不可知的异国里去的,于是,她便要求她的第二个丈夫,将春宝也领过来,这样,春宝也在她的眼前。

有时,她倦坐在房外的沿廊下,初夏的阳光,异常地能令人昏蒙地起幻想,秋宝睡在她的怀里,含着她的乳,可是她觉得仿佛春宝同时也站在她的旁边,她伸出手去也想将春宝抱近来,她还要对他们兄弟两人说几句话,可是身边是空空的。

在身边的较远的门口,却站着这位脸孔慈善而眼睛凶毒的老妇人,目光注视着她。这样,她也恍恍惚惚地敏悟:"还是早些脱离开罢,她简直探子一样地监视着我了。"可是忽然怀内的孩子一叫,她却又什么也没有地只剩着眼前的事实来支配她了。

以后,秀才又将计划修改了一些:他想叫沈家婆来,叫她向秋宝的母亲的前夫去说,他愿否再拿进三十元——最多是五十元,将妻续典三年给秀才。秀才对他的大妻说:

"要是秋宝到五岁,是可以离开娘了。"

他的大妻正是手里捻着念佛珠,一边在念着"南无阿弥陀佛",一边答:

"她家里也还有前儿在,你也应放她和她的结发夫妇团聚一下罢。"

秀才低着头,断断续续地仍然这样说:

"你想想秋宝两岁就没有娘……"

可是老妇人放下念佛珠说:

"我会养的,我会管理他的,你怕我谋害了他么?"

秀才一听到末一句话，就拔步走开了。老妇人仍在后面说：

"这个儿子是帮我生的，秋宝是我的；绝种虽然是绝了你家的种，可是我却仍然吃着你家的饭。你真被迷了，老昏了，一点也不会想了。你还有几年好活，却要拼命拉她在身边？双连牌位，我是不愿意坐的！"

老妇人似乎还有许多刻毒的锐利的话，可是秀才走远开听不见了。

在夏天，婴儿的头上生了一个疮，有时身体稍稍发些热，于是这位老妇人就到处地问菩萨，求佛药，给婴儿敷在疮上，或灌下肚里，婴儿的母亲觉得并不十分要紧，反而使这样小小的生命哭成一身的汗珠，她不愿意，或将吃了几口的药暗地里拿去倒掉。于是这位老妇人就高声叹息，向秀才说：

"你看她竟一点也不介意他的病，还说孩子是并不怎样瘦下去。爱在心里的是深的，专疼表面是假的。"

这样，妇人只有暗自挥泪，秀才也不说什么话了。

秋宝一周纪念的时候，这家热闹地排了一天的酒筵，客人也到了三四十，有的送衣服，有的送面，有的送银质的狮头，给婴儿挂在胸前的，有的送镀金的寿星老头儿，给孩子钉在帽上的，许多礼物，都在客人的袖子里带来了。他们祝福着婴儿的飞黄腾达，赞颂着婴儿的长寿永生；主人的脸孔，竟是荣光照耀着，有如落日的云霞反映着在他的颊上的。

可是在这天，正当他们筵席将举行的黄昏时，来了一个客，从朦胧的暮光中向他们的天井走进，人们都注意他：一个憔悴异常的乡人，衣服补衲的，头发很长，在他的腋下，挟着一个纸包。主人骇异地迎上前去，问他是哪里人，他口吃似的答了，主人一时糊涂的，但立刻明白了，就是那个皮贩。主人更轻轻地说：

"你为什么也送东西来了？你真不必的呀！"

来客胆怯地向四周看看，一边答说：

"要，要的……我来祝贺这个宝贝长寿千……"

他似没有说完，一边将腋下的纸包打开来了，手指颤动地打开了两三重的纸，于是拿出四只铜制镀银的字，一方寸那么大，是"寿比南山"四字。

秀才的大娘走来了，向他仔细一看，似乎不大高兴。秀才却将他招待到席上，客人们互相私语着。

两点钟的酒与肉，将人们弄得胡乱与狂热了：他们高声猜着拳，用大碗盛着酒互相比赛，闹得似乎房子都被震动了。只有那个皮贩，他虽然也喝了两杯酒，可是仍然坐着不动，客人们也不招呼他。等到兴尽了，于是各人草草地吃了一碗饭，互祝着好话，从两两三三的灯笼光影中，走散了。

而皮贩，却吃到最后，用人来收拾羹碗了，他才离开了桌，走到廊下的黑暗处。在那里，他遇见了他的被典的妻。

"你也来做什么呢？"妇人问，语气是非常凄惨的。

"我哪里又愿意来，因为没有法了。"

"那么你为什么来得这样晚？"

"我哪来买礼物的钱呀？！奔跑了一上午，哀求了一上午，又到城里买礼物，走得乏了，饿了，也迟了。"

妇人接着问：

"春宝呢？"

男子沉吟了一息答：

"所以，我是为春宝来的。……"

"为春宝来的？"妇人惊异地回音似的问。

男人慢慢地说：

"从夏天来，春宝是瘦得异样了。到秋天，竟病起来了。我又哪里有钱给他请医生吃药，所以现在，病是更厉害了！再不想法救救他，眼见得要死！"静寂了一刻，继续说，"现在，我是向你来借钱的……"

这时妇人的胸腔内，简直似有四五只猫在抓她，咬她，咀嚼着她的心脏一样。她恨不得哭出来，但在人们个个向秋宝祝颂的日子，她又怎么好跟在人们的声音后面叫哭呢？她吞下她的眼泪，向她的丈夫说："我又哪里有钱呢？我在这里，每月只给我两角钱的零用，我自己又哪里要用什么，悉数补在孩子的身上了。现在，怎么好呢？"

他们一时没有话，以后，妇人又问：

"此刻有什么人照顾着春宝呢？"

"托了一个邻舍，今晚我仍旧想回家，我就要走了。"

他一边说着，一边揩着泪。女的同时哽咽着说：

"你等一下罢，我向他去借借看。"

她就走开了。

三天以后的一天晚上，秀才忽然问这妇人道：

"我给你的那只青玉戒指？"

"在那天夜里，给了他了。给了他拿去当了。"

"没有借你五块钱么？"秀才愤怒地。

妇人低着头停了一息，答：

"五块钱怎么够呢！"

秀才接着叹息说：

"总是前夫和前儿好，无论我对你怎么样！本来我很想再留你两年的，现在，你还是到明春就走罢！"

女人简直连泪也没有地呆着了。

几天后，他还向她那么地说：

"那只戒指是宝贝，我给你是要你传给秋宝的，谁知你一下就拿去当了！幸得她不知道，要是知道了，有三个月好闹了！"

妇人是一天天地黄瘦了。没有精采的光芒在她的眼睛里起来，而讥笑与冷骂的声音又充塞在她的耳内了。她是时常记念着她的春宝的病的，探听着有没有从她的本乡来的朋友，也探听着有没有向她的本乡去的便客，她很想得到一个关于"春宝的身体已复原"的消息，可是消息总没有；她也想借两元钱或买些糖果去，方便的客人又没有，她不时地抱着秋宝在门首过去一些的大路边，眼睛望着来和去的路。这种情形却很使秀才的大妻不舒服

了,她时常对秀才说:

"她哪里愿意在这里呢?她是极想早些飞回去的。"

有几夜,她抱着秋宝在睡梦中突然喊起来,秋宝也被吓醒,哭起来了。秀才就追逼地问:"你为什么?你为什么?"

可是女人拍着秋宝,口子哼哼地没有答。秀才继续说:

"梦着你的前儿死了么,那么地喊?连我都被你叫醒了。"

女人急忙一边答:"不,不……好像我的前面有一座新坟呢!"

秀才没有再讲话,而悲哀的幻象更在女人的前面展现开来,她要走向这坟去。

冬末了,催离别的小鸟,已经到她的窗前不住地叫了。先是孩子断了奶,又叫道士们来给孩子了渡一个关,于是孩子和他亲生的母亲的别离——永远的别离的命运就被决定了。

这一天,黄妈先悄悄地向秀才的大妻说:

"叫一顶轿子送她去么?"

秀才的妻子还是手里捻着念佛珠说:"走走好罢,到那边轿钱是那边付的,她哪里有钱呢?听说她的亲夫连饭也没得吃,她不必摆阔了,路也不算远,我也是曾经走过三十里路的人,她的脚比较大,半天可以到了。"

这天早晨当她给秋宝穿衣服的时候,她的泪如溪水那么地流下,孩子向她叫"婶婶,婶婶"——因为老妇人要他叫自己是"妈妈",只准叫她是"婶婶"——她向他咽咽地答应。她很想

对他说几句话,意思是:

"别了,我的亲爱的儿子呀!你的妈妈待你是好的,你将来也好好地待还她罢,永远不要再记念我了!"

可是她无论怎样也说不出。她也知道一周半的孩子是不会了解她的话的。

秀才悄悄地走向她,从她背后的腋下伸进手来,在他的手内是十枚双毫角子,一边轻轻说:

"拿去罢,这两块钱。"

妇人扣好孩子的纽扣,就将角子塞在怀内的衣袋里。

老妇人又进来了,注意着秀才走出去的背后,又向妇人说:

"秋宝给我抱去罢,免得你走时他哭。"

妇人不做声响,可是秋宝总不愿意,用手不住地拍在老妇人的脸上,于是老妇人生气地又说:

"那么你同他去吃早饭去罢,吃了早饭交给我。"

黄妈拼命地劝她多吃饭,一边说:

"半月来你就这样了,你真比来的时候还瘦了。你没有去照照镜子。今天,吃一碗下去罢,你还要走三十里路呢。"

她只不关紧要地说了一句:"你对我真好!"

但是太阳是升得非常高了,一个很好的天气,秋宝还是不肯离开他的母亲,老妇人便狠狠地将他从她的怀里夺去,秋宝用小小的脚踢在老妇人的肚子上,用小小的拳头搔住她的头发,高声呼喊她。妇人在后面说:

"让我吃了中饭去罢。"

老妇人却转过头,凶凶地答:

"赶快打起你的包袱去罢,早晚总有一次的!"

孩子的哭声便在她的耳内渐渐地远去了。

打包裹的时候,耳内是听着孩子的哭声。黄妈在旁边,一边劝慰着她,一边却看她打进什么去。终于,她挟着一只旧的包裹走了。

她离开他的大门时,听见她的秋宝的哭声。可是慢慢地远远地走了三里路了,还听见她的秋宝的哭声。

暖和的太阳所照耀的路,在她的面前竟和天一样无穷止地长。当她走到一条河边的时候,她很想停止她的那么无力的脚步,向明澈可以照见她自己的身子的水底跳下去了。但在水边坐了一会儿之后,她还得依前去的方向,移动她自己的影子。

太阳已经过午了,一个村里的一个年老的乡人告诉她,路还有十五里;于是她向那个老人说:

"伯伯,请你代我就近叫一顶轿子罢,我是走不回去了!"

"你是有病的么?"老人问。

"是的。"

她那时坐在村口的凉亭里面。

"你从哪里来?"

妇人静默了一时答:

"我是向那里去的,早晨我以为自己会走的。"

老人怜悯地也没有多说话,就给她找了两位轿夫,一顶没篷的轿子。因为那是下秧的季节。

下午三四时的样子,一条狭窄而污秽的乡村小街上,抬过了一顶没篷的轿子,轿里躺着一个脸色枯萎如同一张干瘪的黄菜叶那么的中年妇人,两眼蒙眬地颓唐地闭着。嘴里的呼吸只有微弱地吐出。街上的人们个个睁着惊异的目光,怜悯地凝视着过去。一群孩子,争噪地跟在轿后,好像一件奇异的事情落到这沉寂小村镇里来了。

春宝也是跟在轿后的孩子们中的一个,他还在似赶猪那么地哗着轿走,可是当轿子一转一个弯,却是向他的家里去的路,他却伸直他的哗着的两手而奇怪了,等到轿子到了他家里的门口,他简直呆似的远远地站在前面,背靠一株柱子上,面向着轿,其余的孩子们胆怯地探头地围在轿的两边。妇人走出来了,她昏迷的眼睛还认不清站在前面的,穿着褴褛的衣服,头发蓬乱的,身子和三年前一样地短小,那个八岁的孩子是她的春宝。突然,她哭出来地高叫了:

"春宝呀!"

一群孩子们,个个无意地吃了一惊,退散了。春宝简直吓得躲进屋子他父亲那里去了。

妇人在灰暗的屋内坐了许久许久,她和她的丈夫都没有一句话。夜色降落了,他下垂的头昂起来,向她说:

"烧饭吃罢!"

妇人不得已地站起来，向屋角上旋转了一周，一点也没有气力地对她丈夫说：

"米缸内是空空的……"

男人冷笑了一声，答说：

"你真是大户人家里生活过了！米，盛在那只香烟盒子内。"

当天晚上，男子向她的儿子说：

"春宝，跟你的娘去睡！"

而春宝却靠在灶边哭起来了。他的母亲走近他，一边叫："春宝，宝宝！"

可是当她的手去抚摸他的时候，他又躲闪开了。

男子加上说：

"会生疏得那么快，一顿打呢！"

她眼睁睁地睡在一张龌龊的狭板床上，春宝陌生似的睡在她的身边。在她的已经麻木的脑内，仿佛秋宝肥白可爱地在她身边挣动着，她伸出两手去抱，可是身边是春宝。这时，春宝睡着了。转了一个身，她的母亲紧紧地将他抱住，而孩子却从微弱的鼾声中，脸伏在她的胸膛，两手抚摩着她的两乳。

沉静而寒冷的死一般长的夜，似无限地拖延着，拖延着……

一九三〇年一月二十日

他的子民们

/// 马子华

小岔口的客栈里

太阳刚才落山,满街就贴上迷蒙的月色,这地头儿算居要隘,现在还听得街道上连贯不断的马蹄声。四方的汉人的商贾旅客,在这小镇市上喧哗着找觅一夜的住宿。

一切我都不十分熟悉,我从没有到过这儿的。有一个和我同路的先生告诉我说:福兴客栈是比较好住的地方。我顺着他手指的那一道漆黑的门里钻进去。

里面的人叫我住在后面的一间大房子中,那儿已经住着二四个人了。我点了头走了进去。

床上薄薄地铺着一张不很洁净的草席。墙上挂着两罩昏暗的菜油灯。我坐在床边喘了一口气,四面张望着:在里面的人都不相识,他们都静静地闭着眼睛,没有说什么话。

心里在想，我应当到什么地方去呢？现在算是从死里逃了出来，我不能够这样地偷生，虽然我还要回到大家那里去做我们的事情，暂时避开些却是不得已的。

对面的那个人从床上坐起来，他看着我很久。

"你到什么地方去？"他向我问。

"县城！"我暂时这样答应着。

"那么明天走吧？"他很和气地微笑着再问。

"是的，明天！"

那人穿着很洁净的齐整的衣服，还有很多的箱笼在他的床边；我却是这样孤零零的一个人，一点儿东西没有带，身上穿着破了的衣服已经弄得全是黄泥沾满，赤脚上还在拖着一双烂了的草鞋。

"你走什么地方来的？"

"莲墩！"

"这地方我还没有听到过呢。"

"恐怕你不能去……"我微笑着说。

他有些不可解地沉默下去，这时夜已经很深了，其余的三位旅客早就打着鼾，秋风轻微地掠过破旧格子的小窗，他继续在抽着香烟。

"你能不能帮助我？"我对他低声地说。

"帮助什么？"他很惊异的样子。

"我要点路费……"伸出两个指头，我告诉他，"已经有两天没有吃饭啦!"

"以前是干什么的?"

"以前!……"我沉吟着,"话长得很呢!"

"告诉我,好吗?"

是的,那一切的事情都并不远,并且什么都是实在的,一点儿都不是梦,还在那儿不断地干着呢,然而想起来又令人泪垂了,我又怎么说得了,那些血肉模糊的影子已经塞满我的心。

全旅栈是静穆的,月色从窗外射进来。

于是我对他来一次痛心的追述。

……

"他们恨不得要吃我的肉,我又有什么怕的。"最后我说,"先生,我不久就要悄悄地偷回莲墩去!总有这一天,我要做出一番事来!"

鸡鸣三次了,天色发光,外面骚乱了起来,另外的两个旅客已经爬下了床。

跟我讲话的人他听得很起劲,没有一些儿倦怠地坐了一夜,有时他也叹息,有时他也微笑。

到头来,他递给我几个银圆,并且用诚恳的眼睛呆望着我的脸。

"我尽力帮助你了!"

"谢谢!"我点着沉重的头。

"这算不了什么。我得到的比你得到的更多。"

离开了小岔口这个镇市就是山道，朝阳从脱落着树叶的林东斜射下来，昨夜的霜还遗留着在地上，小路上的土觉得十分润湿，几个马蹄印已经延长过去了。

我和他走到三岔路口。

"好！我们以后会见面的，现在是分手的时候了，希望你早些回到你们的莲墩去吧。"他拍着我的肩膀。我没有回答，只点了点头。

我回过头去，看见他灰色的影子消没在路的转角。

……

以后我又回到莲墩去了，在外面我知道了很多我不知道的。

"小三子的头被斩下来，悬在碉楼上四十九天！"有人对我说。

以下的这些，是我讲给那个客人的话——

越过普西河

我现在是第二条性命了，当我在昏夜里从地上爬起身来的时候，只觉得周身都麻痹，臂上的血凝固起来，衣服粘在肉上。虽然我十分地痛苦，但是应该挣扎着一步一步地踱出这恐怖的境地。

风吹得我一身都寒战，四望没有一个人影，白昼间一切剧烈的斗争，像做梦一般在脑子里旋回，我的脚好像已经受了伤，酸软得不能支持。

"弟兄们到哪儿去了呢?"我四顾茫然。

一切的怒吼,犹存余在我的心底,当时,多么令人兴奋啊!他们想来是胜利了,他们想来是反攻回去了吧。不然,为什么一个也不见呢?为什么如此地寂静呢?

繁星在眨着眼睛,蟋蟀在远近鸣着,陡然,我踏着一件软软的东西,我低下身子去用手一摸,是一个躺在血泊里的尸身,在它的身边还有一把长的刀子,我不害怕,真的,我也不悲伤。这不算是了不得的事。

"保佑他吧!"我仰着头为他祈神。

已经是下半夜了,走尽草原的东边,踏上一条蜿蜒的村道,我晓得这是向沙夏岩的,那条路延长在我前面,是那么模糊,那么阴霾。

"我应该到什么地方去呢?"站在路边这么地想。

现在家是没有了,六十岁的爸爸碰死在门口,母亲不知下落。我应该暂时离开这地方吧,在他们没有得到莲墩的全部时,自信我自己是有用的,我会使他们更勇敢些。

泥泞的道路上,我自己听着自己的急促的步音,决定了去向以后是再快活没有的了,虽然足部已经受伤,却希望尽快地走向目的地去,要在天明以前通过沙夏岩去渡普西河。

经过许多小村落我都没有进去,当夜走了很多的山道,能够自卫——防御野兽的只是一支撑持身子的木棍,在山林间听到很多次的狼声。

身上没有带着一个钱，将怎么样才能够跑到较远的地方呢？一面走着一面已经觉得肚子有几分饥饿了，力气万分地困乏，臂膊上的创伤更感到阵阵的刺痛，我用另一只手去紧紧地握着，痛苦比较轻微些。这，好像记得是一个人用枪上的刺刀刺来的。

大约有三十里路光景，到了一座不知名的山脚。不得不坐在一个山石上歇息些时了，四面瞻顾，只是模糊，凄凉。在树丛里面，就好像闪动着些可怕的影子。

超越过这山冈以后，远远地已经看到疏稀的几点星般的灯光，我很熟悉，那便是沙夏岩的乡村了，从那儿到普西河只是十多里路，在这沙夏岩的后面全是一些岩层，只有唯一的一条山道可以去到那个乡村，我又不得不经过这个所在，因为到普西河，这儿是唯一的一条道路。

当我缓步地在秋风中经过了许多曲折的山道以后，便见村前高悬的天灯在昏暗中照临着，很厉害的犬吠声够惊人啊，在这么一个使人心胆俱裂的时候。

立于一座高大的石碑前面，就可以看见转向左侧的一条宽阔的石街了，我很踌躇很留心地偷看有没有守望的人。没有，我才很放心地顺着街边走了去，心在悸动。

"站着！"陡然发出这可怕的声音。

一个拿着毛瑟枪的人从黑暗中向我走来，事情是不容有些时间让你思索了，他未拢身来时我就向前面跑，随着他放了一枪，声音在夜静中是多么地洪亮。

这时，我忘记自己是受了伤而难以举步的人，用了全身的力量去使跑的步子加快些。因为后面已经有步声追着来了，倘若能够更跑远一点，我便可以去找一个比较稳当的地方躲避一下。

愈跑我愈觉力不能够支持，没有吃饭和受伤是一种最大的关系，终于被一个石头绊住脚跌了下去，无论怎样都爬不起来，后面追来的很多人已经到我身边了，我很明白地晓得有两个人把我拉起来。

"也许就是这家伙！"内中的一个人用火把照一照我的脸，冷冷地说。

"绑起来！"一个人用绳子预备绑起我的手。

没有回答他们，我紧闭着眼睛，脑子里十分昏乱，事情到了现在是没有什么能够再做的，所依靠的在我唯有弟兄们和弟兄们所信赖的神。

被拖拉着顺原路回去，他们口里说着戏谑的言语，嘻嘻哈哈地狂笑着，表示他们的胜利。

"每一个人该会有二十块钱的奖赏了！"

"太少，我们应多要一点的。"

"到那时看他们怎样分吧。"

……

好像这地头儿我曾经到过的，他们蜂拥地把我拖进村前的庙子里面去，用殿堂做临时的牢狱，我进去以后他们便把门反锁着走了。

这殿堂有坚固的砖壁，没有法子能够逃逸，我现在还记得那是伏波将军庙。当时，绳子还是捆在我的臂上没有解开，伤痕里流出来的血已经湿透了几层衣服。

我坐在地上，直到很高的墙壁上的圆窗里，射进来一片凄凉的曙色，使神龛上的一切更显眼了，黄色的神帐粘满了微尘，在里面坐着的，便是一个威武的将军马援。

肚子饿和着眼睛的昏倦，几乎没有了知觉。当天的上午忽然听得外面有人声，他们是两个人开了门进来，在角落里找到了我。

"起来！"一个人用脚踢我，"难道死了不成？"

仰起头来便触到一双凶残的眼睛直视着，我沉默没有话，其实我简直不能立得起来，绳子绑的那一双手臂几乎是不属于我的，脚又是那么地瘫软。终于是借他的手把我提起来。

被拖过村中的石街，两边屋檐下挤满了男女，他们的脸没有一丝快乐的表情，大家都用同情的眼睛送着我，有几个人嘴里在诅咒着。

在街的东首我便被拖进一座大门里面。

"你去请村长出来！"刚走到一个庭院里的时候，左边的一个说着已经站住了。

这一幢房屋在村乡里面可算是昂贵、高大而且华丽，在四面的屋檐和门窗，全都雕刻着旧式的花样，涂上灿烂的金，中间有两株很大的枇杷树种植着，架上的鹦鹉喳喳地喧闹在寂静中。

"进去！"不久，那个人出来招一招手叫唤。

神志渐渐清爽起来，我预备静候着他们摆布。"以后"早就能够料定是不幸的，又何必再说什么话，再做可耻辱的态度去乞怜于他们呢？我记得我的朋友曾经譬喻说，"这种情形简直是和豺狼讲好朋友，向石头去磕头的傻事"，这话应该是不错的。

在大厅的中间，一个穿皮袍的人坐着，那一副全是横肉的苍黑的面孔，好像在什么地方碰见过。当我一进去的时候，他们皱着眉头斜着脑袋注视着我的周身，好像以很冷静很悠闲的态度，想在我身上找出点什么兴趣一般的。

"你做的好事！"他第一句就微笑着戏谑地说。

"……"我没有答应。

"是不是叫刁佑权？"

"是！"

"昨天晚上逃过来的吗？"

"是！"

"事到如今你还有什么办法，照直详细地对我讲一讲，你们是怎么样干起来的？"

"用不着说，事情不是我们的错，你们自己想想就够了！"我的声音很大。

"不是你们错？那才是笑话，与我们有什么相干？原来你们这些家伙全是糊涂虫！"他拍着桌子狂笑了。然而不久，他的脸又变得阴郁下来，厉声问道："你到底肯不肯详细地说出来？"

"没有什么可说的!"

"替我把他的衣服脱掉!"他命令了侧边站着的人。

我的两件衣服全被脱掉了,马上一种严肃的空气紧张在这黑暗无光的厅堂上。

"讲!"

"……"

"打!"

经过了两个人的鞭挞以后,我睡倒在地下了,直到觉得脸上有点冰凉时才醒转,是一个人用冷水来泼我,恢复了我的知觉。黄昏时候我便被禁闭在一间很小的房子里面,从窗格里丢进两个饼子来。

夜,饥,寒,一概地来临了。

我听见更声,听见犬吠,这当儿够令人深思了,最先我想到孤独的母亲,倘若还在人世,她一定在纱灯场的原野找寻着我的尸身了。但是,谁又会知道我逃到这儿来呢?

"妈妈!我祝福你的康健吧!你应该庆幸你的儿子做了这样的事情。"我心里在默念着。

三天是过了,在流血的苦楚里面!

半夜,我突然看见这房子的门轻轻地开了,一个人影摸进前来,这奇异的发生使我没有出声,当他离开了门槛以后,只看见门外微明的天,群星闪烁着。而这黑影愈走近却愈被淹没在黑暗里面了。

"喂！刁佑权！"那人忽然低声地唤我。

"干什么？"我增加自己的勇气去回问他。

"……"没有回声。

觉得有一只手摸到我的头顶，随着好像那人蹲了下来，当时我唯有等待着一种可怖的结果。

"你还能够走路吧？"那人在我耳边问。

"怎么？"

"我想放你逃走！"

"还可以走的，但是你是什么人？为什么要这样做呢？"我不可解地问。

"我是乡长家里的厨子，我要告诉你，今天我抬菜去的时候，听得他们决定要把你解到上面去，杀了你的头。真的，明天，就是明天早上！"他的声音有几分战栗。

"为什么你要救我呢？"

"莫要问吧，问了有什么意思呢？"他拉着我的手道，"起来！起来！时候太迟了。"

"你怎么能够开这一把铁锁？"

"我偷了钥匙来的。"

勉强用力支持了我的身子，跨出这房间的门。这夜是凄凉地在吹着西风。这厨子把我背了起来穿过一些狭隘的黑暗的道路，直到一座天灯的前面放我下来了。街上几只狗跑来跑去，纵有天灯我也尚未把这人的面孔看得分明。

"向左边转，从山上的小道你可以到普西河上游去。"

"谢谢你！"我紧紧地握了他的手，"我们是后会有期的。"

"我也这么唯愿着。"他沉重的声音说。

于是我离开了他，当我转了弯子，那天灯也看不见了。依照了他的指示——没有从田野横过而是从山上绕道去普西河的上游，路虽然比较远些，却没有多大的危险，荆棘毫不怜恤地刺破了我的手足，然而刺不破我坚固的心。

幸运的太阳暖和地照临在人间的时候，我踅到了普西河滨。碧绿的广阔的河水，是从东面平衍地流下来，仅是微闻淙淙的声音，秋阳射在河面，皱出一带金鳞晃漾着，两岸是丛丛的橄榄树生长在石隙间，几声候鸟点破了这宇宙的寂静。

顺河岸下去一里路远近，找到了一个渔人的家舍，茅屋前面一个妇人在铺晒着渔网，狼狈地走到她面前时使她十分地吃惊。

"我恳求你，请借你的渔船渡我过河去。"我客气地说。

"到渡口去不好吗？"

"我不能到渡口去，人太多！"

"什么？那你是逃犯吧？"她站起来注视着我的面孔。

"……"

这时，一个中年男子走出门口。

"什么？"那男子问。

"我想借你的船渡过河去。"我对他说。

"那不行，做了是犯罪的。"他摇着头。

"你真蠢，这有谁晓得？怎么你的胆子是这么地小？"我悄声地说。

"你是走了，让别人在这点脱不了身！"他有点畏缩的样子。

"放了我，总有好处的。"我微笑着答。

"那才怪，你是什么人？"

"就是这一次在纱灯场闹起来的人。"

"哦！"他沉默地点着头，"为什么弄成这样子呢？"

"被打伤了！"

"好家伙！"他说，"要到哪儿去呢？"

"不一定，养好伤又回来。"

经过了很长的工夫谈话以后，他让我跳下小小的打鱼船里面，咿呀咿呀地，船身便被这男子摇到河中心去了，他的乌黑的瞳子在四面顾盼着，好像怕别人察觉到他的动作般的，也没有对我讲话。

船横过头来触到对面的沙岸，我跳上岸去以后回过头来向他点一点头道：

"谢谢你的大恩！"

"不！但是请你莫对人说是我渡你的！"

在我挥动着手的当儿，他的船身又向对岸移驶去了。

事情是不可思议的，现在我居然离开了那地狱般的领土了，到了这点——小岔口,已经是有几百里的距离了,正如像窒气的人得通畅地吸到空气一般的。

不知道我将落脚在什么地方,离开了普西河以后就没有想到,我的创伤渐渐地痊愈了,我没有一个时刻不思念着我的家乡。

"先生,为什么呢?我干了些什么呢?我将要告诉许多许多的事在你面前,使你知道这是对的。"我对那人说。

鞭子下面

白了胡须扶着竹杖的前辈人常说:"我们是莎家的百姓!"他们驯良而温和地在告诉那些懂事的小伙子们:"我们大家都是靠着他吃饭,才得活下去的。"记得我的爸爸,他还把那一切一切光荣的史事来对我们证实自己的话是不错的。

先辈人都说,莎土司的祖上是和沐英老爷来的汉人,他因为有了战功便得留在这儿做官,叫宣慰使的御条大大地写在猩红的旗子上,大汉皇帝的官儿们总是"铁纱帽",一辈传给一辈,到现在不知是几辈人了。

有了土司官,才有我们这些百姓咧,记得很多年前登梗的人来借粮,人马有几千,漫山遍野地抱着刀子矛子地来了,大家着了慌,莎土司老爷子可就有办法,他带领了些人就在东头营把他们杀得没命地跑回去。

打了胜仗回来了,土司老爷骑在高大的骡子上,一面猩红的旗子在风下面飘着,百姓们打着锣,打着鼓,多热闹,虽然自家的人有多少也就死在外边，但是绑回来的畜生即俘虏也就有很多了。一串一串地用绳子捆着，尾在老爷的骡子后面，他们脸上沾满了泥土，脚上全是血，走不动，有牛皮鞭子在后面抽了来，这真是自作自受，谁叫他们来老虎嘴上捻须呢。

那时候，喝酒，发赏号，老爷们也在衙门里喜欢，百姓们也喜欢。

"所以，孩子们！老爷的祖上就替我们辛苦，替我们积下德，我们是他的啊！"

先辈人总是这样说给我们。

"那么拿来的人怎样处置呢？"我们都怀疑地问。

"拿来的畜生们吗？呵！那才可怜呢，拉到衙门里一个要打五十个屁股，哎哟哎哟地叫得没有声气，大堂上变成了血池。从天亮打到上灯还没有打完，老爷在里面听得不耐烦，传出来叫不要打了，那时才把他们一条一条地拖到死牢里去，死了的就埋掉，活起来的那倒是他们的幸运，老爷的恩宽，叫他们去种田，总算是一年四季有碗饭吃。现在很多人都是那时候遗留下的子孙。"

"真的！土司老爷实在了不得。"

"可不是，地方一天一天地宽大，人也渐渐地加多了。"

……

启新哥儿长大了，他读了几年的书便承继了他父亲的位子，周圆几百里的莲墩都落在他的手掌里面，那如像蛇般的普西河，那如像玉般的狮头山，一切一切都是他的了。

多华丽热烈的一天,远近四乡的男女都集合拢来,衙门内外的地下,铺满了绿油的松毛,采扎着值钱的绸子的门头。葫芦笙和竹笛的声音繁噪在人群中。

正午子时到了。

启新穿上了黄色的绣花的褂子,拜了天地,拜了他的父亲,从他父亲的手里面接受了那金柄的牛筋鞭子。

"好好地做吧,神鞭会给你力量的!"他的父亲说。

大家在欢呼了,为着自己得宠于莎土司,却不妨喊大一点,谁都知道相信那鞭子是神给他的,用了它可以抽死叛逆他的人,我们要依顺了莎土司便是依顺鞭子,也就可以说我们没有逆反了神的意旨啊!

"啪!"这样清亮的一声,莎土司,接过了他父亲交给他的鞭子来,顺手向祭桌上的一杯酒打去,杯子破了,酒花飞溅开来。

庄严隆重的仪式就是这么完了。

当天的晚上,城市和郊野都要庆贺这种盛举。

火把的红光在任何一处都是,男的、女的、穿上了绣花的裙襦在围着光焰熊熊的火团,跳着跌脚舞①,有一定的节奏的掌声和葫芦笙在伴奏着,美丽的女人们,在火花中更显得分外地媚人,一个人在把一枝枝的柏叶抛在火焰里面,浓郁的香味流播在四周。

小孩子们在打着头皮鼓从东街跑到西街,从南村跑到北村去。

---

① 跌脚舞:以朱棣音乐为伴奏,以脚踩地,和舞者相互斗脚,故得名。

这一夜，大家在欢歌中赞颂那新的主人，他给我们十分的自由，在这一天的辰光里面。

天上泛起鱼肚色时，大家又回到各人的家里去了。

从那时，新的土司老爷便用他的鞭子统治我们了。"我们都是他养着的，没有他我们便不能生活下去！"没有一个百姓不这么想着。

夏初

阳光渐渐地被一团团的乌云遮没了，四山的岚雾薄薄地随风飘浮，隆隆的雷声断续地像摇皮鼓，夏日的阴晴本来就无常的。

村前村后的人家，有的把门锁着，有的只是几个小孩子在门前的水泥塘里面玩着。大人，男男女女的都走了，他们把裤管高高地卷了起来，直卷到膝盖上面，一群一群，老早就到田里去了。

整个田野被骚动了，只要你举目一望，是那绿一块白一块的，绿的自然是秧田，白的是已经灌入河水等待人去插秧的田亩，穿着红裤子和绿衣服的妇女们嘻嘻哈哈地走在田埂上，或是弯曲着身子在工作着了，一双赤脚大半被淹没在泥里，嫩绿的秧从她们的手里一茎一茎地插下去。

　　大田栽秧田水黄，
　　一对鸳鸯来躲凉；

鸳鸯要找躲凉处,
小妹要找有钱郎。

不知是从谁的尖锐的口音里歌唱了出来,男子们爱这样蹲在田埂上和年轻姑娘们胡调的。要女人下田,男子只去担秧苗或踏水车,还要有人唱着秧歌,那么这年的收成才好,大家都这般地信任着。

雨,终于从云罅间大点大点地洒下来了,这是老天有眼睛,特意作美。背上是湿透了有些冷,但是只要戴着箬帽就行了,又何必躲避呢?我们心里够欣悦了。

哗啦!哗啦!从四山里传下来的雨声,天空里的云更跑得快,平漠的郊野分外地迷蒙起来,时候已经是正午了。

左卫营的茅营上面又袅袅着第二次的炊烟。

我家里人少,只有我和年迈的双亲,他们不能再做工了。以前,种田是我和没有出阁的阿荃妹妹干的,因为只有我们两个好做,为着肚子,为着我们的土司官。妹妹出阁以后,就只是我一个人了。我怎么能够做得了呢?今年,表兄来帮我,还有邻居桑生的妹妹阿霜也来跟我插秧;因为她家里人手多,不需要她去做,从小孩时我就和她做了亲密的友伴,可算是厮混熟了的。

不一会儿,雨便渐渐地歇了。阿霜还在那边弯着腰没声地插着秧,她的一身都淋成秧鸡般的了。仰起头来,天上的乌云已经散开,透露出青青的天来,心里都好像比较清爽些。

"你冷吧？阿霜！"我问。

"不冷！"她仰起头来看我一眼，那一双眸子黑亮亮的，微笑的颊上有些儿桃红。

"为什么今早不带蓑衣来呢？"

"忙着来倒忘记了。"

"小毛头儿，记性真坏！"

她瞅我一眼。

自己的脚在泥里的委实站不住了。腰杆弯得痛，田已经种了大半，至迟再来一天可以完了。我直起身来看着阿霜不息地把那一只发红的手伸到水里去，心里就有些说不出的感触。

"来坐着歇歇吧，总归明天可以弄完了的。"

她在田里洗洗手，踏上埂子来。

我们并坐着，田埂上长满了很绿的草，远远的可爱的景色和悦耳的歌声，勾动了我们无限的情怀，那时我们比现在更年轻。

时候不早了，我们正在谈得起劲的当儿，母亲远远地便提着饭从田埂上来了，阿霜照例是那么地惹人疼爱，她马上从我身边跑去迎接妈妈，接过了她手里沉重的饭筐来。

虽然这糙米和豆豉是这么不爽口，却是费了多少力哀恳借来的，还能说什么话。何况我们从来就没有吃过一口好米饭。现在肚子已经够饿了，我和阿霜喜喜欢欢地蹲下去吃着，妈妈在旁边微笑地看看我们又看看田里。我很清楚她现在心里面的快乐，今年也许比往年更有希望些。

"猪喂过了没有？妈！"我仰起头来看着和蔼的微皱的母亲的面孔问。

"早喂了，我看又大起些来啦。"母亲得意地说。

"那就更好了，假期今年宰下来多剩一点，我们约着阿霜腊月十四的到姑姑山打平伙①去！"

妈妈点点头。

我和阿霜相视着微笑了，她金鱼帽儿下面的几缕头发，在微风里颤动着，嘴边陷下去两个圆圆的酒窝。

我们虽然穷苦，但是希望却多呢。一家三口什么人都有梦，不要说我们吧，不论哪一个村子，哪一个种田的人都在这插秧的时节存蓄着一些不大的希望，不算是过分的梦呀。

妈妈等我们把饭吃掉以后，独自又提着饭筐回去了，我们跳下田去继续把右边的那一角插满了秧，黄色的水田里疏疏地添上一片碧绿的嫩色。

黄昏。细雨又送着我们疲倦了的身躯回到左卫营那边去。

郊野里，又渐渐地岑寂下来。

巡视

鸟声不断地在满山满林地叫唤着。

四五月之交，耘锄的当儿。秧苗儿眼见长了一两寸，芜杂的

---

① 打平伙：野宴。

草是要把它除掉的。刚刚我们从田里回到家去的一天晚上,我正在打着草鞋的时候,门外面就有人喊。

"有人吗?阿权……"

"是谁呀?"我高声地问。

"我!"

从门边进来的人,是住在东口的卢伯伯,他家是做前卫营的管事,这个是头发都半白的老人。一村人粘动大事小事都要请教他的。他的大儿子却没人敢说好坏,因为是当过差回来,凶得没人敢违反他的意思。

卢伯伯用一支草烟杆做手杖般地扶着缓步走上前来,面上带有一种不平凡的严重的样子,睁开小小的眼睛望着我不动。

"卢伯伯想说什么?是不是去年欠的那点糠钱?"我很有把握地问。

"不是不是,我来通个消息给你们的!"他摇摇头。

"什么消息?"我好奇地问。

"土司老爷又要来了。"

"哪天?"

"初三的到这点。"他伸出三个拇指来,"大家要预备预备,莫到临时摸不着头脑,乱五乱六的。"

"要怎样呢?"我问。

"今天晚上叫你爸爸来我家里,大家商量商量,你爸爸不能来你就来好了。"

没有多说一句话他便冷清清地转身走了。妈妈从后面喂了猪来，爸爸也从茶店里回家，我便把刚才的事对他们说过，这并不是好的消息，他俩在听了这个话以后只是叹了一口气，一个看看一个，显见得又使他们联想到往年的一切恶的印象。

天黑了，我燃起了豆大的菜油灯火。

一村子本来就只百多户人，到晚来大都归了家，街上就只有几只狗奔来跑去，狂吠不止。风在高大的树上长啸。天，板着铁青的脸。

爸爸要我送他去卢伯伯家，我燃了一支松明和他一道出了破门，一阵风来又把火刮熄了。我们只好在黑暗中摸索，绕过李二家的一带土围墙，雨后积存在路上低洼处的水，把我们的脚都弄湿了。

刚走到卢伯伯家门口就已经听得人声唧唧的。敲开了门便见很多人影围作一圈地坐着，一罩不十分亮的菜油灯儿摇闪在桌子上。

我和爸爸坐在角落上。

"再酌量一下吧，我看太多了点儿……"内中一个人拖长了声音在说。

"阿爷说得对！"

"还叫多，你不见去年是怎么办吗？"卢伯伯说。

"……"大家又寂静了一些时。

"我看每家四斗好了？"

"太多！"爸爸在我身边低声地摆了摆头说。

多番的争执以后，又减到每家只摊派两斗，这一点卢伯伯蛮不高兴，他的老脸急得红红的，嘴里叽哩咕噜地不知在说了些什么。桑生蹲在门槛边看看卢伯伯又看看大家，做了戏谑意味的脸嘴。

"那么猪、羊、鸡这些东西呢？"卢伯伯又问。

"去年是多少？"我问。

"猪六头，羊四头，鸡二十只。"

"年成不好，总要比去年少些。"我嗓子提得很高。

"穷得要命，我们怎么来得及？"桑生也在对面附和着。

"你们才糊涂，去年老爷们不是不够吃吗？"卢伯伯的大儿子在那边叱声地叫了起来。

"哎……"一个人在叹气。

夜很深沉，大家打了个哈欠零零落落地燃起松明走了，冷清清的，我拉着爸爸的手走到屋檐下，他咳了一阵对我说道：

"家里的米将要完了，怎么摊派法呢？"

次日，妈妈流着清泪去把瓮里仅有的米撮了出来，叫我送了去，买猪买羊，一家还要多加一斗，到杨家村买猪羊。米是交到卢伯伯家，什么都是由他们包办的。

米背了去，在卢伯伯家的米已经堆得有人来高，卢伯伯自己坐在米堆的前面监视着。

王驾到了

前卫营的全村人都在惴惴不安的气氛里面,上半天大都到田里去,其实老早地跑回来的就很多,日头刚刚垂到九里坡上,有两个人没命地奔来叫喊着:

"来啦!来啦!"

各家听到这声音的人都一起不由自主地跑出来,我和阿霜正从田里回家,听到喊声,心里就无名地悸动,好像受到什么一种威胁般的,赶忙把镰刀送回去,一齐跑到东头口子上。

外面,从杨家村必然经过的村道上,泥泞得不堪,高大的槐树荫覆着。在夕阳的红光里很多人群拥挤在路口的两边,大人们互相悄悄地细语,小孩子们静静地仰着头看看他们母亲的脸又看看大路。

在先是两匹棕色的马从远处奔驰过来,是侍卫,背上背着两支洋枪,腰间挂着一把绿色皮鞘的蛮刀,大家静肃下来,很多的目光注视着前面,小孩子紧紧地拥着他妈妈的脚膝。

"叮当,叮当,叮当!"是马颈下的铃声远远地传来。

几匹马,马前马后随着簇拥着很多侍卫,从泥泞的道路上奔驰过来,大家很明显地知道那骑在白马上面的便是莎土司,身上披着一件软麂皮避雨的斗篷,里面是一件羊毛织的长衣,一行金的纽扣露了出来,年纪好像三十岁左右了。他一只手拉着马缰,一只手握住那条金柄的牛筋鞭子到了大家前面。

迎接的子民们跪倒下来，不论男女老幼。

莎土司微微地一笑。

"叫他们起来！"他告诉一个侍卫。

等他的马冲进东口去，大家才从地下爬了起来，不论谁的膝盖上都有两块黄泥，但是，谁都以为是应该这么样地做。他们十二万分地满足了，正如像得到了无上的恩宠一般地沉默着，希望再能够看见莎土司一眼。

莎土司和那一些人都住在卢伯伯家了，因为一村了只有他家还比较宽一点。

当天晚上，宰割猪羊的声音歇止以后，整个村子又在不安定的动乱里面，人们燃着松明如像幽魂般地走在路上，都没有目的地东游西游的。

特别去镇上买来的蜡烛，照耀得卢伯伯的大瓦房里通明透亮，天井里还燃着很大的柴火，莎土司坐在正当中吃着热腾腾的肉食，喝着白酒，从尊严中表示出十分的得意。

卢伯伯在这时可算是得了光荣的恩宠，他默默地弯曲着身子抬着菜肴，应对着莎土司的问话。虽然声音有些颤抖，但是这又更显得自己是何等样的卑小，莎土司是何样的高贵。

围着外面的柴火的，是前卫营的年轻女人，她们围着花的裙裾，穿着白色镶青边的衣服在跳着跌脚舞，每一双赤足没有一些时的休止。

葫芦笙、羊皮鼓，烦躁地吹奏着。

"咿哩啦呀，拍拍，叮，拍拍……"

莎土司在这音乐的节奏里擎起偌大的酒碗，喝，狂笑。渐渐地他的脸色红了，口沫从嘴角流了出来，侍卫们不敢出声。在晚餐没有完结的时候，他就打失了自己的尊严，牛筋鞭向桌上一抽，盛菜的东西就随着粉碎，菜饭狼藉在桌上和地下。

大家只敢用一种惊惶的眼光偷觑着。

莎土司退到卧房里面去，大家才得离开残余着火焰的柴堆。

翌日的正午，前卫营一村的人又骚动起来了。因为莎土司什么都骂到，有一个地保甚至于受了他皮鞭的毒打，睡在街中间翻不起来。

"全都种下去没有？"他走在街正中间问卢伯伯。

"差不多了。"卢伯伯抖声抖气地答。

"为什么到现在还不替我种完？"

"……"

出了三孔桥便向我们的田这边去了，当时，我是预备到我自家的田里去的，慢慢地随在他们很多的人后面走着，我看见阿霜在我的田里站着。

莎土司慢慢地走着田埂，用他的鞭子指东问西的。清晨，阳光普照着，晴朗的田野里吹着微风，莎土司身上的金的纽扣在闪耀着光亮。

刚走到我们的田边，他站着，阿霜仰起来看他一眼又畏缩地低下头去。

他微笑了,脸上涌起了粗大的皱纹。

"为什么还没有种完?这是谁家的田?"他用鞭子指着下面。

"人手少,水拉得慢,所以到这时,其实也快要种完了。"阿霜倒一点不害怕的样子仰起头来说。

"唔!"莎土司微笑着点点头,他的眼角上皱起了很多的细纹,站呆了般地打量着阿霜的上下。这时,阿霜仍是低下头去做她的事。

卢伯伯在后面做个老鬼脸,他好像猜透了一种什么不得了的秘密一般。

一群人渐渐地随着田埂上的泥印横过小龙潭那边去。

我回到家已经是黄昏,隔邻的张妈妈坐在门边破竹凳上低声哭着,在风声中更使人心酸,我奇怪地挨到她门边问:

"张妈妈,你又怎么伤心了?"

"呜……呜……呜……"她的声音更哭得高起来。

"为什么?为什么?"我把锄头靠在门上蹲了下去,摇着她的蒙着脸的双手,"告诉我,张妈妈!是不是阿大的媳妇又怄你的气了?"

"呜……"她摇了一摇头。

我听见阿大在里面哼。站起来摸进门去一看,在模糊中,分明是阿大躺在地下。

"阿大!"我低唤他。

"嗯……"

"怎么啦？躺在地上干什么？"

"请……请你燃了灯……我……"他又说。

我从灶边摸得火种燃起了菜油灯，茅屋里又增加了点儿生气，我抬过来向阿大那边一照，见他的脸嘴像死人般的，右手臂上全是血迹。

"说！怎么成这样子？"我急得声音有点颤抖。

他把合紧的羊一般的眼慢慢睁开来。

我弄了点水给他喝了以后，一面洗着他的血，一面谛听着他说前三点钟的事——

"土司老爷的侍从们真凶——我刚从田里回来，便听得家里有人吵，跨进门来便看见他们雄赳赳地对着妈妈，他们要马料钱，说是明天打早就要走了。我答应没有，他们却不依，一个人叫我们没有钱就拿米也行，妈妈倒弄得没有主张地抖声抖气地哀告他们。"

他讲话虽然声音很低，很吃力的样子，但是都还明白。我把他的臂上的血洗净，现出了一片破痕。暂时只有在门口找了些七星草用手弄碎掉敷上去，扯了一条破布包了起来。

"以后他们怎么办呢？"我问。

"嗯……他们要抢上去找米柜子，妈妈拦着不中用，被他们推倒了，我拦过去，他们发了脾气就是给我一台毒打，就是用那边那个凳子，"他用手指过去，"他们把米和柜子里的几块大板拿去了。临出门时,还破口大骂我们是小气鬼。"

"由他拿去好了,何必跟他们吵呢?"我埋怨道。

"拿去?那我们明天吃什么呢?"

"……"我沉默着。

张妈妈的哽咽声已经渐渐小了,四边的土墙上像伏着一些可怕的脸子。

"阿大嫂呢?"

"回她娘家去了。"

等张妈妈进屋来,我们一齐把阿大扶着送到床上去躺好,张妈妈长叹了一口气,没有说什么话地呆看着我,颊边闪着没有干的泪痕。那枯瘦而多皱纹的和善的面孔,怎么能够叫人忘记得了呢。

外面青蛙在冷声热声地叫。

我出来把锄头抬到肩上预备回去看看,我告诉张妈妈说我等一等又再来看他们。

原来我家里也弄得不成样子了。被他们拿去了积蓄下来买糠的几个大板,并且还把养了四年的报晓的鸡也捉了去。见了母亲她只是彻头彻尾地告诉我,他们的来势怎么地凶,父亲却拈着半白的胡须注视着地下像深思什么般的。

"妈,让他们拿去吧!这是他们弄惯了的。你不听说往年他们随着巡视的时候,还在桥头庄杀人吗?忍口气,这些年只有我们受点气好了。"

"买糠的……"母亲伤心地说。

"向长发家借一点吧,等以后又赔他。"

"明天就没有米吃,你去你妹妹家借点儿来吧,你的肚子饿也在那点吃一碗……"爸爸没精打采地说。

我点点头,出门去,夜里的村乡是静得一丝丝声息都没有,但是在这当儿,我走过卢伯伯家门口,还看见里面闪着通红的火焰,葫芦笙和羊皮鼓的噪声喧扬着。

诀别

"快去!快去!桑生来找你,说他家里出了事。"母亲惊惶地催促着,当我从外面回家来的时候。

"什么时候?"我觉得心跳。

"刚才!"

本来夜已经很深,我这天没有得到一刻儿的休息,脚手疲乏得几乎难以举动,但是我听得这种奇异的消息以后马上就跑到距离不远的阿霜家去了。我预知是一件有关于我的事情发生。

我敲开了门,看见他们一家大小和些亲戚们庞杂地聚集着,低声地在议论,一罩双灯草的灯光,照不明白任何一个人的面孔。

他们发现我,惊讶地回过头来。

阿霜的妈妈也在流着泪,我莫名其妙,自己心里想,为什么整天地只看见人哭呢?笑的面孔为什么永远见不到呢?呵!天呀!

由桑生把我拉到墙角落蹲着,他告诉我一件令人痛心的消息,阿霜不能回来了,为着今天在田里替我除菱草的时候,她的美色被莎土司看中了。一路上,莎土司只在称赞有这样一个令他中意的女子,卢伯伯为着要讨好的缘故,满口说:"若果老爷喜欢,一力在小民身上。"莎土司只微笑地点点头。于是,卢伯伯就在皱着眉头打主意,谁又知道他到晚上就打出那样刻毒的主意来呢?他叫阿霜去跌脚,阿霜因为是卢伯伯来叫不敢不去,一去就不能回来了,一个侍卫来家里通话,叫桑生有什么话早点去说,明天就要领她上寨去啦。

一家人虽然不敢高声地说,但是阿霜的妈妈是太爱她的女儿了,你叫她怎么不哭呢?

"唉!真……真想不到……"我不知心里为什么这样酸痛,眼睛里热辣辣的。

"你替我劝劝老人家吧,现在已经来不及了,只怪妹妹生得出众一些,惹得一辈子的苦,以前我就听得莎土司对于女人的行为了,他的残忍比禽兽不如。"桑生低着头,用手画着地。

"……"我讲不了话来。

夜鸟在外面叫,天快亮了。

耽搁了三天,前卫营的属于他的田地看完了,今天,他预备到邻近的村乡去。

阳光射亮了刚被微雨洗过了的修长的石街,马嘶和骡子颈项下的铜铃,人喊,嘈杂作一片,两旁走檐下站满了男女老幼。

卢伯伯家门口,更是站得水泄不通,挂着蛮刀的侍卫们在狂笑胡闹，他们都用小小的银角子缀作了两行光亮的衣扣。

我没有到田里面去，和阿霜家的一干人老早就在西头口子那边等着他们的启行，桑生虽然今天去卢伯伯家已经见到他的妹妹，但是他不心甘，他们兄妹见面只是哭，没有多地说什么，阿霜叫她哥哥告诉我不要急，田事会有桑生帮忙的。唉，我心碎了。

蹄声驰骋过来了，大家都静静地伸着颈远远地看。过来了，那威严的一行，侍卫们在用眼睛左右四周地看视着，大家跪下地去。

莎土司微笑地过来了，他手里拿着那根金柄的鞭子。

叮当，叮当，马颈下的银铃在动。

我胸中塞满了怨气，我的拳头握得紧紧的，汗只是在背上流，旁边的几个年壮的人也在睁圆了眼，板着脸，送着莎土司的影子没入柳荫深处。

随着，一架滑竿过来了。是的，我没有看错，就是阿霜妹妹，她就坐在上面了，穿着平常她穿的那件衣服。大约是啼哭以后的样子，脸色有些浮肿。她看见我们了。那时我们已经从地上爬了起来。很想跑过去和她说几句诀别的话，但是哪里能呢？那些虎狼般的侍从随在后面啊！

阿霜在滑竿上是局促不安的，她强自地转过头来向我们苦笑，我们追随着过去，她举起手示意叫我们回去，"我想能够回来的……"隐隐地听得她这么说。

不觉地走得只剩我一个人了，桑生们不知道什么时候脱离了我，前面呢，莎土司的一行人和阿霜妹妹，连影子都不见了。我的心里只有无端的愤怒和无边的空虚，几乎我自己不能支配自己的一切行动。

野外照例寂静下来，一带柳堤像不断的恋情般延长过去，河水清清地流着，流着，远山上的杜鹃儿一声接着一声地传来。

我独自坐了下来，思想的杂乱已经是如像头发丝，难以理得清爽，我想到莎土司无上的权威，我想到前卫营一村人的哭声，我想到和阿霜妹妹在很多年前游逛在砍柴的山上的往事……一切一切的愁恨都和着眼泪出来了，但是我是男子，我为什么要哭呢？我又向着在水面的我的影子苦笑了。

因为昨夜没有得睡，现在才稍稍地觉得倦乏了。我离开柳堤，移着沉重的脚向村里走去。到街的中间，碰见的人都是去忙着自己的事了。今天觉得比往日要静得多，大概是经过了一番骚动以后，大家需要安静下来些时吧！但是当我走过卢伯伯家门口的时候，还有些佣仆抬出些畜生的骨头和残肴来街上倒。有些人说，这一次他家又余剩了很多的米和很多的猪羊，尽够一年的用度了。

为了谁忙呢

一切命运都交付与神吧！刚在青苗儿一天比一天长高生出谷穗来的时候，举村的人应该说是高兴作一团了。大家辛苦地流了汗，淋了雨，借账拉款，朝忧夕虑农事，到如今算是有了七八成的把握。这是谁赐予我们的呢？我们都得这样再活下去，妈妈说"神"爱护我们。

前卫营的人用了十分的热忱预备着一桩必得要做的事,他们在企望着的一切——把谷子收回来以后,能够剩余下些来还了卢伯伯、艾小头人一类人的账,再够一家人的过活。都一概交付给神替他们担着这担儿。那么,为要感谢神没有给我们水旱天灾的谴罚,为要希望神给我们所要求的一点儿施与,这一个盛大的典礼是要开始了。

六月的一晚上,在广场上布满了绿色的松毛,正中间堆着两人高的柴枝,小孩子们天还没黑就已经在那儿嬉戏着了。天上晴朗得没有云彩,数不了的繁星围绕着如眉的月亮,场边的马缨花树拂动着微风。

"来了来了!"小孩子叫喊着。

远远的乐音,嘣嘣的鼓响,村前村后的人在欢呼着。穿上洗净衣服的青年男女们,纷纷地密集了。随着乐音走进广场的便是大家所崇仰的神,它有着用不满三尺的木头雕刻的身子,黑得可怕的眼睛,被大家放在铺着红布的架子上抬了进来。

四面的火把照得通红,等到神被放置在广场正中间时,抬猪羊的人也走来了。他们让神享受的这些丰盛的祭品,是大家在一年到头不能吃到的东西。

乐音更响了,大家把手里握着的火把抛在很高的柴枝上,于是,火焰渐渐炽烈升高,如像白昼一般明亮。人们便在烦躁的乐音中向神屈膝。

在这严肃中,他们仰视着火焰闪动中的神的面孔,虔诚的老头子们不准小孩子再有笑声。

烟缭绕上去,星儿昏了,月儿昏了。

静穆的敬礼以后,便是从夜达旦的狂欢。他们把一切的事都撇诸脑后狂欢。看呀,在那时,多令人回忆的一夜!女的,男的,他们用尽了青春的热情在火炬四周跌脚,和着乐音高歌。小孩子从这边跑到那边,老头子坐在大树根上谈论古今。为了什么?你不知道吗?这是为着神的欢乐呀,大家都这般地信念着从以往到现在。

直到火焰渐低,夜渐深了。疲倦的老头子们携着小孩很早地回到家去。剩下来的只是青年男女。他们一对一对地向四边分散了,歌声悠漫在原野中,他们拥抱,狂吻,躲藏在幽静的地方去享乐这黄金难换来的一夜。

几个人把神没有吃完的祭物和神位,都在冷静中抬回村中。月亮倾向西边的山头去了。

为着生命,他们把什么担子都交付在神的身上了,大大小小都好像放宽了心。翌日的早餐,他们得吃一小块肉,这是神的余剩呢?还是卢伯伯和艾小头人等的余剩?

天气热得真厉害,大家都穿着一件衣服,露着胸臂。卢伯伯一家人就在这时候最忙,因为莎土司信任了他,他不必每年把收获的东西送上寨去。所以他有得谷米去卖,也有得多余的钱借给别人,到这时候人家预备收获了,在他,忙着算本算息,忙着告

诉人家:

"喂！你的账，记好！"

最厉害的是他那两个儿子，在他们的脸上却不如像他爸爸还有点微笑（虽然这微笑愈来愈不好），满脸横肉地进了我家的小门。

"去年的糠钱，今年若再不还，小心狗命！"

"……"我没有出声。

"听见了没有？装聋！"

"早就知道，何必多说？"我一面修着篾帽，一面不耐烦地答复他。

一脚，他踢在我的身上。

"猪！借你钱还要说怪话！"

"阿权！什么事？"爸爸从里面走出来惊讶地问。

"没……没有什么。"

这时，我身上有一个黄灰的脚印，踢我的人已经在狂笑的得意中出去了。我羞辱地回过头去，告诉爸爸这个畜生的来意。

"你就是自讨苦吃，难道不记得他杀了桥头的阿柱，莎土司还说'应该'吗？"爸爸叹着气。

空虚的收场

全村的人都离开了他们的家，在那金黄一片的坝子里，已经全是收获的人。光亮的镰刀拿在手里，"扎！扎！扎！"的声音,真预备把每一块田都割秃了。

一捆一捆地背了回去,我一个人忙不及,桑生果真来帮助我。爸爸要勉强地动手我却不能让他这样做,他这样大的年纪。母亲仍在家里做着一些琐细的事。

艾家是小头人,这时他已经在催促着大家快一点收获,他戴着一顶油纸盖上的篾帽只在田埂上跑。有一只细小的鼻子,嘴里终日含着一支长竹烟杆,吐出浓烈的烟草的臭味。这样做是他的责任,因为每一年秋收的时候,他要监视着每一家,不准谁为了自己而少送上寨去一丝一粟。大家只敢在背后吐涎沫,咒骂,当面又只是低着头不能出声。

"杀你!"桑生用镰刀割下一刀去,低声地骂着,一束谷草灰从根上断了。

"这有什么用?"我微笑着仰起头来。

"出口气……"他揩着额上的汗。

我没有出声。

等到把谷子装在木柜子里面的时候,前卫营一村的人又深陷在一个不安定的境况里面了。一切都破灭,一切的希望都粉碎了。他们在六月里向神的膝上祈祷求乞的,都没有一点儿得到施与。一村一百四十户人家,除了卢伯伯家和艾家,大家都决定了自己的命运。

为什么我们偏偏得不到神的恩惠呢?现在,事实已经在面前,从分配谷粮的预算中,只有流泪。我坐在小木凳上向着豆大的灯光凝视，年老白发的双亲，他们心里的难堪谁又知道。

除了还账及送上寨去的，还余剩什么呢？自己吃，一家人吃一年的粮食，更是不要妄想了。一年？算下来五个月都不够。

我的手脚已经像木头一般的粗糙和没有感觉了，从年头到年尾都在田里，都在为着自己的生活去劳顿，然而得来的呢？只是这样的空虚，空虚！

"哪天送上寨去呢？"父亲问。

"等我明天去问可有马。"

"又不知要多少？……"

如像往年一样，艾家从莎土司那儿拉来很多的马，我们送谷粮去寨上的时候，要用九斗米才能够把马从他家借来的。虽然我们为着这样多的斗数而要求过他的减免，但是，正如像对一头牛说话般地困难，他骂我们是不识好歹的。难道人可以自己背得去吗？这么多的谷粮，我们可不得不忍受了这口气。

临行的前晚，我把谷粮装进四个麻布袋子里面去，然后用绳子拥上木驮架。"明天我们一道去！"桑生跑来说。

"你们的驮子上好了没有？"

"刚才上好。"

"几驮？"

"还不是照去年的五驮！"

他家耕的田多，上的粮也比我家要多几倍。然而将要不够吃，那倒也和大家没有两样。有人在背后说："自从阿霜被莎土司看中了眼，桑生家就可以不用缴谷粮了。"其实又何尝有这些事呢？只有我清楚，他们还是一样地难过日子。要上五驮的粮，五驮，五驮血汗啊！

"阿霜去后就没消息……"桑生说。

"这回上寨去，我们也许得见她一面了。"我把头仰起来看着他冷冷地说。

"唔……"他沉思般地。

我心里又勾起了旧恨，几月来，为了农事我几乎忘记她了。唉！罪过，她的苦难是我害的，如果她不对我太好，她不替我种田除草，又怎么能够被莎土司看见呢？是的，归根是我的罪，阿霜妹妹！我来看你了，但愿用我的力量抢回了你……

桑生走掉以后，这一夜我简直睡不熟，思前想后，心头的事太多，我自己和着村子里的任何一个人，难道要长久地这样过下去？自己种的田自己不得吃，就看我家，年纪老了的爸爸妈妈们没有人养，前几年随我们的意思送多少上寨去倒还好，自己够吃，并且多余的还可以上寨去换一点油盐和蓝布。到如今，一年比一年坏，规定了每家上多少谷粮，直使人没有点多余的去换些油、盐、蓝布的东西，并且连吃的米粮也只够半年。

我想到从前杀了人的族人，他逃过了普西河到很远的州县上去了。先在山上做强盗，以后招了安做军官，现在别人说是他已经找了钱，已经能够很舒服地过下去了。但是我可不能像他这样，因为爸爸妈妈还在，要我养活他们。但是，我应该怎样过呢?

门外狗在狂吠,月光从门的空隙处射进来,时时有一两声爸爸的咳嗽触痛我的心。

从前卫营到寨上去是一百三十里路,所以在天还没有泛鱼肚色的时候我就已经下床来了。我是预备在一天以内赶到那个地头儿去的,为着节省点费用的关系。

把骡子从屋后牵过来,父亲叫我。

"阿权!"没气没力地。

"什么?爸爸!"我隔着板壁问。

"昨天晚上做的窝窝头,你记得带了去,在路上也免得肚皮饿。"

"桑生家做得多呢!"

"不用管,多带点去好。"

我正包着窝窝头的时候,桑生便来叫我了。我们把骡马集合拢来,赶着一齐出村子去。路上虽然是不大看得清楚,但是既宽且平,走着也没有什么不方便的。并且月亮将落,它多少总有点儿光。一路上,听得野狗①阴森森地叫吼。

阿霜这样地死了

黄灰沾满了一双脚杆,草鞋穿通了抛在中途,我们且说且讲

---

① 野狗:狼。

地总算巴望到旗店啦,那儿,仅只是十多家茅舍,矮的集拢在山脚下面。到那时已经有很多骡马低着头在檐下吃着草和干豆子。人坐在谷袋上抽旱烟,紫灰色的烟雾一缕一缕地从瓦头里冲出来,有的在沉思,有的在谈笑。

"走乏了,歇不歇一阵?"我问桑生。

"只有十里路了,还歇什么呢?"

走在旗店的街上,使你嗅到一种难闻的臊辣的马粪味,一两家店子里面,老老幼幼正忙着过往客人的吃食。人声在里面嘈杂喧乱。我们没有停留地横过村子去,马蹄在鞭子下便急忙地移动,愈是要到,心里愈是不安定呢。

翻过一小座生满了浓密杂树的山冈,只要你向前面较广阔的田野里展望,那房屋鳞次栉比的地方,就是我们奔趱一百多里路所要到的莲墩寨了,还有银带般的大河围绕过寨的后边,阳光斜射在上面,远看着显得分外明白。

和我们一道进寨去的人更多了,有个老头子秃了发光的脑袋随在马后蹒跚地拖命,二十多岁的小妇人诅咒着在背上哭啼的孩子。

"从哪儿来?"

"地左村。"

我们互相交谈起来。

"哟,远啦!那边今年怎样,收成?"

"大哥,不好说呀!今年河口又冲倒了,种不成倒没有什么,被淹着的人家就不知道怎么过,天灾真不得了,四月初祭了牲还不见有点好事。"

"唉！……哪边都是一样的。"老头子叹息着说。

下了山冈，走上修长的一条土路，马蹄踏起了阵阵黄灰，人就在灰雾中出没。到了，屋子一间挤一间的，一座几丈高的碉楼矗立在街道的左边。再走进去，旅栈特有的灯笼挂在门口，在风里摆来摆去，上面写着"一路平安"四个大字和着旅栈的招牌。

我心里只感得陌生、不安定，虽我每一年要来，这次又没有什么和从前不同的，何况桑生是那么活跃跃地伴着我，他什么都想得开，好像没有为难他的事一般，但，来到寨上我的心神总是这样的。

歇了栈房，太阳便落了。胡乱吃了点儿东西躺在床上，隔邻铁铺里面传来"叮咚！叮咚！"阵阵烦躁的锻铁声，更使人不能静静地思想。桑生却早就到街上逛去了，横竖今天不能再做什么事。

"只能在这儿住一夜，不然可就没这多的钱给店账，父亲们巴望着我早点儿回去，他们爱的人总是不得天天拢在一块，好像我在他们面前自然会有办法的。真坑人！到现在蹲在家里有什么用，田不能再由你耕种什么了，只有下野物和拿鱼，其实像去年拿得些鱼也没人买，干死了几百斤，自己家里吃得不耐烦。"我自己思忖，"到底以后怎样呢？"

一个中年人擎着小罩灯跨进黑暗的屋子，我才知道已经是晚上了。疲倦的眼皮在红色的光辉中闭了下来，耳朵里外面嘈杂的人声和锻铁声渐渐地轻微过去了。

……

"喂,喂,阿权!……"有人推动着我,声音颤抖低抑地。

"你才回来?"我睁开眼睛来。

"……"他沉默着。

"你从哪儿来?"

我直起身坐在床边上,灯光摇曳中我见到正呆对着我的桑生,像受到多大的刺激,阴沉得可怕。最显明的他那诚恳的眼睛里已经转动着泪液。这是多奇异的事呀!

"为什么?"

"唉!……"泪流了下来。

沉默,我睃着他。

"刚才,我到小毛头家去,"他提高了嗓子说,"他们对我说阿……阿霜早就死了。"

我觉得一身的肉有些紧张,心像弓弦被拉动般地颤抖了。一把,我拉住了他的手膀。

"为什么呢?年纪这样轻就病死吗?"

"病什么呢?毛头家妈妈说不知做错了什么事,前个月被火柱烫死掉的。"

"恐……恐怕不真?"我还在怀疑地追问。

"不真?满街人都知道!毛头家妈还看见当差的跟在一口棺材后面抬出南门那边去。"他流下泪来了,"就大家晓得,谁又敢讲？"

"我倒要去问个究竟。"

"有什么问的，那不是一次了。是要随土司的高兴，他爱着马上拉了去，不要时就弄死掉，常事呀，阿权！"

灯要熄灭的样子，摇曳得很厉害。

"骡子喂过了没有？今天才吃了一小袋豆子。"他把那悲惨的事情轻轻地移开去，故意问这句话。

"等一等吧！"

夜很静，我独自摸到后面槽边把骡子喂了料，回到屋子来，阿霜的影子在我的脑中消逝不了，像胸中横着一块铁般。

我在次日早晨跑出门去，找到在衙门里面做着公事的族中的叔叔。他正在那儿忙得不得了。

"你来啦？"

"昨天晚上到的。"

"收成怎样呢？"他偏着头。

"还不是一样！"

坐在床边，我的心仍在不定。他只问着这些无谓的话，反而使我不好插嘴。从前我对他们这些吃着衙门饭的人总有些讨厌，但现在是要从他这点探听阿霜的事情，就算讨厌也不得不多坐一会儿了。

"阿大叔！我要问你一件事。"

"你说吧！"

"住在我家隔邻的阿霜,你家恐怕知道的,土司老爷今年查田亩的时候,看见她好,把她带上来了,听说,听说不知为什么死掉了?"

"唔,不错,死掉了。"他冷冷地点着头说。

"是病呢,还是……"

他脸上有点变色,看看窗外他又回头去看了几眼,好像是做了小偷般的神情,有些惊恐,不自然。

"告诉我吧,阿叔!"

"真难说咧!"他皱着双眉,"连我也不大清楚,大概是因为她自己不好,不规规矩矩地做人——有一天晚上从她身上搜出一把小刀子来,里面的人说她想刺杀土司老爷。这还得了,从来就没有人敢这样做。大太太虽然比较待她不好些,但是土司老爷却总是爱她的,你想她这样干岂不是没有良心,不识好歹,胆子太大……"

他的唾沫喷得我一脸,我只注意着他的嘴唇的启动,额头上一条青筋发胀,正像一个喝醉了酒的人那样失常。

"又怎样呢?"

"当然喽,这样的情形再不追问还了得。第二天下午便把她拖到后楼上问,要她说出来,她哭,只是不招认,在先便打,也不行,又用火柱烫,她仍然只是叫喊,大家听得不耐烦。哪知便是那天就把她烫死掉,真难看,一身都烧得稀烂的。"

"把她埋在什么地方呢?"

"还要埋她？赏她一口棺材就算是老天赐福，上面的恩宽。"

我真不能再在他那儿坐一会儿，更不忍心看他那一块残忍的脸孔和听他那一些万恶的叙述了。他是土司老爷早晚使唤着的人，他懂得用怎么样的奇怪的话去告诉土司老爷使他喜欢，要他说句中听的话已经不能了。我不迟疑，也不留恋，马上我便站起来，走了。

一路上我心里倒反平淡下来，虽然明知道阿霜妹妹的冤枉，那一些受苦的事情使人不能不想，但我已经不像昨天晚上那么样痛心了。可痛心的就是连她的棺材被抛在什么地方都不知道，想去看看又怎能够呢？

仓廪和骡马

桑生已经把骡子牵了出来，我们用力把驮架抬了上好，赶出店子去。走尽长街和一条长满艾草的甬道，绕到衙门后面。那儿已经拥挤着不少从村乡里来的人，都是运着很多谷子来，交还他们的主人。

因为人太多，要等待着一家一家地进去。那儿是一片广场，全聚满了各村的男女，熟识的人在倾谈着，没有伴侣的在四面瞻顾，盼望着自己马上就可以进去。进去，快点儿了结，快点儿回家。

风很大，场子上有草的地方骡马在那儿低着头吃得个够，没有草的地方风来时便卷起一阵黄灰,半空中显得不明朗,远远的狮头山也几乎看不见了。

衙门的后面却是一带短短的围墙,白的,周围是黑的边。正中间有一个圆圆的红太阳,一看去就知道是官家。里面房子多得不得了,在外面怎么看得清呢?正中间那一座阁楼算特别地惹人注目了,看呀,多雄伟!黄色的瓦在太阳光下面发光,乌铜的顶子伸在半天里面,窗格上全涂了金画的花纹,紧紧地闭着没有打开。

看人影子,知道时候不早了,人声还在嘈杂,骡马在人群中嘶叫。

"肚子有点儿饿!"桑生在抱着手说。

"快了,我们再挤过去一点。"我拉动了牵骡子的皮缰绳。

门虽然小些,但已经足够两匹马并列进去了。我们好容易地把身子挤进去时,汗倒出了一身。

从我们熟悉的路径走了几个弯转,展开在面前的便是如像甬道般的平行过去的两列谷仓。高峻的房顶上开着无数的天窗,走到中间便闻到一股谷米陈腐的味道。

在里面的人很多,因为糠灰弥漫着,几乎看不清楚。

每一列是六座大仓,张开了黑黢黢的大嘴。我们是一个公事人指定叫站在左边的高石坎下面的,可是在先前就站满了人。

"哦啊……十斗……"每一座仓口的两个公事人一面量着谷米,一面唱着他们所量得的数目,另外的两个人把盛在竹筐里的谷米送进仓里面去。在右边的却不同了，很多很多骡马在那儿等待着，他们在那儿把仓里的谷米用麻布袋子装了出来，拴在马驮子上。

"为什么又把谷子装出来？"一个村妇在我侧边问。

"运出去！"

"运到哪儿呢？"

"卖到附近的州县上去啦。"

"……"村妇不可解地睁大着凹下去的眼睛。

"这点事都不懂，天天都在运着的。难道堆在仓里让它糟烂了不成？"

回答这话的人好像很懂的样子微笑着，两只手叉在腰间，在他周围的人都望着他的脸孔，我心里也感到无限地刺痛，但没有出声。

骡马驮着谷米一袋一袋地从前门出去了。

顺着次序，一个三十多岁脸上阴郁的男子把他的米从马背取了下来，全数倒出，让两个公事人在那儿量。

"你是哪一村的？"

"牛庄！"

"叫什么名字？"

"阿印！"

后面那个人在翻查着一本大簿子，按照这男子所报告出来的。

"他该上二十斗！"查簿子的人抬起头来说。

另外一个点点头,开始量那个男子倒下去的谷子,不大高兴地半闭着眼睛,手里拿着一根平滑的木棍,敲响了地在叫着。

"快点快点!"

阿印把麻布口袋都倒空了。

"怎么?不够呀!"量谷的公事人在怒目地睖着阿印,张着嘴皮露出又黄又大的牙齿。

"没有了!"

"没有也得要补足呀!"

"少得不多,下一次来补好不好?"

"放屁,谁叫你不早带够的?"公事人骂起来,从他口里喷出很多的白的泡沫。

"实在只收得这一点儿,饶饶这一回吧!老爷!"

"噼啪!"一个耳光打了过去,阿印站不稳,跌倒在八九尺高的石基下面。很多人集拢来,阿印一身滚的是黄土,躺在地上哼。

"你妈的,畜生!你不补足倒要给你吃点甜头,才晓得祖公的利害。眼睛不睁亮点,在我头上讲骗赖。"公事人还站了起来指着下面骂。

集拢来的人翻着眼皮望着他,他的声音也渐渐地小了。内中一个牛庄的人把阿印从地下拉起了,拍掉身上的黄灰,阿印的脸色不大好看,嘴角流下了一缕鲜血。这时我心里只有愤怒,我看着很多人都在叹息着这种遭遇。

等到阿印被拉了过去以后,人渐渐地散开。依然,一切又照常了。各人仍然去把他们的谷子送到仓口去，争着在先缴掉，好清清爽爽地走，然而我的前面有一个妇人的谷子又少了，少些倒不要紧，因为她生得很俏，公事人嬉皮笑脸地扭她的脸一下，这关儿可就过了。另外一个男子却老早准备了的，刚量到他的谷子时就三步做两步地跨到公事人面前，弯下腰弄了一阵手势，不久也便马马虎虎了事。

又谁知事情到我头上却会弄得这么糟呢？他们不大高兴地问了我住的村寨和名姓以后，不声不响地便量我的谷子，到头来他拿那双可恨的眼睛望着我。

"妈的！怎么你的又少了？"

"少了许多？"

"半斗！"

"……"我在打主意。

"你们这些人，不弄一两个还得了！"他骂着就站起来看着算着账的那个人道，"去叫两个人来！"

我不知道他要把我怎样，但总可以断定是不利的，我赶快回头去看桑生，不见，喊了几声他才从万头攒动中跑到我面前。

"什么？"他满脸是汗地问。

"快把你的米拿半斗来，我的少了些，他们要叫人来不知怎样对付我。"

但是等桑生回头还没有把米拿来，几个雄赳赳的侍卫已经跑到我的身边。

"谁？"

"就是他！"公事人指着我向问的人说。

不由自主地被他们三四个人把我拉走了，人群又聚集成一条狭窄的路，让我在中间被拉着。现在，就要想挣脱也没有法子了，转弯抹角，被送在一间黑房子里面关着，原来也就已经有些人在里面了。

虽然是一件意外的事，但是当时却没有觉得十分地痛苦，横竖我马上回家也没有用，白化了半斗谷子还他们，没有饭吃给他多关几天倒好。

不知昼夜地过着日子。

卖了我的牛

没有多少日子，大约才七八天吧，我便被他们放出来了。身上所有的几文钱，全用得光光的，为着年老的爸爸妈妈的悬念，站都没有站一会儿就赶路回家。

远远地，看见前卫营了，真感到特别亲切呀。当我见到炊烟萦绕在矮矮的茅屋顶上，一条石道被夕阳斜射着发着光亮，四野的秃田平漠地展开成灰黄的一片，我心里欢欣万分了，因为我真想不到能这么快地离开漆黑的监狱回到家来。

"是阿权吗？"有人问。

我转过头去才见田埂上走过来的是年纪三十岁的吉新叔，他满脸黑透了的胡须根儿夹着慈善。

"哦！吉新叔！"我站着等他到了大路上。

"你哪天回来的？"

"刚才！"

"真叫人急死了！"

"这是难免的事，横竖是要吃点苦头的。"

"是呀！你看，你自己瘦了许多啦。"

我摸着脸苦笑了，且说且走；不觉已经进了村口，冷冷清清地碰见几个熟人，他们都用奇异的眼睛注视着我。

一到家，妈妈就对我说她预备去寨上看我了，为了这小小的磨难，他们淌了不少眼泪。哎，我又怎好说什么呢？还不是只有劝慰劝慰了事。

……

跟连又是下了几天的绵绵雨，路是下得泥沟般的，没有活计做，只得蹲在家里。人口儿少，只弄得静悄悄的，淋漓的雨声在门外响着，我独一人坐在门边在七思八想的，没有兴致。

从小就做庄稼到现在了，劳碌至今也不得过点儿好日子，到底还是要饿半年的肚皮，自己也觉得没有什么意思了。

妈妈移个草墩在我对面坐着拣拾碎米里面的稗子，眼皮下垂着，像在凝思什么事般的。

"田，真不好再种下去了！"我冷冷地说。

"那有什么法呢？"妈妈低着头说，她的声调是那样地阴郁。

"我想还是把田还给土司官吧。"

"以后怎样呢？"

"到后山那边跟他们打野物去。开春送到中甸那边卖给外路人，这样倒清爽些。"

妈妈不说什么。

转了这个念头又使家里老不舒服地过了些日子，到头来，他们只有随我。

冬天，在雪风凛冽中匆匆地度过了。

家里已经没有多少米了，我又决定要到山后去，正在这个困难的时候，卢伯伯又来啦，他一开口说要我们赔他家去年没有赔清的账。

"我们不种田了。"我开头就说。

"为什么？"他惊异地问。

"横竖种了也没有饭吃。"我当时愤慨得几乎流泪了。

"哼！真是傻子……"他沉吟着抬着胡子。

就是在那天的午后，我们一家人围绕着卢伯伯把事情弄妥了。种了很多年的那块田交给他还了土司官。还有，便是我们一家人依它为命的那条耕牛，说定了卖给卢伯伯。

翌日，什么都定了。

我老早地把水牛从屋后拉出来，妈妈一眼见了就不自主地揩清泪。事情是难免不伤心的。这头水牛在我家里不知多少年了，妈妈天天喂着它，正像用奶去喂自己的儿子一样。不是耕种的时候，我时常骑在它的背上，缓缓地一步步地走在田野中间，或者牵着它到小河边去喝水。它高兴的当儿，也会钻下水去，露出半个鼻子在水面上呼呼呼地吹，直到阳光将没有的时候才牵它回家。它为我们一家人用了不少的力气，并且厮混熟了。弄到如今还不得不把它卖掉，谁心里都会难过的。

水牛笨拙的身躯被拉出门，它还如往日般地仰起头眨一眨眼睛。我用手抚摸着它身上的毛儿只发着呆，想到以往种着田的那些日子，播种、插秧、拾莠、收获，这些，总不能再有了。

爸爸妈妈看着我把牛牵走，他们还没有进门去。到了卢伯伯家，他看了又看，恐怕牛是有病的，后来总算是放心了，他才把钱（扣了从前欠的账）和谷米交给我。

"以后做什么活计呢？"卢伯伯问。

"想去后山打野物。"

"嘿嘿！真是傻子，好好地安分种田不干，你要倒霉的。"他用手指着我教训般地且说且笑。

我不顾回答，便背着米走开了。

才下了雨的路泥泞得难走，我的一双赤足陷得很深。我脑子里面昏乱极了，有个人荷着把锄头走过身边，就令我像丢失一件什么宝贵的东西般的茫然。

野物

爸爸虽然硬着性子不准我到山后去，但是事情逼到眉毛边也不得不走了。卖牛得的钱除了还债所剩也不多，统统交给两个老人，随他们的便，能够活便活下去吧！

春天，遍山遍野的草木都渐渐地从灰黄中绿出头来，几只黄雀儿在枝头吱吱喳喳地叫个不休。顺小河一带堤埂便是到山后的路，除了一两个放牛娃娃过去，总是静悄悄的。几个村子的茅草房头上，顶着一片淡薄的晨曦。远远的山，就像雨后涌上山去的云一般横在前边，没有散开的岚雾包围飘浮在它的头上。

我一个人又离开前卫营了。自己觉得只身孤影，没有什么顾念地走着路。

计算下来倒容易，不久便也走到绿遥啦，从绿遥翻过山去，一眼就可以望得见若川了。我要了口水喝喝，脚不停地又奔趱着。

多大的山呀，望着望着总爬不到顶，小小的路倾斜在岩石峭壁间，藤子有时候也会绊住你的脚，箐是有几十丈那么深，枯腐的树叶堆积在下面，风吹得分外地响。

连续地走过几个山峰，便看见很多的茅舍聚集在另外一个山顶上了，看去就好像没有了头发的老人，在房子的四周没有一棵树木。

颈子上拴着小铜铃的狗是那么凶，直立的耳朵和尖尖的嘴就像狼的模样，我刚到一带小木头竖成的栅栏前面，已经就有几只冲上来预备咬我的腿了，在地上拾起几个石头来防卫着，我才一步一步地走进去。

表兄家是老住在这边的，年纪小的时候我在他家住过，所以我是记得的，走在两列屋子中间，很多不熟识的人奇异地注视着我，用那一对多疑的瞳子。然而我的脚步更快了，因为谁都知道，他们有着强悍的蛮气，外面的人跑来，多半要被他们杀掉的。

在一小片像打谷场般的平滑的土地前面，便是表兄们的家，也是依样地有几匹恶狗在那儿躺着，另外便是三个小孩子蹲在矮小的门口。

孩子听见我的脚步声便回转头来。

"哟……"孩子在惊讶地叫。

一个妇人从门里面伸出头来，我知道她是和蔼而强健的阿姨，但，她用疑虑的眼睛打量着我的周身。

"阿姨，你忘记我了呀？"我微笑着抢过去站在她的面前。

"哦！阿权？"她的眼皮更张大了。

"是的！"

"长得这么样，真不像了，你才来吗？"

她且说且回过头去，我也随她跨进去了，就坐在黑暗得没有光亮的房子里面谈着，一大股羊屎的味道冲得鼻子发酸。

这地头儿的房子可就不和我们家里一样了，它是用一根根圆圆的木头挤拢起来，横直交叉地用钉子把它弄牢，像一个方匣子般。顶上用竹片放在上面，又用草覆上。下面便是两层，地面下是羊群和恶犬们每天住宿的所在；上面架空着仍然是不十分粗的木头，削成方形，间隔出一条条狭窄的空隙，人就用牛皮铺在上面睡觉或是坐立，羊在下面跳着，上面会不安宁呢！

没有桌子或是凳子，做什么都是在地下，在四壁悬挂着很多东西——木头刻的钟，羊皮鼓，用牛筋拉着的弩，狐狸的尾巴……

阿姨和从前一样和蔼，她唠唠叨叨地问我妈妈的头发白了没有，爸爸的日子过得怎样，她说很想去前卫营看看他们。

不久，没有见过面的表嫂背着一个麻布袋子跨进来了，阿姨叫我喊她一声，接着表兄也来了，他还是那样热烈的样子，虽然我们隔了很多年没有见过面，他长得是那么高大，莽壮的身子和长满腮边的须根，真令人想不到他竟大大地变了。

"哦！你来了吗？"他抢上一步拉住我的手。

我站了起来。

"干什么呢？你想！"他斜着头问。

"种不了田，我想来跟你打野物过日子。"

"为什么呢？"

"种到头来总没有我们的份，缴了粮食以后，半年都不够吃了。"我凄然地说。

"那么两位老人怎样活下去呢？"

"让他们吧，表兄！这个年头……我想以后在这边好些时，常叫人送点钱米去。"

"也好！"表兄深思着点头说。

大家坐了下来，天不知不觉地黑尽了。

就这样，我在表兄家了。

一大个上着绿釉的瓦缸里面，装满了很多种类的树根和怪草，从屋子后面拿了出去，在空场上用树枝搭了一个三角形的架子。绳子吊着一口铜锅，从下面渐渐地升起火焰，锅里面的水渐渐地沸腾翻滚。这时，表兄便把瓦缸里面的那些草和树根放到热水里面，另外他从身边取出一块红色的沙石抛下去，石头溶化了，锅里面便全是红的。柴火发着浓厚的烟子。

我们坐在侧边用刀削着竹子，成为一支支圆柱形的箭，尖端锋利得如像针一般的，都把尖端插在锅里面让红水浸没了它，拿出来时，你可以看见一层土红色的东西粘满在尖端上。这样的东西是我们应用得到的，它射到野兽身上只要可以流一点血，那野兽便死了。依大家都说，这竹箭上的药射到身子上去便就死，叫作"见血封喉"，这是真的。

我们拿着铁标、强弩，和着表兄及若川的人们，奔驰逡巡在山野中了。从这儿，一连接过去全是绵延不绝的山岭。夏天来时，绿得比什么都可爱，比什么都可怕呀。

记得有一个夜间，雨是哗啦哗啦地下着，打野物这会儿却正是时候了。我们驱使着恶狗向前面走，人也跟它走进山丛中去。黑暗中，风在狂吹着，我们先去把自己的一个阱坑弄好，在草间放着绊绳和药弩，只要野物来时，它自然会上当的。

听着前面有响声，我们便追赶了去。

到天明回家，我和表兄的背上都背满了狐狸、野兔、獐子……这一些东西。

有时候我们在陷阱里面或草丛间发现了上了当的兽类，因为太大的关系，常是叫邻舍的人一道去取出来，那时是要大家分的，但是皮子始终是属于我们。

当全寨子的男人们都出去打野物的时候，妇女们常是赶着他们的羊群到山岩上去，呼哨着，歌唱着，让那些羔羊吃着青青的草。

谁说他们不幸运呢？他们不像种田的农人那般麻烦——要拿着锄头或铁犁去耕种，到头来总是自己不够饱肚皮，自己的收获全被土司官拿去了，他们却不敢骂土司官半句不是，每年底还是要送很多野物上衙门去贡献他们的主人，是的，就只有他们是良好的子民。

蓝眼睛和十字架

秋天的下半段，山前山后的草木都凋残了。叶子一片片地从树上飘落下来，一阵风吹过，满山便"窣噜窣噜"地响个不住。

若川的人们全都歇息下来了，每一片屋口，较平常要热闹很多。金黄的太阳高高地射在街沿和平滑的屋顶上，是那样温和宜人。人们差不多都坐在门口，搬出一向所打得的野物的皮或角这一类东西。这时，他们得聚精会神地工作了。捅破了的兽皮，女人们把它一张一张地补起，平平地推开来让秋阳晒着它，男子们也在把鹿角呀，虎骨呀……弄得好好的用布包了起来。

我和表兄们一家人也一样地做着事，表兄沉默着没有说话，阿姨和表嫂倒很起劲的样子，一面补着兽皮一面谈着，她们在计划着一切。

"阿权，开年你就可以弄一点钱叫人替你送回家去了，唉！他们不晓得怎样地过着日子和惦念你呢。"阿姨向我和蔼地说。

"谢谢你，阿姨！"

"你也随着我们苦了一年啦。"

我没有答话。

路上的那些吊着铜铃的狗跑来跑去的，屋子下面的羊群在一声两声地叫着。

到头来他们有的在进行，有的在期待着。除了小部分的人，他们急急忙忙地背着自己得到的兽皮，下山，跑到很远的一个大镇市上把它完全卖脱了，他们换回来一些米粮和着布帛，做一年内的生活。另外一些人呢？他们却等待着一批外邦人来和他们交易，照例每年的秋天便到来。

是一个下午，远远地看见对面的山坡上，在疏林中间趱行着一列人和骡马。强悍的若川人欢喜了。他们，这儿一堆那儿一堆地指点着伫望着，只有这一队常来的客人不会被他们杀戮掉，反而为他们的老幼所欢迎。

刚到村子的山半腰那一片旷地上，那些客商们停止了前进。骡马和人是那么地多，渐渐地行列挤拢了，一团地聚合在空场上。

"唔呵……"这边的人们在高高地举起粗黑的手,向下面的客人们热烈地呼喊。

"哈啰!"那下面的人在答复,他们随着是一阵狂笑在山谷中反响。

不少人很快就动手把那平场上的蔓草弄掉一些,张开了四五个很大的帐篷。太阳将要落山,他们在吃饭了,无数的骡马也摇着尾巴安闲地吃着草料。

到月亮上升,四野苍茫的时候,我们还能听到一些很可爱的乐声从帐篷里面传出来。

阿姨更喜欢了,她站在门口又重复地说:

"他们明天早上会上来的。阿权,你要送点钱给你的爸爸了。"

翌日——

还不到吃早饭,那些人果然就上来了,显然是每年都来的,他们和若川的人热烈地说些初见面时应说的话,走到路的中间。

他们穿着奇怪的衣装,有的颈子上还系着一条短的带子,鼻子都是高高的,眼睛蓝得像猫头鹰的一样,初见倒是有些可怕,因为我们从没有见过这种样子的人,除了两个穿着黑衣服的人会说我们的话以外,他们说的另外那些话,我们一句都不懂。

那两个穿着很长的黑衣服的人,长着很多胡须,对我们是那样地亲切,他曾说他爱我们这些人,倘若大家愿意跟他在一块儿。

在他们胸前，都挂着一串亮闪闪的珠子和一个十字架，在十字架上还有一个人。有些孩子们向他们要，每一个孩子便得一个，另外还得很多美丽的图画。

大家说这两个人好，闲着没有事的都围绕着他们。

"这是上帝！他是在天上管我们人的。"其中一个微笑地指着他胸前那个发亮的十字架说，"你们看，他是因为我们大家被钉死在这十字架上。"

大家静静地听着，虽然不十分懂。

"他以后会救我们的！"另一个眼皮翻起来，用手指着天。小孩子们顺着他的手指看上去，没有什么，回头又看看大人的脸孔。

大家围着他们，要讲几天的。

各家的皮子都抬了出来了，让那些颈子上系着带子的人来选择，太坏的他们是不要的，但他们比从前出的价钱较高一点。议价不用说话，多半是比手势。

大家讲好了价以后，便替他们把东西抱着送到他们住的场子上去，然后才得到钱。这天下午，表兄和我把东西送到场子去以后算是得到钱了，我们很喜欢地回家来，阿姨和表嫂都微笑地站在门口，很多银圆在表兄的手里发着响声。

他们帐篷的周围堵满了兽皮和鹿角，第二天中午他们便预备离开若川了。记得就是那天晚上，全寨的男女们都在山顶上升起很高的火焰。在葫芦笙、羊皮鼓的嘈杂声音里面，大家都跌脚，唱着歌,让那些蓝眼睛的人上来看我们,他们很多人在学我们拍着手掌。

那两个挂着十字架的人,他们又站在一棵树下面讲说着,大家围绕在四面。

"上帝,我们要敬仰他!"声音特别地大!

"不要信他的话呀,他在乱说,我们还是去那边快乐吧!"一个中年人分开重围大声地叫。

"你这样做,要遭殃!"挂十字架的人说,用庄严的面孔对着那中年的男子。

"你才遭殃!"那个男子走上去踢了一脚,在那黑衣上贴上一个黄的足印。

"嗒……"一声震动山谷的巨响,那男子倒了下来,顿时音乐人声都歇止了,从火焰边涌过来一团人群。

我们的人在地下,胸侧流着鲜血。

"他们杀了人,打呀!"有人在后面叫。

人群乱了,那些蓝眼睛的人向山下就跑,我们回家拿了弩和刀子追了去,刚到那场子边,他们忽然从帐篷里拿山长长短短的东西(后来我才知道是叫枪)。我们的人刚刚涌上去,"嗒嗒嗒"的声音又响了。在前面的人一个个倒下来,这时,我们的药弩就好像没有用般的,人死得太多,渐渐地我们只有退回去,藏在屋子里不敢出来。

异乎平常的震恐使若川的人不安了。

第二个晚上，有人来说那些人都走了，全村的人才敢出来。站在山顶看着场子上果然已经没有人，只是剩得一堆堆烧尽了的树枝的黑炭。

几条尸首倒在荒草中间，血液模糊的身子被大家抬了出来。

老老幼幼凄厉地看着，有一个孩子在玩着那蓝眼睛的人所给他的十字架，他的爸爸看见了，抢过来，远远地向山下抛掉了。

月亮昏昏地照临着，四野的山峰都像垂着头，静静地睡去了。风冷清清地吹过。

等到事情平静下来以后，大家又重新去料理自己的生活，虽然有人摆着头说：

"明年那些人不会来了，我们的皮卖给谁呢？"

但是却也不因为这样而不去做他们的事。

日子过得流水似的，几个月以后若川又传来一个令人郁悒的消息，土司官使人传话给每一家，以后一年每家都上交衙门羊皮三张、狐皮一张、鹿茸一架，如果不遵守，他会叫你不要再打野物，拿到衙门里面吃苦头哩。一向自在惯了的人们，大家都叫起苦来了，表兄在自言自语地问：

"为什么我们不得安静地过下去呢？"

"以后多打点吧！"阿姨善良地答。

白昼不容易打，夜间，我又和表兄一齐跑到很远的地方。近年这附近简直连一个兔儿也没有，若川寨的男子们全都跑出二三十里外去了。

出人预料地，我们有一次十多个人，赶着一只山猫向前面的黎贡山去的时候，忽然看见从前来若川买皮的那一班蓝眼睛的人在那儿的山坡下面住着，人更比从前多些了，大家不敢走近前去。

事是渐渐地明白了，他们很多人每天骑着大马在漫山遍野地奔驰着，前面跑着恶狗，"嗒嗒嗒"的东西仍是响透山谷，但是应声倒下来的都是野兽。

在从前也有过别人来这些山上打过野物，但是都被蛮悍的若川的人杀的杀追的追散了。现在呢，他们却不敢这样，就有时看见深山上放着的一些开着口的铁夹子，谁也不敢去动一动。

渐渐地，我们的野物打得少，而他们却打得很多很多，有一次因为一个人和他们互相争夺一只野猪，又被那"嗒嗒"的声音弄死了，尸首都没有拖回来。

土司官照他的话来征收兽皮和鹿茸，蓝眼睛的人盖了小木房在黎贡山下面住着，终日打着野物，这样的日子，你叫若川寨的人怎样过下去呢？

往江边去

"在这儿也麻烦阿姨和表兄两年多了，我还是到旁的地头儿去过些日子吧！"我含着满眶的酸泪。

黎明，露水湿透了小草的周身，山岚在峡谷间浮动着，溪水玲琮地流过山脚的小路，曲折得像一条银色的带子，还缀上些绿叶和野花。

我背着一个包袱站在短短的栅栏口,在我面前的是表兄和着年老的阿姨。阿姨是使我忘记不了的,她慈善得谁都及不上,现在她是已经死掉了。记得那天早上她枯瘦的手伏在栅栏上送我走路,嘴里还不住地说:

"阿权,你来这儿没有得什么好处,再在些时候吧!"

"你总要为着两位老人想想!"表兄严肃地看着我。

"唔!我知道的……"

"这些年,大家的日子都难过了。"表兄不像从前一样的活泼泼的了,说话总带着点愁惨的样子,"你到那儿恐怕还不如这里呢!"

"……"我低下头去。

几个打野物的人才从外面回家。经过我们的身边,他们疲倦地一步一步地爬上坡来,在背上只背着两个兔子。

"怎么?要走了?"一个人站着问。

我微笑着点点头。

"跟我们对付那些蓝眼睛的人吧!"那人擎起一个拳头。

"不,我就要走,那些人让若川的人吃他们的肉吧!"我有些动气了,"还有土……土司……"

大家脸色都变了,阿姨忙用手蒙着我的嘴。

"好!以后再来看你们,阿姨,我走了!"我坚决地挥一挥手说。

顺着山坡我走了下去。

"再来呀！"有人在叫着，我回过头去，栅栏口还是阿姨和打野物天天在一处的若川的人站在那儿，都挥着黑黑的手。

我知道方向而不知道路，一面走着一面问。只要离开若川差不多十里路外，便有种田地的人家了。田是一级一级地在山坡上，他们在田里已经种了很高的黍，远远地就见绿色的秆子在风里摆动。

顺着山脊走了很多路，然后渐渐地下坡了，从一个山谷口绕出去，便是开阔的田野和村落。有人告诉我，顺着一条宽阔的道路走便可以到江边。这时已经日头斜西了

在中途，我碰见两个人走在前面，肩上担着一筒卷着的草席。

"大哥，借问你们。"我走近他们的身边说。

"问什么？"他们都回过头来。

"到江边究竟还有几里？"

"四十里！"左边的一个答应。

"你要到那边去吗？"另一个问。

"是！"

"那我们同路了！"

"好呀！"

这样地，我们便在一起走起来，他们两个都是贝壳村的。阿材是一个四十多岁的人，他的头发披在两肩，颧骨高高地突出来，下颏是尖的，像没有力气再走路的样子，耳朵下面流着一粒粒的

汗，嘴在喘息而不多说话。另一个便是叫作小三子的，他就一点不觉劳顿地乱说乱讲，人比我矮一拳，衣服没有扣纽子，露着多肉的胸脯，有两片薄薄的嘴皮和比别人大的鼻子。因为他那豪爽一些的脾气，我就特别和他要好。

天渐渐地昏暗了，四山是紫的，我们的脚步仍然十分急迫地前进，路上有了这两个伴，心里倒觉得不怎么寂寞啦。虽然我们还不熟悉。

"哗啦哗啦……"一阵延续不断的声音遥远地传来。

"你不听见吗？快到江边了。但我们还要在露天下面睡一夜呢！"小三子说。

"为什么？"我问。

"卡角还要顺着江再上去五里才到，并且到了也不能进去，因为有一道总门一到天黑就关了。"

月亮从云团中冲了出来，清风徐徐地在树林间吹。我们走在一条狭窄的道路上，两边是些嶙峋的岩石。在上面生长着高矮不一的树丛，我们一个跟一个地走，影子映在脚前面。

居然看到苍碧的江水横流着，静寂中就是这江涛声像狮吼般的吓动人的心。在岸边，布满了很多的石头，同样有些小树生在石隙间，我们找了个石子比较少一点儿的地方歇了下来，喘了一口长长的气。

"我们去喝口水吧！"小三子牵着我的袖子。

"好！"

我随着他到江边,用手掌合拢捧起江水喝了几口。回到原来的地方,阿材已经把那一份席子打开,让我们都坐在上面。

"肚子饿呀!"小三子说。

"明早进去找饭吃,忍耐些!"

三个人都平躺在一张席子上,小三子在中间。

看着月亮在云团里钻得特别快,江涛愈响得厉害。虽然我们都很疲倦,但不容易睡得着。

"小三子,你们来卡角干什么?"我问。

"还不是跟你一样!"他的脸朝着天。

"在家里种种田不好吗?"

"不像前几年了。"他感伤的样子。

随之,他详细地告诉我,他们的田全是山地,只能种麦子,终年就吃它。这几年土司官更厉害,征收一点不能少,弄得只够吃半年,家口又比从前多,当然只有从卡角这边跑了。

"那么田不再种了?"我问。

"家里面还有人呢!"小三子说,"我真不愿再蹲在家里了,只有和阿材跑出来,阿材是个孤人。我们老早就听说卡角淘金砂是有钱和有饭吃的,又不管淘多淘少大家都是一样。"

"我也听说是这样的,大家试试看吧!"

阿材不知什么时候睡着了,打着鼾,我们也停止了谈话。

金砂

一道很大的木门紧闭着,里面的锁在响,一个人渐渐地将门打开了,像张着大嘴般。

"干什么?"

"找生活的!"

"几个?"

"三个!"

随着他进门去,就像林子般的有着很多房子,很多黄瘦不像人样的男女从门里面钻出钻进的,我们沿着江边向前走过一程。

"进去!"那人指着较大一点的房子说。

我们看见很多的人在里面忙乱着,他们肩上斜挂着像我在若川看见蓝眼睛的人挂着的一样的东西,我心里有些惊恐,"为什么他们也会有这件东西呢?"真想不透。

生满很黑的短胡子的一个人,大家都叫他石总管,他仔细地看了我们几眼,把我们问了一通。

"好了,下去领筛子,就从今天开头。"他挥一挥手说。

"没有住的地方!"小三子说。

"会安置你们的。"

我们三个人到底熟识些,随时老在一块儿,从这天起就过着从没有做过的生活。有人果然找给我们一点住的地方,是在那很多房子中的一间,原先已经有很多人在住着了。他们初见我们去,态度是那么地诚恳可爱。

三套新的筛子和六个小小的羊皮口袋交在我们的手里。

"怎样淘法叫别人教教你们!"交东西来的人告诉我。

黑洞洞的屋子里面,用土筑起很多台子,台子上铺着几张破的草席。两三个人坐在上面,讲得热热闹闹的,我们也是占据了一个土台子。

"你们今天才来呀?"一个年轻的人走过来问。

"是!你呢?"我反问他。

"早啦!我来一年了。"

他就站在我们前面讲起来,是一个多热烈的人呵,眼眶是深深的,一双可怕而又热情的眼睛只盯住我们。他说他的名字叫印根,家里的人都死完了,哥哥和爸爸是跟土司官到外边打战被蛮刀杀死掉的。

"当!当!"一阵剧烈的锣声从远远地传来,全屋子的人就忙乱得很厉害,他们不再说话了,跳下土台拿着筛子就往门外跑。

"走吧!你们跟着我!"印根说。

刚刚和印根出了屋子的门,便有几个拿着鞭子的伸进头去看看,没有人,他便顺手把门扣上了。

人是那么多,顺着江岸全站满了人。我们也混进去,大家散开,隔十多二十步就蹲着一个人。只要你仰起头来一看,顺着江上去十多里路,已经全是人了。

印根真好，第一天他就蹲在我们三个人的侧边教我们怎么样去淘取金砂，他做给我们看几遍，渐渐地都会了。

在我们淘金砂一段的江面，比别处要广阔些，在中间还有两个大石头伸出水面。我问印根为什么江水这么长不到别处淘偏要在这儿？印根说这儿江水比别处要浅得多，并且在距离这儿十多里的上游有个大弯转，所以水一到卡角这地头就变成急流，金砂才容易淘得到。别处本来也有淘的，从前被土司官禁止了，并且除了卡角以外，只要挨近江边的全不准盖房子，盖了都要被拆掉的。

这是不容易做的，用筛子在水里撮了很多的砂石起来，两只手就捧着那筛子在水里荡来荡去的；细的砂和轻的细石都顺着水流过去了，你的眼睛就要死死地看着筛子里面，如果在余剩的石子中间有着亮亮的一粒黄色的沉重的劳什子，那么，天，它便是你一天的幸运了，把它郑重地拾起放在腰间的羊皮袋子里面，再淘！再淘！

大家静静地蹲着，就是腰杆支持不住也要蹲，也要动。后面终日有着长长的一排监工看着你，他们手里拿着皮鞭子，一个人管十个工，走来走去地巡视着，眼睛发着凶光，如果你站起来，那不难吃他一鞭。

另外还有一些斜挂着长长的东西的人。

"他们挂着的叫什么？"我问印根。

"枪！"

"打野物吗？"

"打人的！"

我真不解，他们为什么要恶汹汹地弄这些东西来打人，我就想到若川那一天的事，蓝眼睛，光亮的十字架，荒草间的死尸，我心都碎了，赶快回过头来做我的事，监工的脚步已经走过我这边来了。

耳朵里只听得江涛澎湃里，嘈杂着水流出筛子细孔的声音。

"哟！我这儿有一粒呀！"小二子忽然叫。

"好呀！你第一天就有钱了！"印根拍着手掌，看着小三子笑眯眯地用两个手指头拈着一粒黄色的金砂说。

"淘不到的呢？"我问。

"淘不到没有钱，只有饭吃。"

这天我们还看见江的对岸也有人在那儿淘着，人是少一些，阿材问印根，才知道那些已经是另外一种人了。他们比我们要好，得到的金砂可以自己拿去卖，在阳光下面有些妇人在那边一面淘着一面唱着悦耳的歌声，他们是那么样地快乐。

"为什么我们不做那一边的人呢？"阿材用着他没有神的眼睛望着对岸，摆着脑袋叹息着。

"当当！"又是锣响了，印根带着我们去吃饭，这时，我们已经饿得很够了。

从一大个锅里面掌出来的是稀必得不成样了的饭，在地下一个水桶装满了绿色的山菜和水煮成的汤，一个大碗里是放了些盐的豌豆,然而,大家是那样张开大嘴地吞食着。

然而监工们却坐在长方的桌子边喝着酒,吃着猪肉和鸡。他们把皮鞭子斜插在腰带上。

"为什么他们吃得这么好!"小三子嘟着嘴。

印根悄悄地扯一扯他的衣袖,瞅了一眼。

腰杆酸痛极了。手是冷冰冰的,起了很多的皱纹,几乎抬不起来,眼睛也昏花了流下泪水,好容易才到黄昏,江上涌进很大的狂风,水变成了黑色。

锣声又响了。

大家没气没力地爬上一带土埂,我们十个人由一个监工领到大房子里面,羊皮袋从腰间解了递给他。我和小三子都淘得了两粒金砂,一个人得十个铜子。阿材十分懊丧,他连一粒都没有得见,话也不说地站在我们的侧边。

每个人衣服的角落,嘴里,都要摸了又摸看了又看的,甚至于脱了裤子把屁眼也要看得很详细,生恐你淘得的金砂不缴出来,他查出来那可吃不消的。

一个一个地放回屋子去了,门被锁上。两三个人占一个土台平平地躺着,没有灯,外面月亮从破隙中透进些儿光,狗声吠着,淘金砂的人们都睡静了。

江涛哗啦哗啦地澎湃着!

伤心的对比

记得从前来到江边的时候,大家总是高高兴兴的,以为再没有比淘金砂更好的事,哪知愈来可愈不行了。算算日子也不多,怎么个个的脸孔也就瘦得像猢狲,心里懊悔得最厉害的是阿材呀这些人,他说:"这几文钱真不容易挣,从前就苦,倒也是随心随意的,哪晓得到这儿,却是像待犯人般的,一丝儿也不准动弹……"

带着家小来的又怎么办?他们住的虽然要管着,但吃的可就不准跟大家在一块儿。没有孩子的妇人她们也还跟着丈夫一样地淘着金砂,有孩子那就不行了,想想看,孩子小点的得要吃奶,孩子大些的又恐怕他们顽皮掉在江里去。

一家人就靠着丈夫在那儿吃饭,这又怎么行呢?回家去种田也不行,还是只有春天、夏天……这样地过下去。

跟我们在一块儿的老多就太可怜了,上月他的孩子伤了风,活活地就是让他死掉。孩子的妈妈多哭了几声,又让监工的一顿臭骂:"死了不好吗?要他来做什么?哭哭喊喊的真是讨厌。"

我更是只顾自己了,爸爸妈妈就不知道他们怎么过下去的。到现在我才清楚,事情总是我们倒霉。随到哪一块地方都是为土司官拼命,好的也只是他一个人,我们的脚就像被他们用一根绳子牵着一般,现在就是要走也不行了。

"为什么呢?""我以后要怎么样呢?"我终日只是这样想

来想去。

江水不停止地流下去,血红的太阳从东边跳到西边。时候是已经到九月间了。

九月底就要封江了,这是谁都知道的。

刮进来的风有些冷,天板着铁青的脸。是九月将完的一天早晨——

我们正在冷冷的江水中摇着筛子,蹲着的人像一条黑线地延长过去,静静地没有声息,几个背着枪的人,缓缓地走着,监工握着鞭子站在后面。

我的侧边是小三子蹲着,头发长得像一蓬乱草。

"嗒……"忽然一声枪响。

我们大家都回过头去,看见很多背枪的人只从栅门那外面冲,骚乱起来了。"什么事?什么事?"大家在互相问。

监工的皮鞭又向人背上抽。

"看什么?蹲下去!"

"嗒嗒……"又是几声从远远地传来。

不久,一个人被绳子捆着从外面冲进来了,一路走着一路在叫喊。

"谁?"我问。

"我看是阿材呀!"小三子低声说。

……

傍晚,缴了金砂以后,大家集拢在那大房子里面。石总管正坐在那儿，跪在地下的委实是阿材，他的左肩上流着殷殷的血，没有出声地低着头。房子很宽，两罩灯明亮地点在一张桌子上，四面伸出了无数的头来。

"你再不说吗？"石总管问，"你到底是怎么样得来的？"

"没有……"阿材答。

"这是什么，从你身上拿出来的还不认。"石总管指着桌子上的一个小的布包。

"……"他不出声。

像雨点般急骤的鞭子又抽在他的背上，一声呼喊一下抓痛我的心，"偷金砂"，唉！阿材怎么要这样做呢？他为什么不在夜晚逃走呢？脑子里我只如此地回旋着。

"说呀！"

"我说我说！"阿材哀恳着。

紧张的空气里人家看着地上的阿材渐渐地挣扎起来，用两只手撑持着半截身子，满额全是汗珠，眼睛好像在闭着，胸部起伏得很厉害。他继续地诉说道：

"这东西是……是我偷的，从淘金砂我就打着这样的主意：只要每天淘到两粒三粒时我便把它扣留下一两粒，用布包了放在江边的一个石头下面的沙里埋着，一天，一天，就这么些日子里积了下来的……"

"为什么你要这么不怀好心呢？"

"我一个人到卡角，我还有妻室儿女呢，他们正在没有饭吃呢，吃着山芋，我要积蓄起来些救救他们。今天早上看看监工的不防，我便预备拿着跑了，唉，石总管，请你饶了我吧！"他说完垂下头去。

我的一身肌肉像紧缩了一般，阿材的每一句话我都听得清楚，很多人仍然不出声息地围成圈儿，睁着没神的眼睛，脸上浮着可怜的表情。

时候已经不早了，监工的鞭子又在赶大家回去，人就像涌水般地退后，不久又仍然涌上前来，这时石总管在那儿骂得很厉害：

"在卡角从来还没有发生过这种事，让你开头以后还行吗？这个畜生……"石总管上气不接下气的，嘴里一边吐出白气一边在骂着。

"饶饶我吧！"阿材连续地说着。

这时我们便从夜色中一群一群地回到住的地方去，沉默中只听见风在狂号。

"昨晚上不知道怎样对付他？"我对小三子说，在将要去淘金砂的途中。

"打得已经很够了！"小三子有些心酸地低声地说。

脚步踏在沙上发出重触的声音，拖起了一阵黄灰。

沿江又是蹲满人了，水面上闪着金黄色的阳光。山雾还在上游的那些山顶上很缓慢地移动着。江水流下来，到那很高的石头前面溅起了白的浪花，打一个转又流到左边去，几百几千的筛子就在江边荡起了。

后面有人嘈杂，天！我真忘记不了。很快地我就看见一个人从高高的土堤上被几个人拖了下来，大家停住手里摇动着的筛子回转身去，看着他们一直冲到水边，那一个满身血迹的人谁说不是阿材呢？

"要怎么样，要怎么样？"小三子在拉着我的衣袖。

"嗒……嗒……"一个人拿枪向阿材的背上放了两响，微微的一缕青烟散开，身子便像木桩似的倒在水边。

大家渐渐地围拢来，监工的鞭子又从头上抽来了。

两个人将死尸的手脚提起，用力向江水里一抛，浪花溅到岸上，尸身便一浮一沉忽隐忽现地顺着江流下去了。

"哈哈哈！"抛尸首的其中的一个人，在狂笑，皱着生满黑胡根的脸，眯着眼睛直向前面望着。

淘金砂的人们像呆了般的，大家都不敢出声，静静地伸着颈子望着江的下游，直到那浮沉的尸身小到不能再见的时候。

"好要的金砂！"一个监工在我们后面冷冷地说。

大家望着他，小三子的眼睛里像要喷出了火焰。

早饭时候，八个背着枪的人拖出两匹骡子，四个木板箱送到它们的背脊上驮着。石总管骑在另一匹骡子上，栅门人大地开了。他们一干人便冲出去。

"驮些什么？"一个妇人问。

"金砂！"她的丈夫站在上堤上说。

"拿到什么地方去呢？"

"土司官那点……"一只手向远远的西边指着说,"这些金砂就是我们一年内淘得的。"

柴火堆边的骚动

屋檐下刮着很大的风,天气到晚来有些冷了。

忽高忽低的火焰从地下柴火中伸出来,有时发出啧啧的微声。几点星火散开,熄灭了。有的人正围着火坐在地下,红光闪耀在他们的胸前和着紧张而瘦小的面孔。有些仍和往常一样蹲在土台上,向着有火的这边。

屋子里像包藏着说不尽的秘密。墙角落那儿蹲着四五十岁的老头子,他闭着眼睛像正想着什么。嘴里含着一支细竹子镶上瓦斗的旱烟杆,浓烈的青烟一缕缕地从瓦斗中绕上去,直到从梁边垂下来的尘网下面散去了。另一个人正解开他自己的衣服,从线缝间抠出一两个吃得白胖的虱子在大指甲边弄死了,又再低着蓬乱的头去腋下找寻着这些吸血的小家伙。然而很多坐在火柴周围的人却在睁大了眼睛,屏着气息,互相顾视着。

"打一顿也就尽够了,还要弄死抛下江去……"一个人用一根树枝画着地,凄然地说。

"又没有卖定给他们,为什么要这样呢?"

"会这样对付阿材,难道不会对付我们?"小三子说。

"对呀!"蹲在土台上的印根拍了一下大腿。

"今天驮出去那几箱金砂是哪儿来的?还不是阿材跟我们一

天早出晚归地淘来的,他们拿去一个人用,阿材才拿一小点儿养家糊口就犯了罪。那是怎么说的?"我觉得一股热气在我心里翻跟斗,仰起头来望了望大家这么一口气冲出了口。

"这是什么道理?"一个人在我侧边问。

"别乱说呵,我们是在靠着土司官吃饭呀!"靠在墙角的老头子严正地拖长音调地讲,瓦斗里的烟早已经空空的了,他是不住地吸呀吸的。

大家在这两句话的下面沉默了:有的低了头皱着眉头,有的像陡然遗失件什么东西般地睁开了大大的凹下的眼睛。

小三子从身后再拉过几棵拳头粗细的树枝加在刚刚要熄灭的火烬上,在几声爆炸的星火散开以后,火焰升起来,大家的面孔又重新看得清楚了。

"不!老杨!你的话不对……"坐在我对面的一个有些半吞半吐地从喉管中拖出每一个字眼道,"我们在靠自己的力气、自己的手在生活,我们没有靠他,他只是一个人,我们却多着呢。难道这么多的人一概靠着他活不成?"

外面风吹得很响。夜静了,犬吠。江涛的声音都听得见。

"说话低声些,给隔邻的监工听见可不是好惹的!"一个矮子用食指放在嘴唇前面小心地警告他侧边的人。

"怕什么,你们这些无用的东西!我巴不得吃他们的肉哩!"我气愤地看着他的脸骂起来。

"我们得想法替阿材报仇!"小三子站起来伸出一只拳头。

"是的！我们应该……"印根在土台上向下面应声。

大家顿时骚动了，你一句我一句地议论和争执着。墙角落的老头子就在这时候迷迷糊糊地睡着了，嘴角边流着口涎。有几个人在哑哑地笑。

愈说声音愈低了，很多人都把身子挤拢在一处，没有一个显得疲乏的样子。

柴已经烧完了，只余剩着一堆没有熄尽的灰烬在地上，人声还悄悄地在黑暗中延续着。

远远地，鸡鸣一遍了。

死板着脸孔，盘算着心事，大家又横列在江边了。前一晚我们在一块讲话的伙伴们已经散开到各处去，他们在淘着砂的当儿，暗中向前一晚没有碰见的人谈着话。

石头房和栅栏一带的树都已经变了颜色，风一吹来，簌簌的落叶纷飞到江面上和石隙间。照习惯，不久就要封江了。封江，大家都歇息五六天，那时，淘金砂的人们倒不怎么，倒是那些监工的和背枪的保卫们可以到邻近村子里面找姑娘开心。这几天他们的样子就有点儿懒懒的了，石总管老早就送着几箱金砂缴衙门去，他们已经就有三分不关心。何况封关在眼前，偷点儿金砂去逗逗情人，想起就够令人肉酥的。

皮鞭子他们斜插在腰带上，伙伴们正在淘着砂，他们却一小堆一小堆地蹲在上面谈笑着或是赌着钱，伙伴们讲句话他们也不大相干了。那二十多个背枪的更是若无其事地躺在土堤上面的大树荫下面酣睡，枪身横横地倒在他们的膝边。

太阳移动着差不多到天心了，几只乌鸦麻雀飞噪着。气候今天算是比较好些，没有一丝云。

卡角照平常一般的寂静。要吃中饭的时候了。

"当当当……"上面一阵嘹亮的吃饭的锣声。

一大堆淘金砂的人在先很快地涌上土堤的大树边去，下面很多人包围拢来。

"伙伴们呀，干！一个都不要放走……"我站在很高的地方提破嗓子地叫。

"嗷……啦……"一阵风暴般的嘈乱，一阵狮子般的狂吼，眼睛都花了。上面下面都在紧张地可怖地动着，数百的人群集合成为一团，每一个人睁大了发红的眼睛，挣紧了铁青的面孔，赤臂上鼓起一条条蚯蚓般粗细的筋脉。这还有什么可等待的呢？土堤上面的人已经把保卫的枪夺掉，但是只有一两个人会弄这家伙的。石头，粗的木棒，打，像雨点般地乱打着。

"替阿材报仇呀，伙伴们，莫要放过这些畜生！"有人也在叫。

"啊哟，啊哟……"从人丛中发出了断续的喊叫声，"饶了吧……大家好……好说……"

妇人和孩子们也冲出屋子来了，妇人们一群地站住不敢下来，在高高的地方瞻顾着，互相谈论。面孔上表现出欢欣、恐怖、怜悯的样子，拳头握得紧紧的。大些的小孩也一个一个地挤在大人中间,在吼声中搏斗,报复。

江水声势浩大地响着,沙滩上的黑灰从人的脚下面飞起迷蒙了天空,几只守夜的狗在栅门口仰起头汪汪地叫。

上面下面的人渐渐松散开,在地上横直地躺着被打死了的监工和保卫们。在每个的身边都洒遍点点的血迹,平常用来抽人的鞭子现在被人用来抽着他们自己。妇人也涌上前去,小孩子一面嬉笑一面戏谑地用江边的小圆石子抛掷在尸身的头上。

依然地,大家把这些血腥的尸身抛下大江,由它缓缓地飘着去了。每个淘金砂的人都感到轻快,像是从他们自己的背上除了一件什么笨重的东西。

吃了饭以后没有人再用鞭子催着大家去淘砂了,好像有点不惯般的,不晓得应该怎样才好。有人把栅门大大地打开,出去逛了阵又转来,有些去大房子里面寻找钱和金砂,互相争执着收藏的地方。

我和着小三子、印根、老杨……六七个坐在土堤上静静的,歇息着,时候已经是下午啦!

"我们以后应该做什么呢?"老杨冷冷地向大家问。

"是呀,难道就这样过下去吗?"小三子附和着。

"还是大家照常淘砂吧,这回淘得的就算自己的了。"我这样回答。

"土司官知道了这回事那又怎么了?"老杨又问。

"到那时又说吧!"印根插进来说。

"照阿权的意思,我们问一问大家愿不愿干!"小三子说着一面就站起了身,其余的几个人似乎没有什么话,他跑到后面的房子里把锣拿来了。

一阵响亮的锣声,很多人惊讶地聚拢得水泄不通的。

"什么事,又要……"有的在向侧边的人问。

"伙伴们听我说一句!"在人声嘈杂中,印根站在高些的地方,左手高高地摆动着。风在吹动着他的破了的衣襟,瘦长的身子投到地下一个淡淡的影子。

人声静了!印根接着说下去:

"我们闲着也不是事,金砂流着我们为什么不淘呢?要知道,现在淘得的可就是自己的了……"

"都去淘呀……"有人在下面叫。

"大家的意思怎样呢?"印根再问。

"好呀!大家去……"下面一片欢声。

"那么从明天起!"

人渐渐地散开了,又如像往日般没有异样,监工们的那副凶狠的样子也不再看着了。他们那些家伙的血渐渐地变成几块紫黑的污迹在地下被人践踏着。

不久天就黑昏了!

惊惶

歌唱着在暖和的秋阳中,那许许多多长发垂在肩上的摆夷族的男女们，都沿着江岸蹲下去淘取金砂了。这时，他们如像对岸的人般地可以自由欢欣。

"这样长久地过下去吧，我们。"

"是的，现在可以顾到爸爸和妈妈了，他们都能够好好地过日子啦。"

大家高兴，都说不愿封江，就不怕江水是怎样地冻手和秋风是怎样地刺骨，一直淘过十月冬月腊月……多淘点儿，以后都是为了自己和更多的人。

栅门大大地打开，什么人都可以进来，什么人都可以跑到外面。大家已经不再说莎土司好了，并且谁都知道这条江和卡角的一根草全是大家的，这一道栅门是永远关不了的。

附近村子里种田的人，他们一群一群地来淘金砂和砍后山的柴。有的回家去了，有的就很乐意地跟我们在一道。各人把淘得的金砂一粒粒地合拢，到村庄里换米来吃。但是村子里的人连自己都不够吃，哪里还可以换给我们呢。本来我们吃的米从前是要从衙门里驮了来的，现在是快要送到了。

谁又知道会闹出乱子呢？送米的十几匹马驮子到时，大家都看见石总管随在后面，他还是那样凶狠地垂着下眼皮，鼻子就像鹦鹉那样勾勾的。六七个背着枪杆的人仍然在骡子前后。

一进栅门时石总管就有点奇怪的样子。刚刚那时我走过他的旁边，那些送米的和背枪杆的人倒在先走上高房子前面的小路去了，石总管却还在那儿伸着脖子向左右和江边瞧了阵，一切都有点异样了,是的,栅门为什么可以大大地打开呢?淘金砂的人为什么可以东游西走的呢?他不解地骑在骡子上。

正在这时,淘着砂的人也都渐渐地站起来了,三五个三五个地接着耳朵说着话,有些正张大着眼睛地望着他。

骡子的步子缓缓地移动过来啦!

"那些监工往哪里去了?"他低下头去向一个年轻的伙子问,用和从前一样的严厉的声口。

那一个伙伴只摆了摆头。

"唔?"石总管哼着鼻子。

"不知道!"那年轻的伙伴一面冷冷地答应着,移动脚步走过去了。

"……"石总管惊讶地看着那伙伴的背影走到远远的江边。

他跳下骡子怏怏地走进大屋子,一切都有些不同,人人都用一种异样的眼睛注视着他,要洗脸水叫阿獭也没有应声。

"在搞什么鬼?"他说着进房去,在从前躺的床上横卧倒了。自己把烟家私一盘地抬出放好,在烟灯边,天崩他都不管地抽吸着鸦片。

我刚刚走到大树边的时候,看见大栅门口有些人在乱吵着,印根跑到我面前告诉我:

"他们已经把那几个背枪的弄到后面用刀子杀死了,另外那些送米来的看见势头不好,又听见几个人在他们面前叫嚣着要去捉石总管,吓得只好跑了。现在正有人去追……"

"不要给他们逃了才好！"我说，"石总管这东西是要收拾掉。"

正说着，大房子那边就有了不平凡的骚乱。

"喂！看看吧，伙伴们！"小三子的声音在上面叫着。

人群麇集得一团黑，我赶过去挤在当中一看，才见石总管就像一个瘦皮猴般地蜷缩作一堆。如像柴枝的手被绑着，脸变得苍绿的，一面抖着，一面嘴里打着战地说：

"求求你们吧！我……我是照……照着土司官的意思做……做的……我一点没……"

"还记得不？阿材是谁弄死的？"我上前去指着他骂。

"以后不……不再管了！"他额头上沾着粒粒的汗水。

"哼！还有几个以后？"小三子叉着腰在后面说。

人愈挤愈多，没有一个人愿意在怒气冲天的时候还和这样的坏蛋讲理，只要没有石总管这样家伙，卡角的人就太平起来般的。于是，在几千只眼睛的注视中，他背负着一个大大的石头，沉到更深的江里去了。

等到那些出去追赶送米的伙伴们回来，大家可着了慌。这事原是可以想得到的——假若那些送米的回到衙门，他们一定要报告土司官去的，那时开了大批的兵来，我们赤手空拳的怎么敌得住。

大家都这样担心了两夜，附近村子里的人已经传来些不好的风声了。伙伴们内中就不大安定，三个五个的在用这些谣传谈论着,甚至于有些人就要逃走了。

"大家都分心了,那怎么好?"印根皱着眉头说。

很多人低着头没有出声。这一夜,我没有睡熟,脑子里转过了幼年时候的一些记忆和老人们所讲到的关于打战的故事。莎土司的鞭子,阿霜妹妹的眼睛,若川上打野物的人,我都清楚地想透了。为什么这么多人被弄得这样过着苦日子?大家都像被一根铁链子捆起般动都动不了呢?那金柄的皮鞭,我决不相信会永远地抽在我们背上,我们得要挣扎出来……我们不起来,他便要使人用蛮刀杀我们的头啦。白天不是听得有人说,兵是已经从寨上开来了吗?

左思右想,在这晚上我下了一个决心,明天,就是在明天我要用我的嘴巴将伙伴们说服,因为他们现在还在怕,甚至于有些还一样都不清楚地睡在鼓里。

秋风还不十分大,在这样地带与别的地方不同,看出去树木都还不见得怎样地凋落。早晨江面上和后山的岚雾却比前些日子浓些。我和着伙伴们拿着筛子走出去的时候,已经在江面上反射着金色的光波了。

人是东个西个的一点不起劲地游动着,有些甚至于不去淘金砂,只在屋檐下面吸草烟。

印根走到我的面前悄悄地说道:

"又几个说兵已经快到了,他们要来把大家杀一个尽光,另外找一批人来淘金砂。伙伴们都不安定,他们说命总是比金砂要重些的。你看，这事怎了？"

"这……这不行的，事情就是真的也不能走散开呀！"我低下头沉吟了许久。

"还是早点打锣说话吧！"他很坚决地说，声音带着几分颤抖，"如果事情是真的，我们就索性做到底……"

我没有回答他，缓缓地我们并肩走下土堤边去。我好像被一根钉子打进了心里，印根的这几句话，使我把什么顾虑都抛开了。事情逼到这地步，与其让人先宰割，我们何不先动手呢？

"还有，不见人再送米来，伙伴们用金砂到村子里去换都换不来。这几天大家还有点稀饭喝喝，过几天可就要饿肚皮了，所以要做事也得快点！"印根又说。

"这些情形我都知道的……"我说，"话少说吧，不管什么了，你去打锣吧！"

我用手抚住他的肩膀，他没有回答什么的，便向后面溜过去了。我站着，走过我身边的几个伙伴看着这个样子有些奇异地睐了两眼，因为我平常不像这样失去心般的不安宁。

远远地，忽然一阵嘹亮的震彻山河的锣声。

我一惊，抬起头来，看见印根站在树下面，锣面上反射着太阳的金光。

很快地，我飞也似的跑了过去。

然而，伙伴们就好像少了很多般的，就只有一半的人冷冷地移动着脚走过来，大家都有一副阴郁的面孔。

"不要这样吧！伙伴们！"我向四周的人说，"杀了石总管们这一干人是应该的，他们在替莎土司做公事，刻薄地对待我们。看吧，杀了他们就这样多好——大家淘得的金砂是自己的。没有米，拿金砂来买了大家吃，就不用缴上去了。不过，那些人回去报信倒是少不了的，我想救兵来也不会这么快，就来了大家也得和他们干干的。我们人多，还怕吗？大家死也要在一道，三心二意是不对的。怕，有什么用呢？莎土司是这样地苛刻我们，他一个人却在莲墩过好日子。"

大家静静的，人也渐渐地多了，我觉得心上就像有一团火，接着我又说下去：

"他们有枪吗？不怕，我们也有枪、有人，和他们拼拼命。要活命总得要靠自己的。现在女人孩子们都送到附近的村子里去住吧，我们大家等着他们来，好不好？伙伴们！"

"好呀！我们都去……"远远地，一个小伙子在叫。

人丛中，就有些人在低声地谈论着了，之前在我身子附近的伙伴们都没有出声，低着头，垂着眼皮，像思索什么。

"就这样吧！"印根也高声地说。

不久，人们渐渐散了。

晚上，小三子很喜欢地对我说，大家都有些懂了，要干是不成问题的。我微微地苦笑了，我拍着他的肩膀说道：

"小三子，事情还多着呢……"

他睁大眼睛看着我。

森林中间

有三百多些，是的，有三百多些人。他们有的是蛮刀，有的是毛瑟枪。莎土司的侍卫们，整天在寨上吃闲饭的，现在居然来了，隔这儿只有两天路就有人来告诉我们，那些人是莎土司的表哥带着来的，他说：

"要把他们杀掉全抛在江里，另找些人淘金砂……"

看，多凶的口气。本来，以前就从没有这样捣过乱，这回不派兵，可不得了啦，再不来还行吗？

淘金砂的伙伴们这回可不同往常了，他们什么都不顾，家里的妇人孩子们在哭啼着收拾他们仅有的几件旧衣服，捆作一小包地背在背上。然而，让他们逃到什么地方去呢？

"不要哭，怕什么，还远咧！"也有人这样从又低又黑的小茅房里面出来一面向里面讲。

整个甬道和堤上江边都乱哄哄的，"打算打算吧，就只这些小东西和女人没法子……"有人走来对我们这一群说。

"让他们到村子里面去住些时吧！"我说。

真的，找些人便送不少的女子小孩走路了，但是这样整整的去一处是没有这么宽的地方住的，印根告诉他们分开来各到一个村落去。

等到送的人回来已经夜静更深了，天气冷得厉害，大风吹得像打呼哨般的怪响。衣服穿得薄薄的伙伴们都一个个地进门来，脸和手都冻得红红的。

"怎样了？送去了没有？"

"这些种田的到现在才知道是好人，他们让我们分住在各个家里……"

"当然喽！"我点点头，"这会儿我们可就好办了！"

"大家都是一样的……"

这一夜伙伴没有睡，查了查人的数目一共是七百四十二个，全都是精神健壮的伙子。大家都下了决心，死也要在一块儿。但是现在我们人这么少，派了拿毛瑟枪的兵来我们又怎样敌得过呢？眼前有一些枪是死掉的石总管和送来的人给我们留下的，另外还有很多蛮刀，这，这可不行的。

"还是避避吧，我们去多约些人多弄些刀枪又和他们拼命！"有一个年长些的人在说。

"对，对的，我们就这样办，明早就离开卡角呀！"

说话的人是多起来了，有的不愿，有的在说一些不合现在说的废话。但是很多人却很愿照那年纪长些的人说的去做。于是，这一夜，已经有人把他拿到手的刀子磨得亮亮的，枪也给会用的伙伴们搬去了。他们很高兴地斜靠在墙边或土台子下面弄得嘀嗒嘀嗒地响。

风刮得很厉害，江上只有浪涛的声音，四面都静静的，没有一点儿声息。几只狗也紧紧地卷着尾巴走到栅门那边去，树上的枯叶子已经一片片地顺着风吹的方向飘过去，有些树枝已经秃掉一半了。

这时候，七百四十二个伙伴们便各人怀着一片热心离开卡角。让卡角就像一座坟墓般地安顿在那儿。

金沙江翻着汹涌的浪潮。

我们走着一阵阵地隔远了，直到栅栏都看不见的时候，但是，还会有些伙伴回过头去，伸长了又瘦又黑的颈子，睁开大大的眼睛。

前一天晚上大家就说好的，我们不能走散了，于是大家也就好好地走着。我自己是背着一把大大的蛮刀，穿着一双草鞋一步步地跟在小三子后面。我心里正奇怪地想，日子过得真快，才和小三子来卡角，现在又一道离开了。

走到中午些，大家把腰间包着的冷饭拿出来吃了个饱，于是又唱着山歌慢慢走。有的在嬉笑地谈着，我们都好像心里没有一点事。走着路，身子也暖和了。

那儿是一座又高又大的山，里面长满了落叶树和常青树。山路细细地盘绕上去，阴湿的土上有野猪以及狼的脚迹，以及腐烂成黑色的树叶，顶高的地方是一堆堆白云包裹着。这叫定南山，在山的那一面，可以看到一个很广的田野，在那块大平原上，前卫营、莲墩寨都在上面。

在山顶的一块稍平坦的地方，我们歇下来。那儿，是枯黄了的草地，四面的边际围抱着一带很高的榕树和常青树，高低不平的岩石和土堆，人好像到了一个塘子里般。

有些疲倦地坐着喘息,有些人拿斧头到四边去砍些树枝来用落叶燃起,这儿一堆那儿一堆的。在几个大石头上架起自己带来的小铜锅,煮起自己带来的糙米。

黄昏,风吹着有些冷,四面静静的,只听得干树枝被火烧着的微声。

没有菜,大家吃了一顿不太饱的饭。

遵照着我们在卡角所想定的去做——当晚我和十多个伙伴分头离开大家,离开定南山。黑暗的夜中我将到前卫营去,另外的人呢?他们到附近的村乡,到若川、纳瓦、莲墩寨……

到天刚现出微明的时候,我看见前卫营的屋子在眼前了。我多心酸呵!以前的事什么都想起了,从到卡角我就已经抛弃了家,抛弃了不知怎样生活下去的父母,他们还活在世上吧!我这样地想。

走到街上才觉得一切都不像从前,冷清清的。刚到家门口看见我的爸爸坐在那儿。虽然隔了不多的日子,但他的头发更比以前白,眼睛比以前更不行啦,我到他面前的时候他几乎不认识我了。

从妈妈的口中,知道他们过着怎样非人的日子——今天这家给一点米,明天那家给几粒豆这样地饱肚子。他们都以为我死在外面了。在前卫营的人有很多逃到别的地方去了。大家都离开了自己土生土长的夷方到汉家去。就是去抬轿子背盐块总还可以一饱。卢伯伯、艾小头人这些家伙比以前更坏,他们要杀人就说是莎土司要杀，要摊米也就说是莎土司要摊，这样日子怎么过得下去？

我不回答什么话，心里在想着另外一些重要的事情。

当我在前卫营住了三天后的一晚上，我的爸爸见我跨进家门的时候他低声地唤我：

"阿权！你来！"

"什么事？"我走到他的身边。

"我倒告诉你，少在外面打坏主意！刚才我听见你的表弟悄悄地告诉我，说你和那些小伙子们想造反。莎土司要不把你吃掉，你们反他怕不怕雷诛？胆子有这样大。不准！让我们宁静些过日子吧！"他急得板起皱皮脸教训我。

"没有没有！我知道的……"我苦笑着答应。

"传到卢伯伯们耳朵里，真要剥你的皮呢！"他摆着白发满顶的脑袋。

然而，那一夜是不觉地过去了。

刚打开门，阿霜的妈便冲进来。

"不得了，昨晚上卢伯伯和艾小头人两家，全被人杀得干干净净的……"她喘着气。

"是什么人干的呢？"爸爸问，一边把眼睛偷看着我。

"不不……知道。"

到中午，前卫营的人疯狂地乱起来了，有一阵锣声在响，往常蹲在门口睡觉的狗也莫名其妙地吠着。

"走吧,走吧,到定南山去……"有人声喊过村道。

我听着,心里面涌起了一股热气。

"什么事呀?天……"我的爸爸伏在门栏边东望西望的。

收拾了一小包东西,背着一小包米,我跨出门来。

"爸爸……我去了,我想总会干得好的!"我站着说。

这时,喊声震撼了全村。

"阿权!你你……做……"爸爸用枯瘦如柴的手扯住我的衣襟,声音有些哽咽地说。

"要去的,爸爸,你不知道事情真要紧。"我想把他的手弄开。

这时,妈妈也出来了。

"他要去……造反……"爸爸回头去说。

这时我总算把衣襟挣出他的手了。然而,唉,我怎么忍心说呢?他用他的头在门栏上用力地去撞,当时便倒在门边人事不知了。妈妈随着大哭起来,这时候,我忍痛跑开了,当转过屋去,还听得妈妈的哭声。

从那时,我便永远别离年老的双亲了。到村口我见到两百多个壮年人,他们聚集着,身上背着米,背着刀子和锅这些东西。很多孩子围着这些人。我便和着他们离开了前卫营。

大家都在欣喜,狂笑,甚至于讲述着卢伯伯和艾小头人凶狠的往事,和着以往一切生活的情形,都说得津津有味。

上半夜才到定南山,山顶上各处的人都来齐了。草地正中间，用柴烧着很大的火焰，各处都映得通红，一千多人围坐在四周。不相识的人都在互相道着自己地方的一切情况，诅咒着他们所恨的人。从若川来的人，把他们自己的猎刀和毒弩都带在身上。

"各位伙伴！现在大家跪下去赌咒罢，我们要一条心，杀了莎土司我们才得过好日子！以后不要缴羊皮鹿茸，不要缴金砂，不要缴米，大家苦大家吃。跪下去！伙伴们！"印根站在火焰的侧面对着四面的人和气地说。

于是，在草地上的人都仰起头来向着天。

"哦……"这样地吼着。声音沉重地笼罩在定南山四周。

有人把从附近村子抬来的酒坛打开，我把几只鸡杀破了颈子，把血滴在酒坛里面。每个人都用碗去舀了喝一口，直到那两大坛酒都喝得干干的。

唱着，现在什么都放得下去了，唱得多高兴呀！虽然夜风刺骨地吹过树隙，但是我们喝了鸡血酒，我们坐在火焰的旁边，一个挤着一个的身子，身子就已经像穿着皮衣服般暖和。

当火焰渐渐降低的时候，已经是下半夜了。大家都静了下来，一条条纵横地躺下去睡熟了，只有山野里一两阵枭鸟的怪声。

我们冲上前去

我们不能永远住在这山上了。因为有人跑来通知大家，莎土司那一班侍卫已经到卡角，然而连一只鸡都没有给他们碰见的，现在知道我们是集合在定南山，随着追赶来了。

"我们还是和他们先拼一拼吗？"我问伙伴们。

"干呀！"一片兴奋的回声。

"但，我们没有米吃啦！"我叫喊着。

"村子里的朋友会送来的。"印根在远远的地方答应。

"好，我们就等他们来吧。"

果真是附近的村子里，用骡子驮了很多米送来给我们，并且还有很多泡得半透的腌菜。在吃了早饭以后，四面派出了不少的人去站在眼界宽的地方看哨，如果有点儿不好，他们会吹牛角报告我们。

像是一件什么有趣的事情要降临般，大家只在沉默中坐着互相微笑，用手摩擦着他自己的蛮刀或毛瑟枪。

"这么多人还怕谁？"小三子坐在我的侧边说。

"不过我们的家伙不如他们的……"我低下头去悄悄地答。

"唔……"

"我看不十分要紧。"印根在一旁插嘴。

从远远地，忽然传来几声号角。

大家惊惶地从草坪上站了起来，一个注视着一个的脸，留心地再倾听着。

"是的，来了来了！"我叫着，"伙伴们，努力和他们拼一拼吧！大家在一道，不要分开，不要分开……"

于是，大家蜂拥地从长绿树中间穿了过去，静静地，只听得到脚在落叶里走过发出沙沙的声音和刀子触到树干发出的铿锵的声音。

穿出后面的林子走到我们前天来的小路上，一个看哨的伙伴在喘息中跑来到我们的面前。

"来了，人是不多！"他指着山下说。

随着他站到一个大山石上向下面一看，果真在山脚的路上已经来了些人了，他们打着猩红的旗子在风中飘动着。但是他们如果要爬上山来却还要些时候。

"我们冲下去吧！"有一个在我侧边说。

"这不行，让我们分开人！"

我回过头去，把人调好，让一些人在山路两侧的草里伏着，另一些就在这山顶上。我们仅有的几支毛瑟枪也留存在这上面，等他们接近时打出去。

看着他们已经站在山脚，有几个先上来了。

当那几个兵上来的时候，便被暗伏着的人杀掉了，他们手里面的枪全都拿来了。还没被杀之前，放了一枪，下面的人便潮水般地涌了上来。

这是多么爽快的一天呀！他们两百多些人上山的时候，我们便开始和他们肉搏了。有些虽然拿着枪，然而被伙伴们包围着，枪又有什么用呢？蛮刀才是不容情咧，那些莎土司的侍卫们，忠心的狗们，一个个躺在山腰的草里。

另外，率领着他们来的莎土司的表哥也被我们捉住，我们没有对他说什么话，弄到山顶来也杀掉了。

然而，我们不能不痛心！那一天，我们也有十五个伙伴死在那些狗的枪子下面。他们躺在草里和狭窄的山路上，血湿透了他们的衣裳。苍白的面孔上还有微笑，以及无上的安逸。他们是为了大家。另外还有一些带了伤的人，大家把他们抬上山顶。从若川来的伙伴们替他们包上些草药，安静地躺在羊皮上。

这一次我们得来很多枪，那两百多些侍卫大半都被杀了，只有三四十个跑掉。我们不愿再去追赶他们，只要他们不再来对付大家。

这一晚上，我们把死掉的伙伴们抬到山顶，大家替他们祝告了圣灵，在光明的火焰下把这些尸身埋在一个土坑里。当着把每一具尸身放下土去的时候，大家都静默地看着，有的几乎流下了眼泪。

始终是不能再在山上住下去了。

"走吧，我们老蹲在这儿干什么？到莲墩寨去呀！"大家都这样说。

就这样，我们在次日的清晨便下定南山，走上大平原去。经过村乡的时候，有很多人家都害怕地关上自己的门，然而，也有很多年轻人跟着我们走了。

谁人会知道呢，我们那天刚到纱灯场的时候就碰到从莲墩来的很多兵。他们有五六百人，当然我们是该和他们拼一拼的，就在那儿整整地打了两三天。伙伴们很多都死掉了，但我们还是赶走了那些侍卫。

莎土司告诉他的侍卫们,他要印根和我的头,他知道在卡角的那些事,莎土司说:

"我还要看看这两个东西到底是什么样子!"

印根被枪打死了,我又在纱灯场带了伤。

先生!这些以往的事我说得太多了,现在伙伴们到底到什么田地,我还不知道。但是,总有一天我们会从莎土司手里拿回自己的生命。

天渐渐地亮了。

一九三四年十月十日,上海大西村

留下镇上的黄昏

/// 魏金枝

来此古西溪边,已是梅花落后,满山杜鹃花映红的时节,心胸烦愁,天天吃活虾过去,正像活了好几个世纪般,自己觉得自己是苍老了!第一原因为着无事可做,第二原因也为着不愿去做,因之疏散放闲,行尸般踱来踱去,立起坐倒,天天遇着一样刻板的生活。生命浸在污腐的潦水中,于是永古不会伸出手来,只用恶毒眼睛,向四周以残酷地瞭望,寻求人吃的老虎般,在找些弱者来消遣我的爪牙。今天重读下面这点记录,不觉自己也寒悚起来了!

"一早起来,街上就夏天的苍蝇般,喧扰着人声,铁匠打铁声,叫卖声。关于这些,我照哲学上的五个W考问起来,一个也得不着答案。他们也只像我一般走着巡回继续的路,——譬如第一次过了阴沟桥从街上走转来,第二次又过阴沟桥从街上走转来——这么起早落夜喧扰着吧了!

"但是早上究竟空气新鲜些,还可以到树林下听听鸟声。再不然时,就到街上去直冲横撞地夹着乱走。这么一来,要顾到乡下人的笋担柴担,以及他们的油瓶,着火的黄烟竹管等等足以损害我衣裳的东西,于是我可以稍稍提出一点精神。因此我记起一件事实,自己觉得好笑起来。在我们村间,大夏六月的戏台下,有许多赤膊的农人,他们老是挨挨挤挤地将汗污故意揩到别的着衣人身上去。我呢,仿佛如此,不过揩去的是烦愁罢了。这样,也就把每天的上午消去了!

"可是黄昏,——说起黄昏,不要我自己经历它,感悟它,以前早就在前人的书本中认识它的面目了。——真是每日难过的难关。而我也一点不客气地张着口把种种无聊像饮食般吞下去了。有人说起这个地方,在金人南下的时节,因为二军相持,曾经过杀戮奸淫,只剩了张三李四,赵五王六这十八家。在现在每个早上看起来,正也和别个市集一样,繁闹也一样了。只有在黄昏时候,我们无论到哪里,见着些冷静的散了的市场上堆着的稻草废料,小油火摊上铁丝网里爬着的黳黑的绍兴臭腐乳,肉店铁钩上的流着鼻血的臭猪头,焦黑的猪肝猪脾,茶店里狼藉的桌椅,或是听到些黑的小麻雀在屋檐上孤寂的叫声,以及任凭哪一店里疲乏店伙们的呵欠声,隔岸树上伸长头颈吐出的乌鸦声。在这黄昏的晚上,仿佛在我口里鼻子里闻味着一股焦涩的木头烬余的气息。而那些懒惰的街狗,在这个市过人散的当口,就颓废地带着它自己疲尽了皮毛的身子，无气没力地来躺在店廊的石板上。闭着它们的眼睛，连头颈都委放在地上。有时有几个孤寂的行人，也茫茫然若有所思若无灵魂般走过去，竟踏在它们身上，于是它们就很忠厚地朝起来看两眼，走了几步又躺下来。有几只它们竟公然不惧，不以为意，略略张了张眼，将脚缩进一点，合上眼就算了！

"这宗时光最热闹的所在，要算汽车站边了。末班车还未到站的时光，天未大黑，有些憩工的汽车夫，负手挟着烟筒的老人，放学归来的儿童，以及承受新闻纸彩票号单的商人，在那里徘徊。当然在他们心里，也有所希冀，有所等待；但是看起来，他们对于生命的需要，总是可有可无般的。凡是这些人们，命运虽然主宰了他们，他们却也知道它不能对于他们增长了什么意义与价值。所以对于万事都是无意识的。每每这个时光，临桥的一家馆子里，总有几个做白心宝的客人，在楼上聚餐，一个二十多岁，养了博士式的西洋发——将发儿一概掠到后面，光光地掩护在大小脑之间——的伙计，老又在临街的一张小方桌上动手杀鳝鱼了。干是那些所有在路上徘徊的闲人，都温文漫斯地踱拢来，消解他们的无聊。起先就是那个管板桌上生意的下等堂倌，他将肩上的抹布抹净了方桌，又到灶梁上坐着灶神的所在，拿出两根三寸来长的竹钉，然后在篮里取出鳝鱼来。他是老得手都起颤抖，眼毛盖没了他的视线，那种苍老衰颓的样子，仿佛觉得他的心肝也被这店里的油腻蒙污了似的。他用发抖的右手，执住那根钉，左手捏住一条鳝鱼的身子，一滑一滑地想去钉住它的尾子。可是这还想挣扎的它，将它的尾子像结儿般扭起来了。于是他几次放下他右手的钉子，想去帮助握紧鳝鱼的身体；等他将身子恰巧拢布妥当，拿起钉子去钉的时光，它的带血和沫的身体，又盘绕在他的手上，死命地用力滑出它的身体。于是他的钉子又放下来了。而那楼上博士式的堂倌，只是点起纸烟在那里吸，眼看他的助手脸上急出大的汗珠，一若无事地昂首冷笑着，时时吹他的烟灰。那些旁观的老人们，眼上罩着一层灰色的沉闷，皱起眉毛在微微地不自觉地摇着头。别的也都一声不响地立着。这些黄昏中的一个，有个小孩子，他很聪明地说：'执住头里，钉在头里。'于是众人的眼光，都朝到这孩子的身上去了。这老堂倌才羞涩地换转他的手法，将左手执住那鳝鱼的上身，将钉子正确地'吱'的一声，钉在鳝鱼的头部，然后又钉住那尾子，于是众人把嘴唇掀动着，太阳穴上起了阵酸辣的记号——皱了两皱；又朝那孩子用怨恨似的眼光看了两看。那老堂倌自己觉得自己的笨拙，也羞惭地俯下去了。鳝鱼的突出的眼珠，正圆圆睁睁地发赤，而身体又宛转地想转侧着，口部的咽喉一上一下地冲动着。于是那博士式的堂倌才将他的纸烟头，掉转来塞在竹烟管里，拿出一柄光亮的刀，'嘶'地照准正中解过去，而且一面就敏捷地取出肠胃，把骨脊丢在篮里。为表示他的能干起见，他并不抬起头来，一面杀他的鳝鱼，一面哼着一曲歌。旁边的人，不知是在听呢，还是看，静默地立着发呆。楼上的客人，此时已用了些酒，伸出他紫涨的头，看着这些快要落锅的馔食，向外喷出些烟圈后，喊：'鳝片，炒鳝片，多放些胡椒。''不，还要多放些油，不要干燥无味。'又一个同样紫涨的头伸出来喊。于是店里的人，老板、管账先生、伙计们都应起来了。看客们猛然都抬起头，向楼上的食客，在迷蒙的眼光里，发出些羡慕的神气。一个顶老的，他叹了口气，又轻轻地闭了闭唇，咽了口唾液。随同大家相对地发呆了。

"汽车来时，鳝鱼总也杀完了。仍是起先的老堂倌出来收拾桌子。一群旁观的看客，于是慢慢地踱到汽车边看另一件去了。"

长篇存目

萧军《八月的乡村》

后 记

《百年乡愁：中国乡土小说经典大系》是张丽军教授作为首席专家的2021年度国家社科基金重大项目"百年中国乡土文学与农村建设运动关系研究"的资料选编成果。项目团队核心成员田振华、李君君等参与了全过程选编工作，张娟、沈萍、彭嘉凝、陈嘉慧、姚若凡、胡跃、林雪柔、徐晓文、宣庭祯等参与了编校工作，在此对他们的辛勤劳动表示感谢！

在具体编撰过程中，本套"大系"还得到了张炜、韩少功、周燕芬、王春林、何平、孔会侠、苏北、育邦、刘玉栋、刘青、乔叶、朱山坡、项静等作家与学者的大力支持与帮助，在此深深致谢！

需要特别说明的是，因为选入本套"大系"的作品跨越百年之久，在文字、标点等方面，我们在充分尊重作家初版本的基础上，依据现代语言文字规范统一做了修订。

编 者

2023 年 7 月 4 日